毕淑敏

破冰北极点

Icebreaker to the North Pole

毕淑敏 著

CNS

湖南文艺出版社
HUNAN LITERATURE AND ART PUBLISHING HOUSE

博集天卷
CS-BOOKY

破冰北极点

目 录
Contents

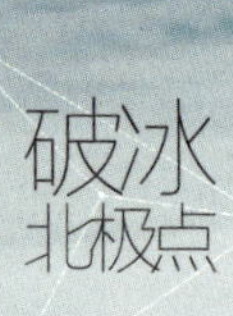

目 录
Contents

GREENLAND
FRANZ JOSEF LAND
ARCTIC OCEAN
NEWFOUNDLAND
MURMANSK
BARENTS SEA
RUSSIA
POSEIDON EXPE...TIONS & ADVENTURES SINCE 1999

Foreword

前 言

世界上只有两万人到过北极点

“苍茫白夜中，一粒橙红色的甲虫，锲而不舍地向地球的最北端倔强挺进，终于攀上了地球冰冷头颅的银色王冠之顶……”

“苍茫白夜中，一粒橙红色的甲虫，锲而不舍地向地球的最北端倔强挺进，终于攀上了地球冰冷头颅的银色王冠之顶……”

全世界最大的核动力破冰船——俄罗斯的“50年胜利号”，驮着我，于2016年7月27日7时57分，抵达北极点——北纬90度。在汽笛惊喜的长鸣中，我写下以上这段话。

本书，就是记录此次破冰北极点轻探险的过程和点点感悟。

古希腊人把北极叫作Arctic，意思是“熊站在头顶的地方”。这个熊，不是张牙舞爪的真熊，而是夜空中的大熊座。如果你从赤道出发一直向北方走，当大熊座中的明亮七星高悬在头顶上时，你站立的地方，便是北极。

地球一边围绕着太阳公转，一边围绕着一根看不见的轴自转。五味俱全的四季和朝朝暮暮的变化，正由此产生。不过，地球比较萌。它并非一本正经直立着，而是歪着脑袋——自转轴是偏的。

北极点，就是这根自转轴的顶点。

我年轻时在西藏阿里当兵，总听人说“这里是地球的第三极”。小女生不知天高地厚，便生出何时能到那两极——南极和北极去看看的想法。梦想在心中埋藏近半个世纪，渐渐发霉，但并未消失。年纪渐长，我明白到遥远而有危险的地方跋涉，需要几个条件。第一是有钱，第二是有时间，第三是有人筹划组织，第四是当事人要有一点点胆量。

在我个人历史的很长阶段中，除第四点外，余皆空白，只有望两极而兴叹。现在，我已经老了，并必将越来越老。不过随着时间推移，我垒出的一个个字码，如同老农的一颗颗麦粒，攒下半麻袋有余。我已退休，时间可自由操控。国内的极之美旅行机构，开创了普通人奔赴南北极旅行的通畅渠道。至于勇气，如同忠诚老狗不嫌家贫，从未离开过我。

万事俱备了。

年龄提醒我，有些理想，要进入优先考虑级别。不然，必有力不从心那一天。世上大多数梦想，并非破灭，只是被主人以各种理由推迟，直至无力完成。

去北极点当然会有点风险。不过世上最可怕的险境，是凡事万分小心。它的险，不在于险象环生濒临崩溃，而在于此人终将与丰富多彩的生活绝缘。鲜活生命被活成了无汁衰草，一世等同一瞬，实为可怖之事。对使用生命的方式，不必贪图完美。生命乃乘兴而来，尽力生动有益即可。人们常常埋怨命运的不可知性，但我认为，只要不是太离谱的要求，不存太多私心杂念，一个心智健全的人，在太平盛世中，基本可以执掌人生的基本走向。不一定是世俗意义上的成功，但可随理想而起舞。

据说到过北极点的，全世界不过两万多人。其中还有很多军人，他们写的报告，估计一般人基本看不着。很多探险家和科学家写的报告，就算能看到，咱们也不一定看得懂。那么，来自我这个普通人——北极点万分之一亲赴者的报告，您若有好奇心，不妨一读。

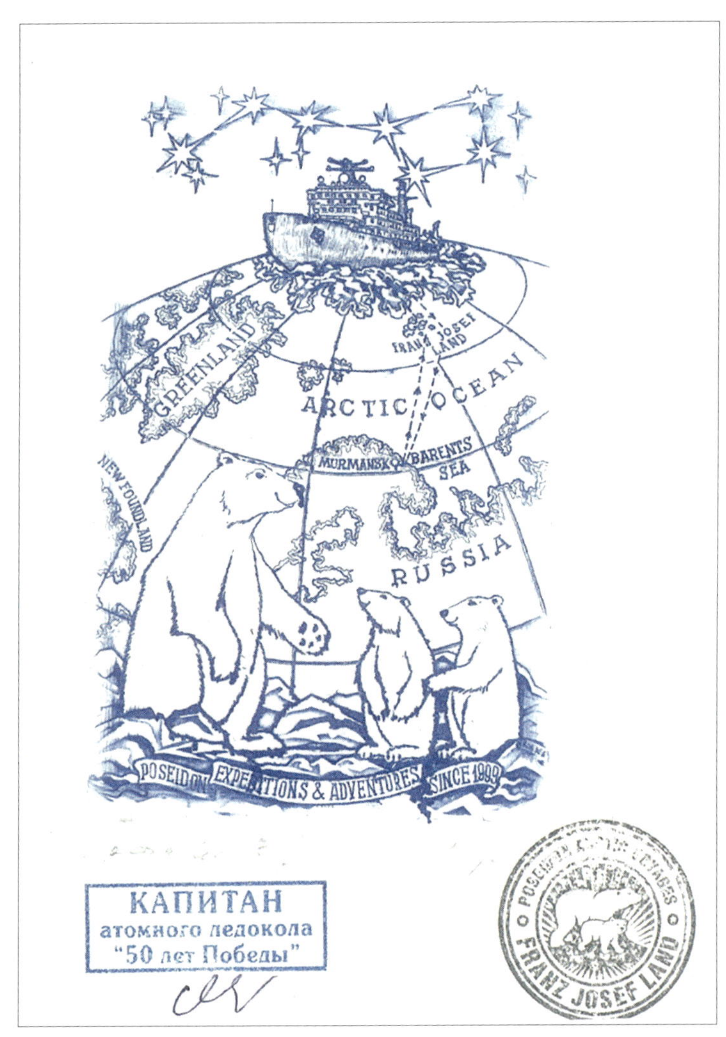

当大熊座中的明亮七星高悬在头顶上时，你站立的地方，便是北极

在近代探险北极的历史上，留下的大多是欧美人的记载

1

惨烈惊悚的北极往事

恕我用一个惨烈惊悚的历史故事，拉开探访北极点的序幕。

有人认为，旅游就是看看风景，吃点小吃，见见不一样的习俗，大包小包拎回当地特产……这些都对。除此之外，还应该知道一点彼地的历史。所有进入眼帘的景致、让舌尖如花蕊绽放的美食、令人讶然的千奇百怪的习俗，都是纷披的叶子和花，至多算作低垂的果穗。如若没有深扎地下的根须，它们绝不会呈现出我们所感受的这番模样。必须了解根须，你才能真正明白所有看到、闻到、吃到、听到的一切，有着怎样复杂的内在机理，关节处如何衔接，经过怎样的磨砺和润滑……否则，就算你手握一大把门票、机票、住宿票以兹证明，也不算曾真正抵达那个地方。

关于北极，关于北极点，生活在北温带的我们，知道些什么？

中国古老传说中讲，祖先们早在公元前就知道极北之地的风光了。证据是《庄子》中曾写过：“穷发之北，有冥海者，天池也。有鱼焉，其广数千里，未有知其修者，其名为鲲。有鸟焉，其名为鹏，背若泰山，翼若垂天之云……”

有人考证说那个冥海，就是北冰洋。“其广数千里”的鱼，可能是巨鲸。

浪漫的想象力十分丰富，但除此之外，翔实的记载几乎没有。中国古人对于极北之地的了解，停留在诗和远方。

在近代探险北极的历史上，留下的大多是欧美人的记载。我的故事中，会涉及一些专有名词，或许你会觉得陌生。别着急，先囫囵吞枣掠过，留后我再详说。

如果有人对北极史所知甚多或是根本不感兴趣，可直接跳过这一章。为了让你有兴趣读完，稍做剧透。此故事中有忠贞不渝的爱情，有视死如归的勇气，有不辱使命的坚忍，有现代科学鞭辟入里的解析。除此之外，还有冰雪中密藏的有关归宿的罐头盒字条，还有（胆小者勿看下一句！）——穿过的靴子里盛着的煮熟的肢解人体……

1845 年，英国政府宣布：谁能第一个打通北极西北航线，奖 2 万英镑。在 170 多年前，这是一笔惊人的款项。英国还将以 5000 英镑，奖赏第一个到达北纬 89 度的人。他们为何下如此血本?

15 世纪后期，欧洲探险家想从西北或东北方向，找出一条前往亚洲的航路。那时西班牙和葡萄牙这俩海上强国，气势如日中天。它们从与美洲、印度和中国的贸易中，获得了巨大利益。英国人来晚了一步，原有的航道为西、葡两国所占，要交高昂的买路钱。后来者奋起直追的省钱方法，只有开辟新路——东北和西北航线。

这两条航线，一条偏向东，一条偏向西，分别绕行北极，最后抵达东方的白令海峡。作为中国人，我们对这个路线图的命名，稍感困惑。要弄懂它，需要调整坐标系。不是从咱们这儿的东北、西北算起，而是改成以欧洲为中心出发，分别向东或向西。在理论上，这两条航线是成立的，但要在波涛诡谲的北冰洋上，真正用航船一寸寸走通，绝非易事。

英国的约翰·富兰克林爵士，不顾近 60 岁高龄，上前揭了榜。

先说说此人的历史。他年轻时当过水手，1818 年曾随英国皇家海军探险队，出征北极。后来，又两率陆地远征队，前往加拿大的北极地区，勘测海岸线并绘制地图。北极在给富兰克林制造惊人磨难的同时，又附赠他至高的荣誉，他被封以爵位。

富兰克林 1823 年结婚，两年后，妻子死于肺结核。1828 年再婚，妻子名简。1836 年，富兰克林被任命为塔斯马尼亚总督。

塔斯马尼亚在哪儿？它是个海岛，现为澳大利亚最小的州。如果从空中看，塔斯马尼亚呈心形，被称为“世界的心脏”。这里还生活着地球上独一无二的卵生哺乳动物——鸭嘴兽。

约翰·富兰克林爵士肖像

按说封了爵位，做了几年总督，有了至爱的妻子和安稳的家园，总该安分了吧？不！富兰克林热衷于探险，不顾年迈，决定再次进入北极。

寻常人眼中，探险是某些人吃撑了之后的玩命之举、不可思议的癖好。不过若从整个人类历史发展的脉络看，探险家是值得尊崇的。他们是探索未知领域的勇士，心甘情愿地走上不断超越自我的荆棘之途。

富兰克林是著名的北极探险家，经验丰富。为使北极之行获得成功，他做了充分准备。首先要有一艘坚固无比的船。选什么船？一般人想到的肯定是造一艘新船。富兰克林认为新船未经冰海考验，不能确保适应北极的恶劣环境。他特地选用了两艘刚从南极海域胜利归来的探险船，名字是“黑暗号”和“恐怖号”。

是的，您没看错。它们就是如难兄难弟般叫这俩名字。中文也有翻译成“幽冥号”和“惊恐号”的。反正不管怎么翻译，这两个名字都透着森严幽冷的不吉利之气。富兰克林不信邪，坚信两艘船经过考验，质量优等。它们也的确不负盛名，装有当时最先进的蒸汽螺旋桨推进器，并能自动伸缩，进退自如，防

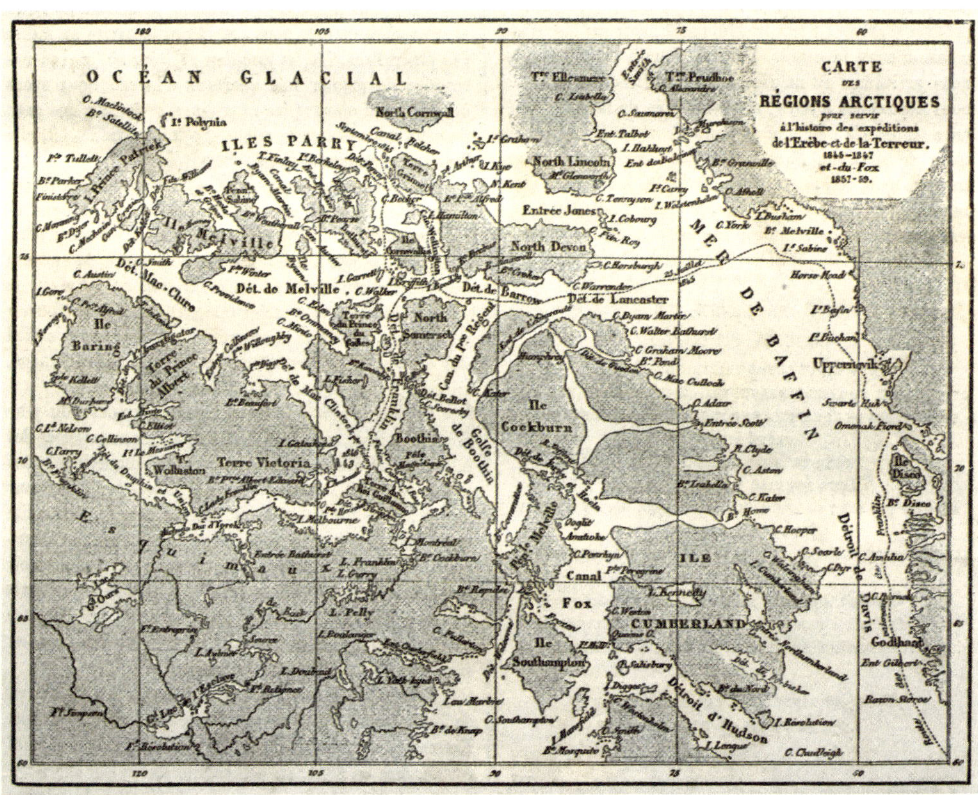

约翰 · 富兰克林爵士在 1845 年远征时使用的北极地图

止被冰块损坏。厚厚的橡木船梁，足以抵挡浪和冰的冲撞以及挤压。船上还有可供暖的热水系统……总之，按照人们的乐观估计，这种装备精良的探险船，完全可以冲破北极冰障。

两艘船相比，“黑暗号”更大一点，富兰克林把它作为自己的指挥舰，又挑选了经验丰富的英国海军上校弗朗西斯·克劳齐，担当副手。富兰克林又亲自面试，挑选了127名精明强干的探险队员。他亲率队伍，模仿北极气候，进行了一系列适应性训练。心思缜密的富兰克林甚至还带上了英国纯银币和雕花水晶器具。预备着万一弹尽粮绝，可用这些稀罕物，和土著以物易物，交换点必需品。以他的经验，知道当地人喜欢这类精美的小玩意儿。

坚船利器加上精兵强将，人们乐观地相信富兰克林探险队一定会得胜回朝。富兰克林的亲朋好友们和夫人简，一想到他的年纪，就捏着一把汗，不停地劝阻他退出探险队安养晚年。富兰克林以微笑作答，表示决不放弃。富兰克林为何如此义无反顾？要知道探险家都有浓厚的英雄情结，开辟了从大西洋通往太平洋的海上航路，必将名垂史册。面对着忧心忡忡的简夫人，富兰克林保证，这次北极之行，是一生中最后一次探险了，回来后，就哪儿也不去了。

出发在即，富兰克林踌躇意满。唯一放心不下的，是简。他写信给多位朋友，叮嘱他们在自己探险未归期间，务必照顾和安慰简夫人。简夫人为即将出征的丈夫亲手赶制一面英国国旗。按照探险家们的习惯，成功抵达一处未有人类涉足的处女地时，要把旗帜插在那里。它不仅代表个人的自豪与光荣，还带点宣誓主权的意思。某天，国旗终于完工。简夫人走过去，想让丈夫看看自己的成果，却不想富兰克林躺在沙发上睡着了。为了不打扰丈夫，简夫人顺手把旗子盖在了富兰克林身上。富兰克林惊醒过来，讶然地说：“你怎么能把旗子盖在我身上？！你不知道人们用国旗覆盖尸体吗？”

这算不算一语成谶？

1845年5月，在英国伦敦港，富兰克林与简夫人挥手作别，共计129人的探险队隆重出发。两艘船首先驶向格陵兰岛，然后沿加拿大北海岸西行。富兰克林的计划是探险队驶经巴芬湾时，第一个冬天将会来临。船会在冰层中被冻住，所有人安心等待。顺利熬过当年冬季后，第二年夏季来临时，冰海解冻，远征队便可继续向西行驶，直到下一个冰冻期来临，然后再等待冰融继续前进。毫无疑问，这是一趟漫长的航行，好在船上储备着充足的食物及物资，足够探险队用 3 年的。

当时留下了一份物资清单，咱们看看他们的储备：

61987 千克面粉（平均到每个人头上，有约 480 千克口粮）；

16749 升饮料（每人合 130 升，简直算酒鬼级别的供应量了）；

909 千克治病用的酒（估计既可以治病也可以喝）；

4287 千克巧克力（摊到每人头上，有 30 多千克）；

1069 千克茶叶（每人能分 8 千克）；

大约 8000 筒罐头（每人份额是 60 多筒）；

15100 千克肉（每人合 110 多千克）；

11628 千克汤（不知道这是什么东西，疑似果汁。每人能分近 100 千克）；

此外还有 546 千克牛肉干和 4037 千克蔬菜等（蔬菜较少，不过带多了也会坏掉）。

富兰克林探险队计划周密，给养充足，再加上丰富的经验和优良设施，预定将于 1848 年胜利抵达此次航行的目的地——太平洋。

现代人可能会想，富兰克林这拨人是不是有点不正常？仅有一个模糊的大目标，就朝未知的酷寒冰洋英勇进发了，生死未卜，死生在天。不过，他们准备之细致、设备之精良、计划之缜密，也堪称殚精竭虑了。要么扬名立万，要么尸骨荡然无存。他们内心之坚定、意志之顽强，用通常的逻辑几乎说不清，只能用基因来解释。

冒险，是某些人的宿命，他们具有“海盗”性格。这种人，由于酷爱冒险，通常并不长寿。好在这种人对女性颇有吸引力，一般情史浪漫，多会早早留下子嗣，保证此种基因的传递生生不息。由此受惠的将是整个人类。正因为有了他们，人类的脚步才能越走越远。

富兰克林的探险队出发后形势不错。4 个月后，也就是 1845 年 9 月，简夫人收到了丈夫寄来的第一封信。富兰克林在信中，语调舒缓，胸有成竹，劝夫人完全不必担心自己的安全，一切都在按计划进行中。等到明年夏秋时节，他就会从堪察加的海岸上，与家中再通音讯。

接着传来的消息也令人宽慰。半个月后，一艘捕鲸船在北纬 74 度 40 分处，见过富兰克林的探险船队，正在那儿等待海冰消退。海情一旦变得有利，船队就会继续向北驶去。

却不料，那封致简夫人的信，成了富兰克林写回的唯一家书。简夫人望眼欲穿，回答她的是无边沉寂。探险队出发的第二年，也就是 1846 年，夏天和秋天一晃而过，富兰克林并没有如约从堪察加传来任何音讯。眼看探险船就要在北极度过第二个严酷冬天了，仍是音讯渺无。1847 年，好不容易天暖了，新的航行季节来到。“恐怖号”和“黑暗号”的状况，应了它们的名号——既恐怖又黑暗。两艘船既没有返回英国，也没有只言片语传来。人们开始惴惴不安，惊惧如野火般弥散。随着时间不断流逝，整个英国错愕不已——富兰克林的探险船队，究竟到哪里去了呢?

人们纷纷打电话询问英国皇家地理学会和海军部，得到的回答都是“无可奉告”。这倒不纯粹是外交辞令，而是其真不知道任何详情。上述机构有点像令人望尘莫及的游艇俱乐部，而非情报迅捷的军事部门。

当时，官方的确不太着急。富兰克林临出发时曾留下话：此一趟北极探险活动，至少需要两年时间。官方告诉大家，少安毋躁。探险队船上食品充足、装备一流，目前最好的办法就是耐心等待。不定哪一天，富兰克林爵士会突然凯旋。探险史上曾有先例，人们都以为某探险家早已殒命，不料他全须全尾胜利归来，此种情形并不鲜见。

不管别人能否被这番说辞安抚住，简夫人就是不能宽心。她四处奔走呼号，向全世界探险界和航海界一再发出呼吁，强烈要求关切富兰克林探险队的命运。英国议会也把拯救无影无踪探险者的提案付诸讨论。各国人士，通过各种渠道，敦促英国政府立即采取有效措施，及时寻找探险队踪迹。

终于，一支支英国海上救援队，密集出发了。它们沿着富兰克林计划中的航线，向北驶去。1848 年，皇家海军部又派出 3 支规模较大的搜寻队，分赴北极地区搜寻。搜寻队全部无功而返，富兰克林探险队依然渺无音讯。

英国人笃信“重赏之下必有勇夫”的游戏规则，于 1850 年发出悬赏令：发现富兰克林北极探险队踪迹的人，可获 1 万英镑奖金。赏金如此丰厚，万众踊跃。高峰时，曾有 10 艘英国船和 2 艘美国船，前后脚地向北极地区进发寻找。

1850 年夏，搜寻者有了一点小发现。在某小岛上，找到了富兰克林探险队 3 个水手的坟墓。他们于 1846 年自然死亡，病因是肺结核。不过，富兰克林探险队并没有在小岛上留下更多线索，大批人马的去向依然成谜。

时间又不可遏制地流逝了 4 年，1 万英镑的赏金无人领走。几年来，共 6 支队伍从陆上进入北极，34 支队伍从水路进入北极地区各个岛屿，持续展开大面积搜索。

北极冷酷。搜索过程中损失的人员数目，很快超过了富兰克林探险队全体成员加在一起的数字。

小插曲。搜救队伍中有一艘船叫“决心号”，被群冰死死围困，动弹不得。绝望的船员们，只好弃船而逃。被弃的“决心号”，随冰漂流。1855 年，在大洋上被美国捕鲸人发现，拖回美国，转手卖给了一家财团。财团主是个明白人，在搞清了这艘船的来历之后，把它转赠给英国的维多利亚女王，算是物归原主。女王叫人把船只拆卸开来，用坚实船木打磨成了一张漂亮的写字台。后来，英国人又把这张写字台，还赠给美国总统。据说肯尼迪生前最喜欢这张写字台了，它至今还安放在白宫。

富兰克林探险队生不见人死不见尸，老这么悬着也不是个事儿啊。1854 年 3 月，即富兰克林探险队出发近 9 年后，英国皇家海军部不得不发布这支北极探险队全体官兵已经遇难的正式文告。不料文告发出半年后，传来了新消息。1854 年 10 月，加拿大赫德湾公司的约翰·雷先生写来了一封信。信中说，他早在好几年前就听说至少有 30 名白人死在了威廉王岛的一条河边。这条河大概就是人们常说的大鱼河。这消息主要是从佩利湾的因纽特人那里得到的，而他们又是从另一个因纽特部落中听来的……

除了文字以外，约翰·雷还附上了几份从因纽特人那里搞来的书面材料，还有几片富兰克林头盔上的银饰和羽毛做佐证。

消息瘆人。皇家海军部赶紧认真研判，得出的结论是——信中所说事实以及实物证据，是可信的。于是，海军部向约翰·雷发放了 1 万英镑奖金，不过没有采取下一步行动的打算。当时克里米亚战争打得不可开交，皇家海军没精力照这个线索再去找人。

一直为丈夫失踪而焦灼万分的简夫人，听到此消息后，震惊悲痛之余提出一系列问题。首先，关于约 30 名白人死于大鱼河附近的信息，是从因纽特人那里辗转听来的第三手材料，需要进一步核实。其次，探险队拢共 129 人，就算消息确实，30 人也只占总人数的约四分之一，那么剩下四分之三的人依然下落不明。最后，简坚信一定有丈夫探险队的人，流落在北极因纽特人部落里，等待着来自英国的救援。

简夫人上书英国首相，恳请组织新搜寻队，再次出发寻找。首相忙于战事，无暇他顾，拒绝了简夫人的要求。

一想到丈夫和他的队员们下落不明，命运叵测，简夫人悲痛欲绝。好吧，既然国家不管了，我自费去找！不惜任何代价，一定要弄个水落石出！简夫人下定决心，换下以往常穿的黑衣，从此只着橘红色衣服（类乎海上救生艇颜色，象征救援和希望）。她变卖家产，自筹资金组织搜寻队。她先用卖房子的钱买下 177 吨位的“狐狸号”船，并在船上装配了适应北极航行的一应设备。消息传出，整个英国朝野为之震动，很多人解囊相助。

简夫人向海军部请求，希望能派海军上尉利波·麦克林托克担任“狐狸号”船长，全权指挥此次搜救。海军部批准了这个请求。

麦克林托克曾多次参加救生探险，徒步探险距离达 3000 千米以上。他还加入过前期寻找富兰克林探险队的活动，经验丰富。

在富兰克林北极探险队失踪 12 个年头后，1857 年 7 月 1 日，“狐狸号”驶离苏格兰阿伯丁港，出发找人。麦克林托克决定深入更北的海域，寻找相关的蛛丝马迹。

“狐狸号”出师不利，刚到格陵兰岛西部，就被巨大浮冰挡住去路，只好听天由命，随波逐流。在浮冰包围中，共漂流了约 250 天，才脱离困境。之后又遭遇重重困难，好在一次次脱险，总算有了些许收获。在威廉岛西部海岸，发现一具白色骸骨，上面盖着已经碎烂的英国皇家海军制服。这肯定是富兰克林北极探险队成员的遗骸。

富兰克林的夫人简上书英国首相，恳请组织搜救队。遭到拒绝后，简变卖家产，自费买下“狐狸号”。消息传出，整个英国朝野为之震动他们在积雪堆里找到一只小艇，扒开辨认，是“黑暗号”上的救生艇，艇里还有两具骸骨。救生艇搁在一架雪橇上，估计是水手们试图上岸寻求救援，不幸倒毙。麦克林托克观察后甚为不解：走投无路的水手拖着小艇逃难，舱中塞进了半吨多东西。品种繁多，计有茶叶、银制刀叉匙、瓷器餐具、衣物、工具、猎枪和弹药等，唯独不见一丁点粮食和其他可充饥的食品。

疑窦丛生。

“狐狸号”在海上度过两个冬季后，为了提高效率，麦克林托克把队员分成三组，分头朝不同方向步行寻找。

麦克林托克这一组，经过长途跋涉，找到一个原住民部落。当地人把他请进自家住的冰屋。刚一进门，麦克林托克就意识到自己来对了。借着从冰屋顶上射入的微弱天光，麦克林托克看到了如下物件——产自欧洲的红木块、英国橡树枝、气压表、金属盒罐头、小刀……他几乎确信自己看到的正是富兰克林探险队的遗物，尤其是那把小刀，刀柄上刻着各种记号，这正是英国海军军官在短佩剑上特有的职业习惯。

麦克林托克赶紧通过翻译，连珠炮似的提出一系列问题。土著回答：在威廉岛海岸附近，多年前发现了两艘船。其中一艘沉入海中，另外一艘被暴风雪推到了海岸上，海员改乘小艇逃生。

英国人用一些小东西，例如几枚缝衣针，把富兰克林船员们的遗物换到手，立即重新上路。在布西亚半岛的维克多利亚角，他们与霍布松带领的另外一路搜寻人马会合，然后继续沿海岸寻觅。

霍布松发现了一个圆锥形的石头堆——这在探险活动中，通常是有深刻寓意的，表示某种纪念或指示道路。他赶紧扒拉开石头，看到下面藏有一个重新封好口的铁皮罐头。麦克林托克撬开罐头，看到里面保存着两份完好无损的航海记录，以标准的英国皇家海军报告格式书写。

第一份报告如下：“1847 年 5 月 28 日，‘黑暗号’和‘恐怖号’在北纬 70 度 5 分、西经 98 度 23 分处的冰层中过冬。约翰·富兰克林领导的探险队一切顺利。”

看来写这张字条的时候，探险队的整体情况还不错。

第二份的字迹就变得潦草了，上面写着，在长期的饥寒交迫中，探险队员相继倒下，再也没有人站起来。富兰克林在 1847 年 6 月 11 日去世。1848 年春季，已经接替富兰克林进行指挥的弗朗西斯 · 克劳齐上校，做了一个不得已的决定：离开“黑暗号”和“恐怖号”，去大鱼河地区寻找食物，寻求援助。然而一切都是徒劳的，他们不但什么都没找到，连作为大本营的两艘探险船，也被饥饿难忍的留守队员抛弃。

具体时间点如下：两艘船自 1846 年 9 月，便一直被困在冰中；1848 年 4 月 22 日弃船，105 人登岸（截至记录当日已有 24 人死亡），于 4 月 26 日（向南）朝着巴克河进发。

该文件上最后注明的日期——1848 年 4 月 25 日。

麦克林托克把各方面搜集到的证据拼凑起来，悲剧渐渐显出惨烈的黑影。

富兰克林的探险队，开始进展顺利。1845 年 7 月，他们曾发现大片无冰水域，便一路往北航行到了北纬 77 度。但因寻找航道的大方向是向西，于是停止北进，掉头往西。在极地度过第一个冬天，到了 1846 年，富兰克林的船队驶入了西北航线最困难的部分。在短暂的北极夏天里，他们行进了 350 英里（1 英里约合 1.6 千米）。9 月后，两艘船在威廉王岛西北海域陷入海冰重重围困之中，从此再也没有离开过冰区。

北极的冬天可用三个词形容。第一是漫长，从每年的 11 月 23 日开始，有近半年时间完全看不见太阳，太阳重新升起，才是姗姗来迟的春天。第二是寒冷，可达零下 60 摄氏度，海浪和潮汐都消失了，全部变成冰。第三是黑暗，这和第一个词紧密相连，没有太阳就没有一丝光线。

富兰克林壮心不已，率队一直在等待机会，等来的却是自己的死亡。1847 年 6 月，他因病过世。富兰克林基本上属于自然死亡，临死的时候，尚满怀信心，认为探险队必将渡过难关。殊不知等待这支队伍的，将是惨绝人寰的苦难。水手们曾希望，船只可以和浮冰一起往西漂流，自动进入太平洋，后来失望地发现，这纯粹是幻想。1847 年酷寒和极夜结伴而来时，更危险的变故发生了——粮食已经耗尽，罐头均已变质。为逃避死神之吻，1848 年 4 月，一息尚存的队员们弃船逃生，向加拿大海岸进发。当地的土著老妇人，用颤抖的声音向人们诉说那时的可怕情形。

富兰克林舰队全军覆没，无一生还，令当时英国上下震惊不已。在这幅 19 世纪末的油画上，富兰克林的舰队已经放弃了大船，却仍然死在小艇周围

“由于寒冷和饥饿，那些白人好似幽灵一般，在雪原冰地上徘徊，面无人色。我们以为遇到了鬼魅，吓得四处躲闪。绝境中的白人，没能得到任何救援，全部死于冰海雪原之中。”

这就是残酷的真相。麦克林托克一行前后共用了两年零两个月的时间，解开了谜底，履行了向富兰克林妻子简夫人许下的诺言。麦克林托克一行于 1859 年 9 月返回英国，此刻距富兰克林船队远航出发的日子，已经过去了整整 14 年。

为了表彰麦克林托克上尉的卓越贡献，英国女王授予他爵士封号，他还被授予皇家地理学会金质奖章。富兰克林的夫人简，也被授予此奖章。

这似乎就是北极历史上最大救援活动的全过程。

一个多世纪过去了，人们对于富兰克林探险队全军覆没的结局，仍然疑窦重重。想想吧，129 名精壮汉子，携带着足够使用 3 年以上的食品等物资和装备，却无一生还……吊诡啊！

20 世纪 80 年代初，加拿大的比特博士到威廉王岛搜集探险队的遗物和骨骼，希望对他们的死亡原因做出准确判断和分析。

1981 年 6 月，比特小组在威廉王岛南岸发现了 31 块人骨。骨头散布在一个石头窝棚遗址的四周，犹如破碎的饼屑。经过细致组合比对，发现这些骨头来自同一个青年男子，年龄在 22 岁到 25 岁之间。从保存比较完好的骨头凹凸不平的表面可以推断出，此人死前几个月罹患坏血病，饱受病痛折磨。更令人震惊的是，在这个人的一根腿骨上发现了 3 条相互平行的刀痕。骨头残缺不全，显然被人为肢解过……

结论恐怖而真切——当时的富兰克林探险队，曾经发生过人吃人的惨剧。

其实在当地因纽特人那里，这并不是秘密。他们早就传说，那些白人的旧靴子里，盛着煮熟了的人肉。地上的骨头都用锯子锯开，头盖骨也被敲开，骨头上的肉都被小心地剥了下去……

文明世界凡是听过这传说的人，都不愿或不敢相信它是真的。不过 130 多年之后的科学研究，确认此事属实。

为什么会发生人吃人的事情？答案只有一个——食物极度缺乏。这也就是麦克林托克上尉在探险队逃难的小艇上，看不到任何食物的原因。那么，疑问自然浮出——船只起航时携带的大量食物到哪里去了。

比特博士将研究继续向前推进。1982 年，微量元素分析结果表明，那位不知名的被吃掉的探险队员的骨骼中，铅元素的含量高达 228ppm（1ppm=1mg/kg），而同一地点搜集到的两个因纽特人的骨骼中，却只有 22ppm 和 36ppm。也就是说，探险队员骨骼中的铅含量，约为当地人的 10 倍。

比特博士锲而不舍地继续寻求真相。

前面说过，在某小岛上，曾经有 3 个自然死亡的富兰克林探险队的水手之墓。比特博士从坟墓入手，于 1984 年和 1986 年，两次开棺验尸。

比特科学调查小组打开第一个水手墓，是死于 1846 年 1 月 1 日的托令顿，他当时只有 20 岁。一开棺，科学家们吓了一大跳——这小伙子就像刚刚死去一样。其他两个水手的情况也差不多。皆因极地酷寒，冻土类乎深冷的冰柜，尸身保存极好。科学家取了尸体标本拿去化验，结果出来后，举座皆惊。出海刚 8 个月，托令顿的头发里，铅含量已高达 423ppm ~ 657ppm，其他两位船员体内也是如此。现代通用的人体发铅正常值，小于 10ppm。就算考虑到那个时代的人铅的摄入量比现在高，结果还是令人感到惊悚。

这么高的铅浓度，哪里来的？比特博士分析，最主要的铅来源是罐头食品。听装罐头 1811 年在美国获得专利，英国皇家海军随即把它作为一种新技术，应用于舰船给养。当时密封罐头用的焊料，铅含量达 90% 以上。除了含有致命的铅，这种焊料还有一个致命缺陷，就是焊缝并不严密，极易导致食物变质。铅中毒，加上大部分罐装食品变质无法食用，两恶叠加，致命的后果出现了。

铅，使富兰克林探险队整体深度中毒。严重的铅中毒，损坏人的健康，导致周身疼痛和贫血。人的体能极度下降，并伤及大脑功能与思维能力。人体出现疲乏、恍惚、麻木不仁，进一步导致偏执、多疑、性情狂乱，以致最后行为完全失控。

食物链断裂，必然导致维生素 C 缺乏，出现坏血病。这就进入恶性循环，促进人体吸收更多的铅。坏血病、铅中毒、食物匮乏、北极的严寒……几只魔爪携手，扼住了富兰克林探险队的咽喉，悲剧招之即来！

这条让富兰克林至死不倦探索的北冰洋西北航线，于 1906 年，由挪威探险家阿蒙森用时 3 年，终于完全打通。

至今，在塔斯马尼亚岛首府市中心，仍矗有曾在这里当过总督的富兰克林的雕像。上面写着：此为大航海家、海军少将、民法博士、皇家学会会员约翰·富兰克林爵士的衣冠冢，他在探索北极西北航线时遇难。

其后有一首小诗：

茫茫冰洋路，路有英魂骨。明知苦寒凌，仍乐北极途。

我想，富兰克林在生命垂危之时，一定眷恋远方的妻子简。他或许留下书信和纪念物……只是这一切的收藏者，都是北极的暴风雪。

摩尔曼斯克光彩照人、遍地金芒的夜半

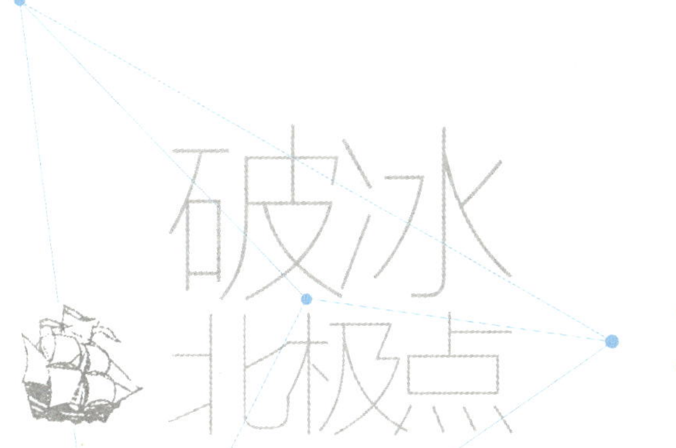

2

从俄罗斯
北海舰队军港出发

你若问，这次出发，你们走的是北极东北航线还是西北航线，我只能回答，两者都不是。我们是通过俄罗斯进入北冰洋，从而进抵北极点的。

如果把俄罗斯国土形状做个大致比喻，有人说它像匹马，我觉得更像只北极熊。我们出发的军港，名为摩尔曼斯克，位于熊背和臀的交界处。

这块宝地，是上天送给俄罗斯的礼物。

从莫斯科飞到摩尔曼斯克，需两个多小时，它位于北极圈内，已进入极昼。半夜上飞机，到达时 3 点。迎接我们的是一个光彩照人、遍地金芒的夜半，众人惊呼不已。

它为摩尔曼斯克州首府，一眼看去，街貌陈旧，容颜暗淡。好像从 20 世纪 50 年代一个箭步跨过来的大妈，还未掸去衣襟上的沧桑。好在城市周边竖起一些新建筑，大妈围系了窄边丝巾。

此地北纬 69 度，位于科拉半岛东北，已探入北极圈 300 千米，但海水一年四季不封冻，皆可通航，是俄罗斯极为重要的军事要塞。

它为何得此青睐?

大自然之父像宠小女儿般，给它悉心的多重保护。第一层：它所面对的巴伦支海，被挪威属地斯瓦尔巴群岛和俄罗斯的法兰士约瑟夫地群岛，呈双臂环绕状护住，对北冰洋以至于更北部伺机入侵的浮冰群，斩钉截铁地说“不”！

第二层：它东侧的新地岛，如同巨大的天然屏风，让喀拉海终年不化的海冰，只能在外围海域无望地打转，无法“破门而入”。

第三层：在诸岛屿铁壁合围之下，只开西南侧门，让世界上最大的暖流——墨西哥湾暖流的一支北大西洋暖流，由此不舍昼夜地长驱直入。

天造地设的地理环境，使酷寒的海冰进不来，温暖的洋流一枝独秀。摩尔曼斯克港不可复制地出落成北极地区唯一的天然不冻良港，再无比肩。

初识摩尔曼斯克，源自莫斯科胜利广场。

酷寒的海冰进不来，温暖的洋流一枝独秀。摩尔曼斯克港不可复制地出落成北极地区唯一的天然不冻良港，再无比肩

这个环状造型广场，面积约 135 万平方米。1995 年，反法西斯战争胜利 50 周年，此广场竣工。一谈到面积，咱们平日里接触的多是两三位数，多和住房有关，广大到百万平方米，就茫然。给您个参考值，天安门广场占地面积 44 万平方米，就可有个比较。胜利广场中心为方尖碑，5 级台阶上，有一猛士持长矛刺杀毒蛇雕像，此人是俄罗斯古代英雄。再往上，需仰头，花岗岩纪念碑高达 141.8 米，碑身如剑，劈裂长空。顶部雕有胜利女神像，高举金桂冠，携一男一女两个小天使，正在传递胜利消息……

俄罗斯胜利广场上的花岗岩纪念碑如宝剑一般，直指长空

广场中心的英雄雕像

数字都是有讲究的。方尖碑碑体高度的 1418，象征着苏联卫国战争经历的搏杀日数，从战争爆发那一天算起，直到胜利的日子。5 级台阶象征 5 年卫国战争。广场北面有 200 多个水柱状喷泉，持续扬洒，蔚为壮观。据说喷泉的水，白天是透明的，象征泪珠；晚上在特定灯源照射下，变作殷红，象征鲜血流淌。

纪念碑后是卫国战争纪念馆，保存大量珍贵文物。有德国宣布无条件投降的签字原件、攻克柏林后插上德国国会大厦屋顶的那面苏联旗帜、使用过的武器、红军士兵的日记等等。哀悼厅的设计，令人震撼。从巨大棚顶上，笔直垂下无数灯绳，上面缀满无数粒晶莹剔透的玻璃珠。哦，错了。不是无数，是有数的。玻璃珠共计 2700 多万颗，代表着二战中苏联 2700 多万死难者。每人一滴眼泪，汇聚成浩瀚的泪珠之海……

展览馆有一圆形大厅，穹顶上，刻有城市的剪影和名字。展览馆的工作服为红色呢子大氅，穿的人基本都是大妈级女性。我私下琢磨，这或许和俄罗斯劳动力紧张相关。若是咱这儿，此等窗口行业，必是俊男靓女的天下，中年以上的妇道人家，凤毛麟角。

我们在莫斯科的随队翻译，是位留俄在读博士，历史知识和俄文都极好。这让我和一位大妈级解说员的对话，如剥了皮的香蕉一般顺滑。

红衣大妈介绍说："这个展厅主要是展现苏联的英雄城。"

我问："英雄城是……"

红衣大妈说："卫国战争时，许多城市军民保家卫国，与德国法西斯斗争，功勋显赫。为了表彰英雄主义精神，当时的苏联最高苏维埃主席团，决定授予它们'英雄城'的最高荣誉称号。1945 年 5 月 1 日，宣布了第一批城市，有列宁格勒（今圣彼得堡）、斯大林格勒（今伏尔加格勒）、塞瓦斯托波尔和敖德萨。不过，它们现在有的不叫当时的名字了。"

我说："我将去摩尔曼斯克……"

红衣大妈说："战后俄罗斯一共有 12 座英雄城，摩尔曼斯克也在其内，不过它是 1985 年授予的。"

我说："摩尔曼斯克并不大。像这种规模的城市，俄罗斯应该有很多。为什么它会得此殊荣？"

向我解说英雄城的红衣大妈

红衣大妈说："不错，那是座小城，人口只有几十万，可它在二战中非常重要。来自盟国的各种物资，通过它，像血液一样，源源不断地输送到苏联各地，总量达 400 万吨，占了当时外国援苏物资的四分之一。"

估计一般游客难得对小城有这么大兴趣，红衣大妈来了兴致，开始履行解说职责："二战时，德军攻打摩尔曼斯克，希特勒做美梦，以为最多用 3 天时间就能拿下它。他们从芬兰那边冲过来一个骑兵团，居然在路上就提前任命好了新城防司令，连管文娱的官员是谁都安排好了，以为攻城如探囊取物。守城的苏联军民英勇抵抗，把捕鱼船改装成了 46 艘军舰，德军根本进不了城。希特勒赶紧调来山地师，又派海军，共向城里扔了 20 多万颗炸弹，把四分之三的城市炸塌了……但摩尔曼斯克城始终牢牢掌握在苏联人民手里。城市保卫战一共打了 40 个月，德国法西斯最终失败……"

虽然战火已远去，仍大快人心。红衣大妈接着说："别以为摩尔曼斯克人光和德寇打仗，他们还不停地抽空捕鱼。前前后后一共捕了 85 万吨鱼，生产了 360 万听鱼罐头，支援整个战场……”

我脑海中浮现出一幅画面：一只手持枪扣扳机，一只手抓鱼做罐头……下意识抽了抽鼻子，好似闻到血的气味外加鱼腥。

我和红衣大妈照了个相，感谢她告诉我关于摩尔曼斯克的激情故事。

摩尔曼斯克城，可谓依山傍海，能文能武。它是到北冰洋的必经之地，科研机构林立，俄罗斯北方舰队司令部也驻扎于此。

大清早，我在摩尔曼斯克的街上漫步，以为会看到身着藏蓝近乎黑色制服的俄罗斯海军官兵，却不想一个也没见到。我揣测是不是时间太早。到了近中午，还是一顶海军帽也未瞅见。又猜，也许今儿个不是休息日，军人们不能随便上街。后来细问才知道，北方舰队司令部的营区，距此还有 25 千米，叫作“北摩尔曼斯克”。

1899 年，俄国沙皇排兵布阵，开启了摩尔曼斯克作为军事要塞的历史。1915 年，德国海军封锁波罗的海后，此地便成为沙俄海军重镇。1916 年，铁路通车，兴建港口。1933 年，苏联在这里建立北方舰队分舰队，1937 年干脆改为北方舰队，编列苏军三分之二的核潜艇和水上核舰艇。

简言之，摩尔曼斯克城围绕着海军和舰船而生。造船、修船、核工业，为此地三大支柱产业。

据俄罗斯官方公布的数据，摩尔曼斯克州共有 220 个核反应堆、100 多艘已经废弃但没有进行处理的核潜艇，还存放着很多核燃料、核废料，核污染风险很高。

前不久，我刚看过 2015 年诺贝尔文学奖获得者白俄罗斯女作家 S. A. 阿列克谢耶维奇的《切尔诺贝利的悲鸣》，写的是核泄漏后的灾难状，恐怖至极。不过此刻走在摩尔曼斯克街道上，景象祥和。众多花店，鲜花盛放。我信步走入一家，东张西望。脸形酷似蒙古族人的老板娘，看出我不是买家，不搭理我，兀自修剪胖大指甲。我端详价钱，普通小花，在北京早市地摊上，大约 16 元可买两盆，这里一盆合人民币 80 元以上。此地有半年不见天日的极夜，想来养花种草颇为不易，贵有贵的道理。

阿廖沙是全俄罗斯最高大的士兵塑像，它别有深意地面向西方站立

见一麦当劳，据说是世界上最靠北的麦当劳。看了看汉堡们的价签，和中国差不多。

接下来去哪儿？我想。

“到了摩尔曼斯克，您一定要去看看阿廖沙。”在莫斯科和博士翻译分手时，他特意叮嘱我。

“阿廖沙是谁？是高尔基《童年》中的那个主人公吗？此人若在世，得一百好几十岁了吧？”我问。

博士说：“不是那个阿廖沙。阿廖沙是俄语中非常常见的男性名字，就像咱们国的张军、王红。摩尔曼斯克人为了纪念卫国战争胜利，在科拉湾的山岗上，竖起了一座高达 42.5 米（含基座）的烈士纪念雕像。当地人亲切地称它‘阿廖沙’。”

阿廖沙是全俄罗斯最高大的士兵塑像，它注重形似，细节上并不精致。一个戴着钢盔的年轻士兵，持枪凝望着远方。

“您要特别注意阿廖沙面对的方向，那可是有深意的。”博士当初再三叮嘱。

我认真辨认了摩尔曼斯克士兵雕像阿廖沙持枪面对的方向——西方。

记得当时聊天中，我问见多识广的博士，摩尔曼斯克有什么特产可以带回家。走南闯北的，我虽不是“特产控”，但多少要带点小物件，以便日后让回忆有所附丽。

博士思忖了一下，说：“摩尔曼斯克有三宝。”

我问：“哪三宝？说说看。”

博士说：“第一宝是伏特加。”

我说：“这在俄罗斯哪儿都能买到。我回程到了莫斯科再买不迟。”

博士点点头，赞同我不必从摩尔曼斯克拎着伏特加长途跋涉。然后说：“第二宝是俄罗斯姑娘。”

我说：“这个的确是宝，但带不走。”

博士一笑，表示赞同。接着说：“这第三宝是鱼子酱。摩尔曼斯克是俄罗斯最大的深海鱼捕捞基地，出产世界上最棒也最昂贵的鱼子酱。颜色是黑的，晶莹圆润，透明清亮，犹如大溪地的黑珍珠。”

我说：“我听过世界上好几个地方的人，都说自己那儿的鱼子酱天下第一，比如黑海。”

博士说：“摩尔曼斯克的鱼子酱比它们的都好，千真万确，而且，非常贵。”

鱼子酱的胆固醇含量很高，对中老年人不宜，我已决定不买。只是好奇价钱，问：“有多贵？”

“朋友说，最好的鱼子酱，1 千克卖到 4000 多美元。”

我大吃一惊。1 千克近 3 万元，合下来，1 克就要近 30 块钱。不过是鱼的小蛋，怎能如此昂贵？

博士解释：“不是随便什么鱼的卵，都能做成鱼子酱。或者说，它们就算做成了酱，也不能算正统的鱼子酱。”

我说：“鱼子酱还有血统之分？什么叫正统？”

博士说：“必须是鲟鱼的鱼子才能称为鱼子酱。而且只取鲟鱼里最大和最小的两种鱼。大的母鲟鱼要长到 20 岁以后才产卵。它们的寿命，可达百年以上。”

我吓了一跳，这鱼莫非要成精？它的性成熟期和生命，比人类还长！敬畏。

博士接着说：“取鱼卵的过程也很复杂。”

摩尔曼斯克出产世界上最棒也最昂贵的鱼子酱。颜色是黑的，晶莹圆润，透明清亮

我说："要把母鱼杀死吗？"

博士说："若是抓住母鲟鱼，杀了它剖腹取卵，鱼子酱的价钱还不至于这么贵。取卵的过程十分残忍，先要把活的母鲟鱼敲昏，以保持它在整个取卵过程中不死也不挣扎。鱼若死了，鱼卵就会迅速腐败变质，滋味便不再鲜美。活鱼取卵后，还要经过筛检、清洗、滤干、评定等级等一系列步骤。最关键的是放盐，要由非常有经验的大师亲自手工操作，以保持最适宜的盐量。然后晾干，装罐。罐子不能太大，鱼子叠压，容易让下层鱼子碎裂，影响口感。摩尔曼斯克的顶级鱼子酱，进入食客们嘴巴里，浆汁迸裂，美味无穷。每一小口的品尝，都值十几美元……"

我知道自己今生今世无福"享受"此等佳肴，问博士："您在俄罗斯几年了？"

他答："十年。"

我问："您可品尝过这种最上等的鱼子酱？"

他说："没有。也不是完全没有机会。机会来临的时候，我放弃了。"

我想这可不容易。面对着举世闻名的美味，一般人会感到好奇，难以拒绝品尝。

博士看出了我的疑问，说："我认为人固然有用动物生命延续自我生存的传统和理由，但像这类血腥而穷凶极恶的吃法，实可商榷。卵，不管是大如鸵鸟蛋还是小如虾子，都是雌性生物的生殖细胞。鱼卵为母鱼卵巢所制造，和精子结合之后便成为受精卵，一条小鱼的生命历程就开启了。"

我点点头，医生出身，明白这套知识。萍水相逢，博士不知我经历，便从头讲起。

博士说："为了供给一个幼小生命最初需求的养分，所有的卵饱含营养，如同储备丰富的微型仓库。鸡蛋含有8%的磷、4%的锌、4%的铁、6%的维生素D、3%的维生素E、6%的维生素A、2%的维生素B_1、5%的维生素B_2、4%的维生素B_6……"

真不愧是博士，对数字滚瓜烂熟。我不由得打断问："您攻读的是哪科博士？"

他说："石油。"

大跌眼镜。我原以为他就算不是医科，也在生物学大范畴之内。再想想，他的学科也和广义的生物有关，不过年代久远了点。远古时代的生物，受尽磨难，方化作石油。

凡自然科学家有一特性，无论你怎样中断话头，他的思绪都会坚定不移地沿着原来轨迹前行。博士说："鱼子比鸡蛋略胜一筹，脂肪含量低，蛋白质含量更高。不过，鸡蛋最终变成一只鸡，鱼子最终变成一条小鱼，就算它们在营养成分上略有差距，也绝不应有高达几十倍上百倍的价格鸿沟。人可以天天吃鸡蛋，却不可能天天吃鱼子。"

他停下来，看着我，等待回应。我赶紧点头，表示点赞。

博士继续说："我以为，朴素，不仅表现在穿衣和住房的简约上，在食物上也应保持平常心。不吃特别来之不易的稀有食材，不用非常繁复的烹调技法和漫长时间，不用五光十色、华而不实的食器，不矫揉造作伪装自然天成的就食环境……只求干净和营养全面足矣。"

摩尔曼斯克的三宝，我终是一宝也未能带回。极之美的创始人曲向东先生说过，到过南北极之后，他就认为世界上没有什么地方是不可以去的，也没有什么地方不能去第二次第三次。他开始不买纪念品，不再拿相机拍照，顶多是用手机。因为他现在觉得世界就在他心中，整个世界像是他的后花园。他舍不得摘一朵回来，因为他觉得还是让它在那里开放才是最好的状态……

他的话有气魄，有远见卓识，我很赞同。不过我确知这世上有一些地方，我将终生无法抵达。北极点、摩尔曼斯克港，我也很可能不会再与之重逢。

留俄石油博士说过的话，成了我心中存留的摩尔曼斯克特产。

值得永久收藏的唯有记忆，而非任何物质。

北冰洋风光

3

北冰洋是一锅沸腾的蓝钻石

上船，驶向北方。

此次远行之前，我对中国以北的了解，仅限于知道那儿属于蒙古国和俄罗斯，余皆不甚了了。在船上专家不停答疑解惑，稍有进步，现买现卖。有学识渊博的读者早就知根知底的，请跳过。

何谓北极圈？它是人为画在地球北纬 66 度 34 分处的一条假想线，是北寒带与北温带的分界线。

地图上一个纬度的距离，落到苍茫大地上，约为 111 千米。一般旅行社打出的北极旅行，通常只是擦入北极圈浅处，继续北探不远就停脚，略有浅尝辄止之嫌。

从北极圈继续北行 1500 千米，抵达北纬 80 度，这就到了通常意义上的旅游和探险的分界线。如果你还不善罢甘休，向北再向北，到了无北可去的地方，那便是北极点了。站在那儿向任何地方眺望，都是面向南方。

算下来，从进入北极圈起，需北进超过 23 纬度，直线距离约为 2600 千米，方抵达北极点。这片广袤的土地，便是广义的北极地区。

中国领土的最北端，位于黑龙江省漠河以北的黑龙江主航道中心线，为北纬 53 度 33 分。此处距北极圈 1400 多千米，距北极点约 4000 千米，可谓相隔万水千山。

船只在北极圈内的巴伦支海航行。人们拥上甲板，眺望极地风光。我身旁恰好站着极地专家，年轻俊朗，专业基础十分深厚，曾多次抵达南北两极。

我赶紧抓住机会请教他：“南极点和北极点，都是冷，都是白茫茫的冰雪世界，看起来会不会差不多？”

极地专家说：“外行人看热闹，也许会觉得大同小异，实则南北极区别很大。”

我自以为是外行人里的外行人，不过问题总要搞明白，于是一边自惭形秽，一边问：“区别在哪里？”

极地专家的回答简略精准：“南极，是水包地。北极，是地包水。”

这话倒是不难记，字面上也不难懂。我却不得要领，不争气地想起扬州人有“早上皮包水，晚上水包皮”之类的俚语。可惜俏皮话对了解南北极的差异无丝毫帮助。

巴伦支海的极地风光

专家看我一脸愣怔，详解道：“简言之，南极是中心一块陆地，四处被海水包绕。”

我点点头，这个，明白。

“北极呢，周围是一片陆地，中央是一汪海水。”他接着说。

这个，也可以明白。两句话加在一起，我的大致理解为：南极点是实心的土地，北极点是流动的水。更准确地说，北极点是浮动的冰。

在中外极地专家的谆谆指导下，我这类懵懂旅行者，稍有进步，明白了北极地区的基本状况。

恕我打个蹩脚比喻：北冰洋近似一张圆形桌子，北极点就是桌子中心安放转盘轴心处。桌子未美丽蓝色，不过你寻常日子看不到它的底色，其上铺一张雪白蕾丝桌布，这就是万古不化的北极海冰（近些年它开始不断融化，这个咱们以后再聊）。桌布未完全遮盖的边角，就是基本上常年不封冻的巴伦支等近海。有餐桌自然有客人，周围落座的计有 8 位，它们是加拿大、丹麦、芬兰、冰岛、挪威、瑞典、美国、俄罗斯。俄罗斯身宽体胖，海岸线最长，加拿大居第二。美国人之所以今天能有一把餐椅，要感谢俄罗斯人当年的短视失当。1867 年，俄罗斯以 720 万美元的价格，把面积巨大的“不毛之地”阿拉斯加贱卖给了美国。

北冰洋这名字听起来不仅浪漫，还闪烁着现实主义光芒，可谓形神兼备。顾名思义，它一是位置居北，二是结满了冰。名称源自古希腊语，意为“正对着大熊座的海洋”。希腊人很早就确认大熊座位于正北方，给它下方的海洋命名时便依从了星辰。1650 年，德国地理学家 B. 瓦伦纽斯，将地球最北部的水域，划成独立海洋，称大北洋。1845 年，伦敦地理学会将大北洋正式命名为北冰洋。

极地专家告知北极地貌要点——两个三分之二。第一：北冰洋占北极地区面积的三分之二。第二：北冰洋三分之二海面，终年覆盖着 1.5 ~ 4 米的冰层。

北冰洋戴银盔披钢甲，威风凛凛，却是诸大洋中的小弟。它的面积不及太平洋的十分之一。它不单体瘦，还矮矬，平均水深不及太平洋的三分之一。不过，它特长明显。一是冷，此不赘言。二是位置重要，介于亚洲、欧洲和北美洲之间，实为战略要冲。三是它所跨经度最广，足足涉及 360 度。它是被三大洲陆地之手捧握的一颗白色冰冷心脏。

北冰洋是被三大洲陆地之手捧握的一颗白色冰冷心脏

对北极的好奇，自古希腊始。说来有趣，最先推论出极北之处的地貌应为海洋的，居然是一群哲学家。毕达哥拉斯学派提出“宇宙和谐”与“数”，都需要球形垫底，大地必然呈球形才是完美的。生于公元前 384 年的亚里士多德，为“地球”这个概念一锤定音，并继续向前推演，这个球状地球，北半部分已是大片陆地，南半球也应当有一块大陆，球体才能平衡。为了避免北半球太重，陷入“头重脚轻”的难堪境地，北极点一带应当是海洋。这样北半球就会得到些许平衡，整体上不会超重。

除了这些纸上谈兵的推断之外，一个叫毕则亚斯的古希腊人，索性身体力行，扯起风帆，一往无前地向北极冲去，成为 2000 多年前北极探险第一人。经过 6 年时间，毕则亚斯于公元前 325 年胜利归来。此行的最北处，抵达冰岛或挪威，有可能进入了北极圈。

时间逶迤前行。约 1200 年后的公元 870 年，一个叫奥特的人，绕过他所住的古斯堪的纳维亚半岛最北端的海角，进入白海。几乎在同时，一个叫弗洛基的挪威人，发现了冰岛。

北极圈内的格陵兰岛被发现，则要归功于一个叫红脸艾力克的海盗。他在冰岛连续杀了两次人，被挪威政府驱逐出境（那时冰岛归挪威管辖）。走投无路之下，红脸艾力克把一家老小和所有细软塞进一艘无篷船，往西航行。他最终看到了一片陆地，全家登临。那时正处在“中世纪暖期”，格陵兰岛一反以往的天寒地冻，出现了温暖宜居的小环境。在这山高皇帝远的地方，海盗红脸艾力克住了 3 年，觉得挺不错，决定回冰岛招募移民。为了使这个荒凉地方具有诱惑力，红脸艾力克成了标题党，给这儿起了个动听的名字——格陵兰，意为“绿色的大地”。一批又一批的冰岛人，带着家财和牲畜渡海而来，格陵兰岛遂兴盛繁荣起来。人们过了 500 年好日子，不料气候变脸，世界进入小冰期，格陵兰岛又一次寒凝大地，陷入沉寂。

欧洲人再次聚焦北极，归功于马可·波罗的中国之行。西方人看了他的游记，认为中国是一个黄金遍野、珠宝闪烁、美女如云、民性温和的天堂，潜藏着巨大商机。只是去中国一趟，委实太远了。西方人于是开始寻找通往东方的最短航线。

公元 1500 年，葡萄牙的考特雷尔兄弟，扬帆一路向北。他们一去不复返，成为探索经过北极抵达东方的“西北航线”的第一批殉难者。

1594 年起，荷兰人巴伦支开始了他连续 3 次的北极航行。

1610 年，英国人哈德孙驾驶“发现号”向西北航线发起冲击，共计 22 名探险队员，9 人被活活冻死，5 人被因纽特人杀死，1 人病死，最后活着回到英格兰的只有 7 人。航道依然渺茫未知。

1616 年春天，巴芬指挥的“发现号”，往北挺进。航道没打通，但发现了后来以他的名字命名的巴芬湾。

1725 年 1 月，彼得大帝任命丹麦人白令为俄国考察队长，以“确定亚洲和美洲大陆是否连在一起”为目的，发起远征。17 年中，白令完成了两次极其艰难的探险航行，绘制了堪察加半岛的详尽海图，顺利通过了阿拉斯加和西伯利亚之间的航道，也就是今天以他的名字命名的白令海峡。1739 年，他到达北美洲西海岸，发现了阿留申群岛和阿拉斯加。两次探险为辉煌成果付出的代价是共计死了 100 多人，包括白令他自己。

以失败告终并全军覆没的极端例子，当属前文说过的英国富兰克林探险队。

上篇已说过西北航线的打通故事，东北航线是 1879 年由瑞典探险家诺登舍尔德首次打通的。

终于啊终于……持续了大约 400 年的北极航道探索，总算成功了。遗憾的是，以极其沉重代价换来的北冰洋东北和西北航线，由于路途曲折，一路凶险，在当时毫无商业价值可言。

乘客们兴致颇高，半夜三更还停留在甲板上，举目四望。您可能要说，半夜里能看到什么呀？嘿！别忘了，此刻正值极昼。北极点的时光，以白天和黑夜来区分，一年相当于一天。

没亲身领会过极昼威力的人，想象中以为极昼总是正午，太阳高悬头顶。

其实不然。北极点附近的仲夏时节，太阳远远挂在地平线上，升起的高度不会超过 23.5 度。这是什么概念呢？取直角的四分之一值，大约就是此刻太阳直射的角度。它苍白无力又锲而不舍，静静地环绕着无边无际的冰雪世界，不动声色地圈移。

我们只好背弃了老祖宗的教诲——不能日出而作日落而息。

北冰洋的命运说起来十分乖张。2000 万年前，它是个巨大的淡水湖。风平浪静地过了 1820 多万年的甜淡日子后，不好啦！由于地球板块运动，大西洋的海水灌入北极圈，赶走淡水。这个咸淡水的置换过程，大约经历了 45 万年，最终把一个好端端的淡水湖，改造成了苦涩的咸水海。

临出发前，一位曾去过北极点的女友叮咛我，一定要带上润唇膏。我说："不是在海上吗？海洋性气候，应该很湿润啊。"

朋友说："道理我说不清，反正北极点那儿特别干燥。"

我后来查了资料，发现她所言不虚。北冰洋虽是海洋，降水量却很少，和咱们黄土高原差不多。您可能纳闷，既然如此干燥，哪里来的这么多冰？原来此地的冰，前世并非降雪降水，而是海水直接凝冻而成的。

太阳远远挂在地平线上，苍白无力又锲而不舍，静静地环绕着无边无际的冰雪世界，不动声色地圈移

说起北冰洋的冰川体积，和南极比起来，真是小巫见大巫，只有南极的十分之一。不过就像山不在高有仙则灵一样，冰不在多而在资格老。北冰洋的中央海冰，已持续存在了 300 万年。想想吧，那时人类的祖先还在树上爬呢。

历史上的北冰洋，并不总是如今这般须发皆白冷酷无情。它也曾有过春风拂面的日子，那时是白垩纪。科学家们推断，当时北极地区温度可能高达 20 摄氏度，人们在此发现了恐龙和水杉的化石。不过，北冰洋并不太平，它曾有剧烈的火山喷发和地震活动，海岸线曲折破碎，海底情况十分复杂。

船不断航行，越来越靠北。面对辽阔水域，你不由得想——它曾经属于淡水，属于恐龙，属于寒冰……那么，现在的北极，属于谁？

北极圆桌周围的 8 名食客，均声称拥有北极领土，屡屡就北极控制权发生争议。他们之间虽说经常脸红脖子粗地掐架，但有一点共识："内部协商，外部排他"。也就是说，沿岸国家都打算尽量缩小圈子，闭门磋商，由 8 国全权处理北极领土和权益问题，不付诸大范围的讨论。

2007 年 8 月 2 日，在代号"北极－2007"的深海考察中，俄国家杜马副主席、极地探险家奇林加罗夫操纵深海潜水器，将一面能保存 100 年左右、1 米高的钛合金国旗，插入北极点 4261 米深的北冰洋洋底。

俄罗斯插旗后，美国迅速做出反应，派出"希里号"重型破冰船开赴北冰洋，对阿拉斯加附近的北冰洋洋底进行测绘研究。美国早在 1947 年就成立了海军北极研究所，1958 年成立了美国科学院极地研究所。其研究领域非常广泛，涉及声学，地质学，地球物理学，环境预报，冰、雪、永久冻土工程学，极地物质系统和人对严寒的适应性等项目，可见用心之深。

早在 1915 年前后，加拿大就开展了针对北冰洋的探险和考察。1947 年，加拿大设立北极东部研究小组和北极区海域生物研究所，1958 年又设立海冰研究中心，截至 2011 年共设置了 30 多个北极观测站。2011 年斥资 1040 万加元，在北极建立了最新的现代化研究所。

北极地区的陆地和岛屿，现在已由北冰洋沿岸国家分占完毕。

其他国家也没闲着。日本是亚洲国家中最早对北极进行探险考察的国家。1990 年，日本政府正式设立北极圈环境研究中心。

印度是个常年受高温炙烤的国家，泰戈尔曾愁眉苦脸地描写过印度的气候：“我们生活在热带的淫威之下，每时每刻为了最起码的生存，都要付出沉重的代价。”

印度于 2007 年 8 月派遣了第一支科考队，奔赴北极进行考察。

也许有人会说，北极离这些国家远着呢，为什么还要下气力研究北极？这其中也隐含着派生出来的问题——北极离咱们也远着呢，为什么要研究它？

我 2008 年曾乘船环游世界，归来后有个很意外的感觉——地球并不像想象的那么大。不必到宇宙中去跟大个头的星辰比较，乘着轮船缓缓地一天天走过，大约 100 天，就可以绕地球一周了。地球上的所有人，砸断骨头连着筋，真真休戚相关。地球的环境，每个国家都脱不了干系。

甲板聊天中，专家曾问我：“您觉得北极的空气如何？”

我说：“非常好啊。咱是没带仪器，不然测一下 PM2.5，估计可能是个位数，是 0 也说不定。”

专家说：“现在是北极的夏天，大气的环流对北极的空气净化有利，所以才有如此清冽之感。如果是冬天，情形便不一样，会出现污染。”

我说：“为何？此地没有人烟，也没有工矿，为什么冬天情形会变坏？”

专家说：“人造污染物会随着大气及洋流，聚集到北极地区。北极地区许多污染物的含量，比人口密集的都市还要高。冬天到北极来的人，也许会看到北极烟霞。”

“北极烟霞是什么东西？美丽吗？如烟的霞光？如霞的烟？”我很好奇地问。

“烟霞”这个词，我是第二次听到。上一次是在 20 年前的澳门。当地一位朋友说，天气预报中，常常会出现“烟霞”这个词。我以为是一种神奇景观，未曾细问，至今不知何意。却不想在人迹罕至的北极核心区域，又邂逅烟霞。

专家说：“别看‘烟霞’这个词很好听，它的本意，指的是抽鸦片时吞云吐雾的产物。”

我吓了一跳，地老天荒之处，还和毒品有关？

专家苦笑道：“现代意义上的北极烟霞就是咱们常说的雾霾啊！由于北极冬季平稳酷寒，含微粒的云团在空中悬浮稳固，久降不下。从南边中纬度地区大气中飘移过来的二氧化碳、二氧化硫、氟利昂、烟尘和农药等污染物，与之结合形成雾霾，会持续笼罩在极地上空。”

北极原来当然是没有烟霞的。烟霞从 20 世纪 50 年代开始出现，主要是欧洲工业国家和苏联工业排放污染物造成的。加之每年都有大量候鸟飞来北极，粪便中携带的汞和杀虫剂等化学成分，也持续污染北极环境。

专家陷入长久的沉默，我也无语。

想起海明威在他的小说《丧钟为谁而鸣》的题记中，曾引用过英国 17 世纪诗人约翰 · 堂恩的诗歌片段：

谁都不是一座岛屿，自成一体；
每个人都是欧洲大陆的一小块，那本土的一部分；
如果一块泥巴被海浪冲掉，欧洲就小了一点；
如果一座海岬，如果你朋友或你自己的庄园被冲掉，也是如此；
任何人的死亡使我有所缺损，因为我与人类难解难分；
所以千万不必去打听丧钟为谁而鸣；
丧钟为你而鸣。

这样说来，北极地区的长治久安，凡地球人都有责任。世界上的许多国家，包括咱们中国，的确都远离北极圈。不过，国界是地图上人为画出的切分边界的线条，地球却是浑然的整体。北极的气候、海流、海冰、物种等，吹拂游弋奔流生存……完全不受国界限制。大北极不应有“小圈子”，地球人须秉持大格局观。为了北极的将来，为了整个人类的福祉，都来关注北极，整体规划北极，完善保护北极。

英国著名海洋专家、剑桥大学教授彼得 · 维德汉姆曾说，北冰洋海冰正在快速萎缩，面积每 10 年减少大约 11%。到 2030 年左右，如果你 9 月 1 日去北冰洋，可能就看不到任何冰了，而是一片海洋。

根据美国国家冰雪数据中心发布的最新数字，北极海冰面积在 2016 年 9 月 10 日达到最低水平，与 20 世纪 70 年代末相比缩减了 40%。

随着船只向北不断深入，海冰逐渐增多。受航行扰动，一块块海冰在四周快乐翻滚，晶莹地反射着太阳的光芒。北冰洋，宛若一锅沸腾的蓝钻石。

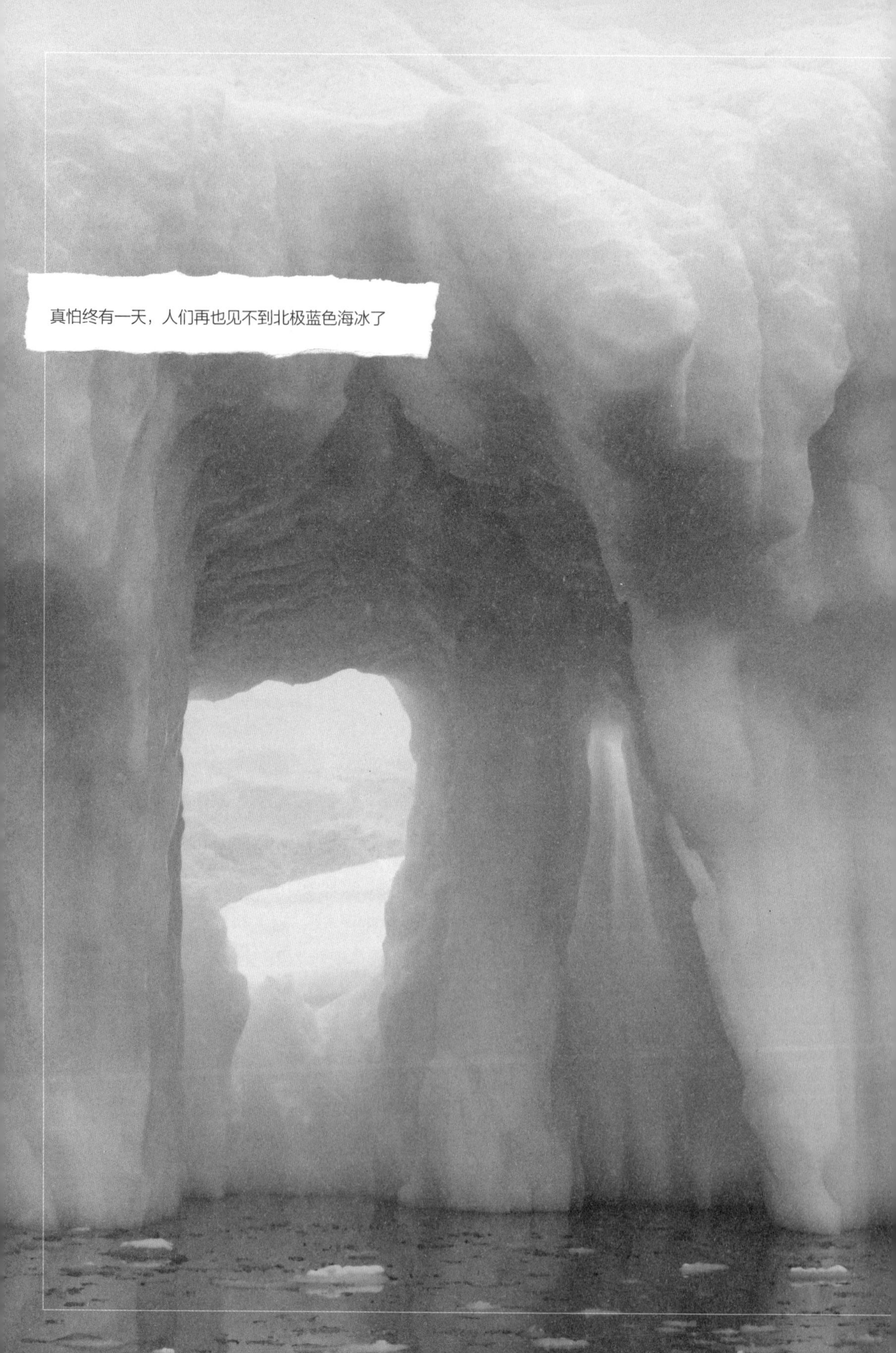

真怕终有一天，人们再也见不到北极蓝色海冰了

蓝是越纯粹越精彩的颜色。天空和孕育生命的海洋，都是这个颜色，便把它从凡俗的色泽，提升到了神圣范畴。真怕终有一天，人们再也见不到北极蓝色海冰了。

“50 年胜利号”，目前世界上唯一提供北极点探险旅行的核动力破冰船

核动力雪橇犬——“50 年胜利号”

也许您会埋怨我写得有点快了，还没交代怎么上的船，就航行在巴伦支海了。

船的事儿，一会儿慢慢道来。今后十几天，我们与船朝夕相处生死与共，想不说都难。

想到北极点，有 4 条路可供选择。

一是乘坐飞艇、直升机等飞行器，像鸟一样翱越北冰洋而至。

二是在冬季，靠狗拉雪橇加上徒步，从冰原上跋涉到达。这是模仿原住民和早期北极探险家的朴素原始方法。

三是乘坐核潜艇，从冰层下面穿过，到北极点了，钻出来露个头，以示到此一游。

四是乘坐破冰船劈波斩冰抵达。破冰船又分为常规动力与核动力两种，往返耗时十余天。

第一种方法又快又好，遗憾的是并非每个人都能有这种机会，况北极气候多变，起飞受限。

第二种方法，如全程完成，那是真正的探险，需极好的技术和体力再加上完备的保障系统。可谓勇士旅程，凡夫俗子轻易不敢尝试。

第三种是类乎鲸的方式，长途奔袭，在不动声色中完成壮举。这很令人神往，可叹非极少数军人莫能，一般人绝无这等机缘。

第四种相对最简单，是寻常人的轻探险旅程。

我就是乘坐核动力破冰船前往北极点的。

提到破冰船，人们首先会想到“雪龙号”。2010 年，中国的“雪龙号”首次穿越北极东北航线，抵达北纬 88 度 26 分。我们这次走得会比它稍远一点，直抵北纬 90 度。

我们的船，叫“50 年胜利号”，是目前世界上唯一提供北极点探险旅行的核动力破冰船。船的主人是俄罗斯政府，它平日里的正差，是科学考察，为军事和经济航线破冰开路、护航等。可能是为了增加政府的财政收入，每年夏季有几个船期，被特许临时用于商业探险旅行。

也就是说，“50 年胜利号”不是游手好闲的游轮，它是一艘货真价实的工作船。2016 年，我等能登船奔赴北极点，除了价格不菲的船票，还有偌大的幸运成分在内。肩负重要国家使命的“50 年胜利号”，以后还能不能继续承接商业探险，谁也说不准。若国际形势有变，俄罗斯政府下令停了这个副业，任谁也回天无力。

启程第一天气候尚暖，海面平滑如绸，无冰可破，船只稳行如普通客轮。

我和丈夫老芦，分到一间刀把形房屋，有一张小床、一张沙发外带书桌。沙发有机关，扳弄时可放倒以充卧床。我嫌沙发需每天操作比较麻烦，索性欺负一下老芦，早早占小床而躺，以应对晕船。

人是不安分的动物，除了寻找高山之外，找到地球的边缘，也是自古以来的大项目。多少个世纪以来，梦想走入北极、抵达北极点的人，不可枚数。

前面讲过，英国维多利亚时代，就曾出重金奖励北极探险者。按说英国与北极并不贴身，北极领土和它也没直接关系，为何如此上心？概因那时号称日不落帝国的英国，有胸怀世界的野心。各国探险家们闻讯摩拳擦掌，跃跃欲试。

无以排解的晕船感汹涌袭来。以我 2008 年乘船环球旅行的经验，此时一味躺着，越躺越晕，不如挣扎着到甲板上吹吹风，或能缓解。穿好抓绒衣，戴上帽子，趔趄出门。推开船舱的双层保温门，刺骨冷风扑面而来，吹人踉跄。倚着船栏想，此刻正当北冰洋盛夏，尚如此冻人，几百年前的探险家们，曾面临何等艰辛。

极地专家走过来，年轻的脸庞显出受冻后的健康绯红。红（船上有多位极地专家，我把他们的教诲组合为一人所说，称其为“红”）凝望蔚蓝海面，问：“您可知道这片海域的名称？”

我在“50 年胜利号”的甲板上全副武装地吹风

我说："知道，巴伦支海。"

红说："您可知它为什么叫巴伦支海？"

我说："约略知道一点。纪念一个名叫巴伦支的探险家。"

红说："他的全名是威廉·巴伦支，荷兰人。那个年代，荷兰是海上强国，被称为'海上马车夫'。"

我点点头，想起去非洲时，曾对荷兰裔的后人居然成了非洲的土著白种人大为不解。后来翻阅资料方明白，偏居欧洲一隅的荷兰人，曾不安分地远走他乡，驰骋大洋，四海为家。

红说："巴伦支一共来过 3 次北冰洋，前两次乏善可陈。1596 年，在他第三次北冰洋探险中，到达北纬 79 度以北，这是当时人类北进的最新纪录。当年 8 月 26 日，巴伦支的船被浮冰封住后撞毁。他们弃船上岛，在冻土层掘洞，盖起小木棚。没有食物，就靠猎杀北极熊和海象充饥。巴伦支和船员们，挨过了难以想象的苦难，在北极度过冬天，等来了第二年夏天。他们乘上从冰难中抢救出来的无篷小船，又开始艰难航行。巴伦支因长期营养不良，患了严重的坏血病，生命垂危。他挣扎着写了 3 封信，一封藏在他们越冬时住的小屋烟囱里，另两封分别交给同伴。1597 年 6 月 20 日，虚弱无比的巴伦支请水手将他扶起来，最后看了一眼大海，旋即昏迷，从此再也没有醒来。船员们将他放在一块浮冰上，让他随波涛而去。剩下的水手在新地岛南端遇到了俄罗斯人，终于获救。

"200 多年过去了，1871 年，一个挪威航海家来到巴伦支当年过冬的地方，从烟囱里找出了那封信。巴伦支详细记载了走过的航程，绘制了极为准确的海图，为后来的探险家们提供了宝贵资料。人们为了纪念他，把巴伦支航行过的海域，也就是咱们眼前这块面积约 140.5 万平方千米的海域，命名为巴伦支海。"

红又补充道："巴伦支是深度进入北极圈的第一个欧洲人。"

我佩服红的用词精准。北极圈原本并非无人区，原住民祖祖辈辈都生活在这里。我盯着蔚蓝海水，它掩埋了巴伦支的骸骨，还有他顽强的信念。

红说："考考您，巴伦支船长去世的时候，年纪有多大？"

ESTOTILAND
FRETUM DAVIS
GROENLAND
GROC LAND
POLUS
ISLAND
Circulus Arcticus
Het nieuwe land
Fero Ins.
Hitland Ins.
Orcades Ins.
FINMARCHIA
NORVEGIA
SWEDIA
LAPPIA
Boddicus Sinus
Oost Finland
Witfarck mons
Thomas Cenobium
I. Margaster

400 多年前，巴伦支亲手绘制的航海地图

我前些年偶然见过荷兰1996年发行的一枚欧元纪念银币，其上铸的人像就是威廉·巴伦支。他面容庄严苍老，胡子拉碴。外国人的胡子长并不说明年龄大，但曾3次远征北极，又担当船长重责，年纪肯定不会太轻。我回答："有50多岁吧？"

"巴伦支死在这片汪洋大海的浮冰之上时，只有47岁。"红说。

"为什么那么多人前赴后继地要向北极冲刺，甚至明知是死路一条？"我纳闷。

红思忖着说："真正的探险家在出发的时候，都抱定了必胜的信心，但我相信他们也曾考虑过死亡，不过在探险家眼中，这也是正常归宿。"

我问："他们是为了钱吗？"

红说："固然有钱的因素，例如英国政府的悬红。但这绝不是最主要的，多少钱能与性命相搏？"

"那是为了名？"我刨根问底。

在巴伦支海上，凭海临风

红说："我不是他们，无法代替他们回答这个问题。但是，我揣测有一种动力，驱使他们一往无前。"

我好奇："有什么动力，能让他们视死如归？"

恰在这时，有一只海鸟在我们上空盘旋，翼展宽大，头颅昂扬。我暗自揣想这是一个沉没于巴伦支海域的探险魂魄所化的吧？要不它为何飞得如此之近？是想听听今人的评说，是否符合它的初心？

红说："那时候，正是世界地理大发现时代。像我们面前的这片海域，当时在地图上还是未知数，连名字也没有。在欧洲，有以物种或地理发现者的名字命名该发现的传统。例如南极的德雷克海峡、距离这里不远的白令海峡、加拉帕戈斯群岛的达尔文雀、被称为地中海热的布鲁氏菌病，还有各种小行星，等等，都是遵循这一原则。就拿咱们身边的北冰洋来说，不能不提到一个人，诺登舍尔德。他出生于芬兰，后被政府宣布驱逐出境，入了瑞典国籍。他开辟了北冰洋水道，为了纪念这一功勋，在俄罗斯喀拉海东南，有以他的名字命名的诺登舍尔德群岛；在新地岛的西北，有诺登舍尔德湾，还有诺登舍尔德角；在挪威，有诺登舍尔德半岛；在北冰洋海底，有以他的名字命名的诺登舍尔德海盆；还曾有诺登舍尔德海……"

我的耳廓，顷刻被这个原本陌生的名字磨出了茧。尊敬的诺登舍尔德先生，如此频繁地听到自己的大名，快从墓地中站起来了。

红继续说："能在地球万物中留下自己的名字，哪怕是命名一种病菌，也会对某些人构成无与伦比的诱惑。我们面前这块与新疆面积差不多大的海洋，几个世纪以来，所有路过这里的人，都会一次又一次重复'巴伦支'这个称呼。虽然巴伦支的尸骨早已荡然无存，但他不朽的英名响彻海疆。我相信，只要人类存在一天，这片海就不会改名字。巴伦支啊巴伦支，已然渗透这里的每一滴海水……"

说到这里，只见那只海鸟嗖的一个猛子，扎入滔滔白浪之中，却并不马上离开，像鸳鸯似的漂浮着，似乎在水中还要聆听船上的对话。

我几乎确信：它是巴伦支和水手们的转世灵童。

红接着说："20 世纪初，随着东北与西北航线相继被探明，唯一的悬案只剩下——谁将最先到达北极点。这顶桂冠，最终被美国探险家皮尔里获得。"

我说："是走咱们现在的这条航路吗？"

红说："不是。1902 年，皮尔里启程冲向北极点，他很有头脑，首先改变了冲击时间。要是您，觉得什么时候冲刺北极点比较相宜？"

明显是设伏。但我想不出除了夏天以外，谁还敢贸然进入极地，便回答："当然要挑暖和时间，北极之夏。"

红说："之前的北极探险者选的都是这个季节，但皮尔里大胆决定，绝不在夏季进入北极。那时冰脊融化，融池遍野，水道破碎，冰间湖星罗棋布，冰情极端复杂。他要反其道而行之，选定北极之冬。届时冰面坚硬、整齐，冰窟窿和冰间流较少，狗拉雪橇能纵横驰骋。加上他'兵马未动粮草先行'，不打无准备之仗，在北纬 80 度，先期建了几座物品仓库，并进行了适应性锻炼。"

我忘了晕船。优秀的探险家，除了非凡体魄，还得有出类拔萃的智商。不单站在了前人的肩膀上，还得站上前人的脑瓜顶。

红又问："您猜猜看，皮尔里当年多大岁数了？"

刚才将巴伦支猜得老气横秋，这次要吸取教训。皮尔里颇富文韬武略，年富力强。我说："30 多岁吧。"

红一笑，说："1905 年，当皮尔里带着探险队从纽约出发时，他已近 50 岁了。1906 年 2 月，他到了赫克拉岬地，指挥爱斯基摩人……对了，现在改叫因纽特人了。恕我按照老习惯，把他们的狗称为爱斯基摩犬。皮尔里和原住民交上朋友，不断锻炼耐寒力，学习指挥狗拉雪橇的本领，还穿上了原住民的保暖皮衣，学会了建造圆顶冰屋……但这次向北极点的冲刺，还是以失败告终。"

我长叹了一口气，对夕阳西下的 50 岁老汉来说，这打击够沉重。

红不理会我的长吁短叹，继续说："1908 年，皮尔里再次出征。这回他的探险队里，除了白人探险家之外，还加入了一些熟悉北极情况的因纽特人。1909 年 3 月 1 日，皮尔里……"

我分神一算，该老汉此时已近 53 岁了。

"皮尔里再次向北极进发。队伍由 4 个强壮的因纽特人、皮尔里本人及其黑人助手马休·汉森共计 6 人组成，开始向北极点冲刺。他们带了 5 架雪橇和 40 条爱斯基摩犬，疾速穿越 240 千米冰原，铲除 15 米高的冰峰，冲破漫无边际的大雾，顽强挺进。用皮尔里自己的话说，那雾大得仿佛整个北美大草原都燃烧着冒出黑烟……

雪橇犬忠诚深情，可算北极地区最刚强的人类之友

“1909年4月6日，皮尔里到达了离北极点还有8千米的冰面，此地为北纬89度57分。北极点果然像亚里士多德早在2000多年前就预料到的那样——不是陆地，而是浩瀚海洋所结成的坚冰。衣衫褴褛的皮尔里，掏出他妻子亲手缝制的美国国旗挥舞起来，高呼：‘这个大奖是我的啦！’”

“就这么……到了北极点？”我问，意犹未尽。

红说：“是啊。您还嫌不艰难？”

我说：“历史必将记住这6个人。”

红说：“还有40条雪橇犬。不过也有资料上说是28条，总之，几十条。”

我说：“估计雪橇犬出发的时候是40条，千辛万苦跑到北极点，战斗减员，就只剩下28条了。”

红说：“爱斯基摩雪橇犬既努力又勤勉，既友好又坚定，忠诚深情，可算是北极地区最环保、最刚强的人类之友。”

我还从来没有听过任何一个人如此深情地评价一种动物。

这时，我们航行的巴伦支海，出现了小块的浮冰。向北航行一天半之后，海面上渐渐出现浮冰，最初是一朵朵发着淡蓝光泽的小团块，似早年间文人浸了少许淡蓝墨水的废稿，散淡漂浮，追逐嬉戏。

船上的人们在盛夏时节看到众多冰雪，不由得大呼小叫。

我赶紧对红专家说：“麻烦您帮我以浮冰为背景照个相，留作纪念。”

红摆摆手说：“我不帮您照。”

我吃惊：“为何？”

红说：“这才几块冰？明天，会看到更多的冰。再往后，您简直找不到没有冰的海面了。冰海孤帆，破冰船就是我们的爱斯基摩犬。”

想想也是，强按捺浅尝辄止的好奇心，静等铺天盖地的冰雪袭来。我问红：“最先到达北极点的爱斯基摩犬，可有名字？”

问不倒的红，一时语塞，沉吟了一下说：“在犬的主人那里，它们肯定是有名字的。不过，历史未曾记载下来。”

我说：“今天我们奔赴北极点的雪橇犬，是有名字的，它叫‘50年胜利号’。”

海面上渐渐出现了泛着淡蓝光泽的小块浮冰

“50 年胜利号”就是一座装载两个核反应堆的流动核电站

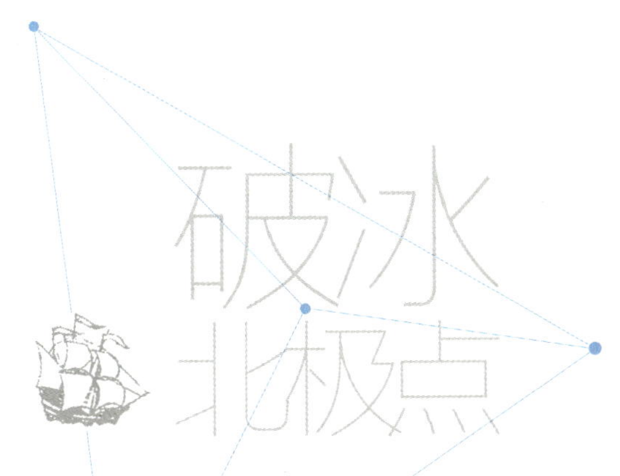

5

我是世界上
最大核动力破冰船的
总工程师

“50 年胜利号”常常被称为“原子破冰船”。

我不大喜欢“原子”这个称谓。人们初识这个词，大多来源于威力巨大的武器和一种灵巧的笔。1945 年 8 月 6 日原子弹爆炸之后，敏感的商人们灵机一动，把小家碧玉的圆珠笔，命名为原子笔。从此这种笔风靡世界，商人发了大财，原子有了歧义。我更喜欢它的学名——“核动力破冰船”，清晰明了，和暧昧的“原子”划清界限。

核动力破冰船说起来神秘，其实很简单。它以放射性元素铀 -235 为动力，让其在人为控制的条件下发生核裂变。核能以热的形式释放出来，热量再被用来驱动蒸汽机，蒸汽机推动汽轮发电机组。有了电，一切 OK。

简言之，“50 年胜利号”就是一座装载两个核反应堆的流动核电站。

寒风越发锐利，船上喇叭广播，请大家少安毋躁，回舱静候，一旦有北极熊、白鲸等动物出现，即刻通知。人们躲进内舱，甲板人影寥落。

我对老芦说：“走，咱回家去。”

听到的朋友就哧哧地笑，说：“你怎么能把旅船当成家？”

我死心塌地不改口。人在哪里，便要把哪里当成家。如果只把固定的地方当作家，剩下的时光便都是流浪，人生岂不充满漂泊感？

说说这次的家——“50 年胜利号”。

刚听到这艘船的名字，我纳闷，这是为了纪念谁的 50 年呢？只有一个答案，就是苏联卫国战争，即咱们所说的世界反法西斯战争的一部分。那是1945年的事儿，向后推50周年，便是1995年。算下来，船不年轻了。

后来才晓得，时间账不是这么算的。此船原名叫“乌拉尔号”，于1993年开始建造。后因资金短缺，该项目中途被叫停。20世纪90年代末，俄罗斯恢复了该项目拨款，此船续建，2006年完工并试航，2007年正式交付使用。2008年6月首航，普京亲临剪彩。

试航时，卫国战争已经胜利61年了。俄罗斯人并未应景地将它改叫“60年胜利号”，也不与时俱进另起新名，而是痴心不改矢志不渝地维持原名。

从外观看，“50年胜利号”已不很新了，和明媚招摇的小鲜肉级游轮相比，略显倦怠。它是个体魄强健的中年汉子，很有力量感。船长159米、宽30米，比一般客货轮都胖，显敦实相。我原以为破冰船类似快刀，船头应手起刀落般爽利，不料它橙黑相间的船艏，竟如海豚脑袋般浑圆，微微翘起如蛋壳。

船上共有船员138名，满载排水量2.5万吨，总功率7.5万匹马力，最大航速21节。它还装有最新的卫星导航、数字式自动操控系统、测冰测深雷达以及海水淡化系统等，十分先进（这些数据，都是我从官方资料上查来的。告诉您个小秘密，据说这些都不是准确的。真正的数据，应比上述更强大）。

1节相当于每小时1海里，1海里为1.852千米。按照官方资料，“50年胜利号”的最大航速，为每小时38.892千米。

只有单一数据，或许无从比较它的速度，容禀几个参考值。

远洋运输类船只，最高航速可达到25～26节。航空母舰可达35～40节。快艇，速度超过45节。

这样说来，“50年胜利号”跑得并不咋快。它的长项不是短跑，而是破冰。它能一边轻松撕裂冰层，一边保持18节的航速前进。想想看，近3米厚的冰，相当于一房高。18节航速，为每小时33.336千米。真乃大力士方能如此所向披靡。

船上的所有用电，从照明、烧水到做饭，都由核能供给。房间宜人的温煦，来自核能持续不断的烧水供暖。船上除了饮用水，其余都是核动能淡化后的海水。

“50 年胜利号”的全景

总之，核动力提供的能量，如无形巨毯，无处不在地包围着我们。我常常假装镇定地在船上各犄角旮旯晃来走去，想觅到核动力的蛛丝马迹。当然不可能看到核心部分，但压抑不住好奇心，总是贼眉鼠眼东张西望。心中笑话自己，人家高度保密，哪能让你随便看到？就算退一万步讲，人家敞开大门让你看，你敢近前端详吗？

船艉甲板上，停放一架米 -2 直升机，处于随时可以起飞的状态。有乘客说这飞机是米 -8，不确。我乘坐过米 -8，它是大型直升机，在不加装存衣设备的情况下，可以放 20 多个座椅，而眼前这架小直升机，升空时算上驾驶员，也只可乘坐 6 人。当然还有一种可能，就是船上以前曾配备过米 -8，轮到我们这个航次，临时换成了米 -2。以我当过多年医生的思维习惯，愿意多斟酌几种可能性。我研究了以往言之凿凿说船装备的是米 -8 直升机的游记，也都说每次只准 6 人登机。可见，“50 年胜利号”装备的一直都是米 -2 直升机。

船上有 6 艘救生船，耀眼橘红色，透露出紧张与不安。暗自祈祷：看看就是了，希望不要有坐在它们上面的运气。

我乘过日本、意大利、北欧的多种游轮，还曾坐船环游世界，对游轮旅行有一点点了解。“50 年胜利号”在服务上相当周到。普通客房都配有两扇窗户，让人受宠若惊。推窗即可呼吸清冽空气，俯瞰万古不化的寒冰，多大的福祉！某些号称巨无霸的超级游轮，内藏大量无窗内舱。在这种房间幽闭久了，怕抑郁症前来敲门。

“50 年胜利号”，每年开放有限航次用于普通旅行，拢共不过数百人。由衷感谢极之美团队和曲向东先生，殚精竭虑创造了如此难得的机会，让人们得以走出国门，来到世北尽头。

红说：“您知道吗，中国有一些专门研究极地的人，却从未有机缘来过北极点。”

羞惭。我一科学白痴，忝列其中，船上还有少不更事的孩童……虽说大伙都是花钱买票上船，却始终有暴殄天物的愧疚。

船上的标准舱房面积十余平方米，估计是按照俄罗斯舰艇工作人员日常需求而布置的。单人住时宽敞点，如需两人搭伙，拉开沙发也能安顿下。房内储物空间出奇多，远超一般旅店的设施。隐蔽处修有大量壁柜，其吞吐量，是普通旅客所携物品体积 3 倍之上。估计这也是给工作人员备下的福利，长期出海，诸多杂物总要有地方妥帖收纳。

船上伙食基本为西餐自助，青菜水果足量供应，顿顿有鱼有肉，还有两餐上过状如馄饨的俄罗斯饺子，大受欢迎。极之美工作人员尤其周到，每餐会摆放两瓶老干妈豆豉酱，供大家分享。在万里冰封的北冰洋上，能让大家吃到家乡美味，实乃深得人心的义举。每逢进餐时，人们眼巴巴地瞅着置放调料的小几，只要那熟悉的瓶子一现身，蜂拥而上。舀得红油豉酱的兴高采烈，来晚之人，透明瓶底无聊地看着你。我有几次去迟，逢此情景，很想灌点汤水入瓶，再用品尝红酒的动作抖腕晃杯，将那瓶底的油沫攒劲涮涮，以抚慰不屈的中国胃。临动手时，好歹多了个心眼，冷眼一瞥，见俄罗斯女服务生随侍近旁。怕被她入眼，失我大国风度，只好噘着牙花，恋恋不舍地离开调料小几。

标准舱房面积十余平方米，储物空间极多。我就在这舱房里写下了这本书

我原本自带了辣酱。上船后，闻某外地旅人在北京被盗，他从家备下的一干零食，被那贱贼事无巨细地卷了包。好在护照没丢，还能两手空空上船。正巧赶上他过生日，我便把整瓶辣酱外带麻辣风爪等小物，煞有介事地打了包做了生日礼物。若在平常日子，哪里拿得出手？借冰天雪地壮胆，冒昧送去，聊表薄意。

俄罗斯旅店，铺位多窄如带鱼，船上也秉承此风。我第一次到访俄罗斯时，见此状颇为不解。他们人高马大，如此袖珍小床，哪容得下伸胳膊撂腿舒展安眠？

后同一位研究俄罗斯历史的学者聊天，谈及此惑，他淡然一笑道："故意的。"

我不解，问："故意给自己找不舒服？"

学者说："正是。你想啊，过去什么人才出远门投宿客栈？当然是公务在身，不是兵将就是官吏。俄罗斯人属东斯拉夫人种，本是战斗民族，惯于睡觉都睁着一只眼。哪能在人生地不熟的地方，躺进宽大卧具高枕无忧呢？！"

佩服他们将自虐的光荣传统带到了浩瀚的北冰洋。

船上我家，沙发正凑舷窗之下。太阳永不下山，终日银光灼灼。窗帘虽是双层，可能为了省布，剪裁相对窄小，像 5 岁孩子尚穿着 4 岁时的衣。我把窗帘平拉到极致并妥加掖掩，布帘周遭还是流光溢彩。

极昼是蹊跷事情，太阳勤勉，加班加点无悔无休。中国人生活在"眉清目秀"的温带地区，哪里经历过这等时空的"兵荒马乱"。本该深眠时分，周遭辉煌。体内规规矩矩的生物钟，先是惊诧莫名莫衷一是，愕然之后便持续混乱。我时不时愣怔地看着舱壁挂钟，不知它昭告的两点钟，是下午呢还是半夜。

领队曾郑重告知，船开之前，用莫斯科时间。船一走动，就改用格林尼治标准时，钟表须往回拨。此后船上一切作息及发号施令，皆以此时间为准。

记得当时我把手表调好，看着高高在上的挂钟发了愁。爬上壁柜斜着身子捣鼓它？或出去找个梯子？老胳膊老腿的，弄不好"人仰马翻"。正盘算如何着手，突闻咔咔乱响，声音来自那个貌似忠厚的老式挂钟。它如同被透明魔指点过，时针分针兀自一通乱转，三下五除二就扭摆出了格林尼治时间。重整旗鼓后，挂钟不慌不忙接着走动起来。

我们赶到北极时恰逢极昼，太阳永不下山，
终日银光灼灼

我目瞪口呆，第一次感觉这船藏龙卧虎非比寻常。想想吧，不知在哪个控制室里，有人手指一弹，一个小动作，船上所有房间的时钟，都闻之起舞，凭空延长了两小时。它带来的不只是惊叹，简直近乎恐惧。时间都能随意改变，这船上暗藏着怎样强大的控制力！我凝望不很白的墙壁，心生忌惮。这看似普通的墙面下，还隐蔽着多少翻江倒海的机关？有多少高科技，神不知鬼不觉地潜藏在周围？

我一厢情愿地把所见奇迹，归结到核动力上（也许不过是简单的电子设备）。

我曾参观过核电站，走马观花一晃而过，并没有留下清晰印象。这次乘船，与“核”朝夕相伴，不知可有灵异发生。

和破冰船总工程师的合影留念

“我是这艘世界最大的核动力破冰船的总工程师。”一位头发斑白的中年男士平和地对大家说。

他面庞端正，目光炯炯。恰到好处的啤酒肚，显出的不是臃肿，而是威严。

我顿时肃然起敬，对高级科技干部有与生俱来的仰视。比如你患重症，到医院求医，给你看病的是院长，那么你涌起的多半是尊敬。如果说给你看病的是国内医术最精湛的大夫，你的信任和崇拜，是不是至少翻两番？

看着总工程师，我当下涌起的念头恐稍离题。他小时候，该是个长得生动俏皮的好学生吧？至今相貌堂堂目不斜视。

在船方的安排中，有参观破冰船的日程。这是我最感兴趣的部分，那天早早到了总工程师办公室。

俄罗斯制造原子能破冰船，历史悠久传承有序。1957 年，苏联造出了世界上第一艘采用核动力反应堆产生能量的民用船只，名为“列宁号”。“列宁号”

驰骋北冰洋，进行科考和救援活动（估计还有军事活动吧。不过人家介绍里没这样说）。从 1959 年正式投入使用开始，它几乎不间断地航行了 30 年，1989 年光荣退役，现停泊于我们出发时的军港摩尔曼斯克，成为破冰船博物馆，售票供游人参观。本来我计划拜谒这位核动力破冰船元老，因时间紧张，未能成行，甚为遗憾。据内部消息说，别看这艘船摇身成了博物馆，但船只的维护保养工作，一直持续进行。一旦国家需要，“列宁号”马上就会披挂上阵，随时征战。听罢，想起了百岁出征的佘太君。

破冰船有阅览室，光线明亮，座椅舒适。书架和书柜里的书，以俄文书为主，英文书、德文书也有一些，中文书不多。出发前，旅行机构曾希望大家能够带一些中文书上船，充实图书馆。我选出 5 本书，签好名字。本想多带几本，怕人家觉得作者忒自恋，遂作罢。原打算把书直接带到船上，考虑从莫斯科转乘俄航，行李限制非常严格，连手中提的小书包都要称重，便踌躇。如超重，在俄国机场要立刻掏卢布方能走人。此次因赴极北之地，携带防寒衣物甚多，外加毛袜子毡鞋垫皮帽子防风镜巧克力鸡爪子……早把限重份额顶满。书怎么带呢？极之美工作人员让我出发前将书寄至他们处，由他们携带上船。不料书箱被俄国机场弄丢，那些书至今不知流落何方。有时想，这书若到了俄国人手里，文字不通相当于曝尸荒野。若中国人拾到，或许可算善终。

从图书馆出来，则是酒吧，风格以红色为主，气氛热烈。这里视野很好，可鸟瞰船头正前方，有所向披靡之感。还有一架很显档次的钢琴，自然更少不了各色洋酒。

我常常到图书馆去，去酒吧的次数较少。外国作家多有在酒吧写作的习惯，估计那里人气鼎旺，有助浮想联翩。我可能因年轻时在藏北山野多年，惯于万籁静寂，对嘈杂纷扰的环境，反倒不安。旅程中，唯有一次在酒吧待的时间较长。两位对油画情有独钟的美女，要拜另一位美女画家为师，选了良日吉时，定在酒吧举行拜师礼。美女师徒一定要我去做个见证，以示庄严郑重。我忙推辞，说自己既不是画家也不懂画，实在担当不起。师徒双方异口同声说：“万望您能在场，做个见证。”这类似证婚人角色，盛情难却。思忖如让我发言，就说“尊师爱生，教学相长，北极为证，共创美好”，可行？

我常到图书馆去，书架和书柜里的书以俄文书为主，英文书、德文书也有一些，中文书不多

美女师徒在酒吧盛装行礼，拜师过程一切圆满。没让我发言，心中暗松一口气。如今掐指一算，距她们的拜师礼已数月余，不知徒儿们可有长进，师父指点可曾周全。北极冰雪洁白无瑕，缔结在纯净世界的契约，当是法力绵长。

总工程师的会议室相当宽敞，墙上挂满舰船内部的工作流程示意图，复杂玄奥。我有心想凑近了细瞅，又怕受到批阻，忍痛作罢。总工先是简略介绍了“50年胜利号”的历史，然后率领旅客们实地参观破冰船内部设施。大家一步步向破冰船底层走去，巨大的机器轰鸣声渐渐将人淹没。总工程师嘴唇翕动，想来是在介绍情况，但基本已听不清任何词语。随行的俄方翻译很有经验，拿着一摞事先打印好的A4纸，写着机械名称，依次展示，让人们明了眼前钢铁巨侠的名号。

找了个噪声稍弱的当儿，我对俄方翻译说：“到了核动力的关键部位，烦您告诉我一下。”

随行的俄方翻译很有经验，拿着一摞事先打印好的 A4 纸向大家展示机械名称

翻译莞尔一笑，说：“真正的关键部位，不会让你看。”

我说：“那就到比较接近的部分，麻烦说一声。我要在那儿照张相。”

临出发前，我的枕边书就有白俄罗斯女作家 S. A. 阿列克谢耶维奇的作品。书中记录了 1986 年 4 月 26 日，苏联切尔诺贝利发生核电站爆炸事故后的情形。女作家走访了近百位核灾难中的幸存者和相关人员，记录下这场人类历史上最浩大、最惨烈的科技悲剧的狰狞时刻。

印象最深刻的是阿列克谢耶维奇采访一位最先进入爆炸现场扑救的消防员的遗孀。那女子叙述丈夫临死时的情形，说他的内脏都已被辐射线消化腐坏殆尽。消防员一张嘴，就把糟烂成一团的肺和肝咳吐出来……死后的尸体，被铅棺封起来才敢下葬。

以我当过医生的经验，大致可以想见这种濒死状态的凄惨恐怖。那晚我心中战栗，竟致彻夜未眠。

现在，如果这艘核动力破冰船上的放射性元素发生泄漏，我们万死不赎。若立时断气，已是大幸。不然饱受折磨，还是必死无疑。与蕴含巨大杀伤力的能量靠拢得如此之近，你不能不时刻想到死亡。

人均有此虑。有老者问总工程师：“这艘船……安全吗？”

总工程师非常肯定地回答：“船非常安全。核原料有很厚的防护层，尽可放心。”

我想了想，真是顷刻放下心来。四周是万里冰封的北冰洋，枕边是石破天惊的铀 -235。你除了放心之外，还有什么法子？！

参观的过程就是不断盘旋走，最后深入破冰船水下 9 米部分。我们看到的是发电轮机组轰鸣运转，几乎不见操作人员。平常所见发电场所，不是煤灰就是油料，再怎么拾掇也多污浊之处。这艘船所用燃料，自是封闭得严丝合缝。所经之处，纤尘不染。

“喏，就是这里。”俄方翻译小声对我说。

我看看周围，没有任何设备，也听不到丝毫声响。到处是上了漆层的铜墙铁壁。

我讶然：“什么东西？”

翻译俏皮地眨眨眼睛说："是你想知道的核物质所在处啊。这里是整个船体中距离核反应堆最近的地方。"

我战战兢兢地问："有多近？"

他说："5 米。"

我试着深呼吸了一下，然后活动了一下四肢，自然是没有丝毫异样。

这么巨大的一艘破冰船，这么艰险的路程，这么多人的吃喝拉撒睡……全靠很少一点的铀 -235 支撑。你不得不感叹世界上竟有如此富含能量的神秘物质，佩服人类靠科技脚力，已矫健跋涉得这么遥远。

参观"50 年胜利号"的动力装置

船上的《极地日报》登载了一位客人参观后的感想，在征得她同意后，我稍加删节，引用如下：

年轻人在大学本科阶段应该学些自然科学

北极在我心中曾经遥不可及，即便是脚印将踩在北纬90度的冰层上，仍有不真实的感觉。不知道如何以一种庄重的方式，去迎接这个伟大的时刻，以契合这冰雪世界的纯净，达到天人合一的境界。

来时功课做得不多，以前习惯了到哪里都是先百度一下，很容易得到一个答案。有时已经来到了一扇门前，勾起了探究一番的欲望，然而最终世事繁杂，曾有的一些好奇心求知欲转瞬即逝了。而这一次旅行，没有网络信号，让我们很惶恐，突然发现自己的精神世界出现了很多空白，知识层面没有PDF的框架指引，开始没有条理，没有细节，链接无法展示。突然发现这么多年的工作经历和社会阅历，留给我们对人际关系的翻云覆雨变得无法施展。最终我们开始回归自然、回归简单、回归人之初的混沌。

于是极之美每天提供的讲座成了我们主要的精神食粮。我们从北极最基本的自然地理开始了解，了解北极熊、鸟类、海冰、鲸鱼……了解人类探索南北极的历史，内心逐渐激发出去拥抱大自然、挑战自我极限、感悟生命意义的热情。

船上的生活也许单调、也许丰富，每个人都有不同的感受。冲锋艇的登陆、直升机的巡游，一定是我们此行的最大收获。但是从时间内容上来说，可能只是百分之几。剩下的需要我们把这百分之几进行放大，最终此次旅行的收获，就要看每个人放大的本领和方式。

普通的凡人，该如何去放大这次旅行的收获，满载而归呢？！

我突然感到，自己的很多收获无法再通过百度知识的整合，只能从内心去找源头。很多共鸣和开心，竟是源于自己的一些童子功和学生时代知识的积累。感悟大自然的壮观，可以吟诵几句古人的千古绝唱，纵然他们不知道北极的存在，但对生命的感悟已经远远高于我们现代人掩藏在文明下的脆弱。在茫茫大海上航行，看到北极熊、海鸟也会让我们激动万分，这番震撼是在电视屏幕上永远无法感受到的，那是一种对生命的膜拜！

在引擎室的参观让我回想起学生时代学习高数、高物，设计变速箱、焊接半导体，在一汽、汽轮机厂、发电厂实习的经历：所有基础的自然科学，最终竟然可以制造出如今眼前的庞然大物。这些都是我们当年学生时代无法想象的、懵懂被动接受的，然而如今却成了我们扎实的生存底气。也许在以后的工作中，我们都未曾直接用过这些知识，甚至笑称会加减乘除就可以立足于社会，其实我们不知不觉地受益于自然科学给予我们人生的奠基。好的摄影师和好的作家都是行千里路，让我们厚积薄发的也许不是具体的某一个技巧，而是人生的一个综合素质。

北极之行给我最大的一个收获是，开始把旅游作为领悟生命的一个新起点，从自我约束的读书运动到自律转变。还有对于我十岁的女儿，如果精力注定是有限的，不需要她成为学霸，不需要她为了以后富裕的生活去走捷径学金融学管理，只需要带着她去游历四方，让她拥有健康体魄，一直拥有一颗赤子之心，探索这个世界的自然科学，待她离开父母独立生存时，这才是一生中会取之不尽用之不竭的财富！

茫茫冰原几乎在瞬间出现

6

热刀切黄油的说法，蹩脚

终于，“50 年胜利号”开始破冰前行。

茫茫冰原，几乎是在瞬间出现的。蔚蓝色的流动液体似被一口魔气吹拂后消失，代以一种银白色的坚硬固体镇辖洋面。唯一还能瞧出一点蛛丝马迹的，是海冰中偶有的幽蓝色的裂隙，好像那是它无法挥别的胎记。

盯看它们，你觉得冰必有灵魂。它袅袅守候在奔赴北极点的冰路上，等你解读它冰冷的秘密。

冰船究竟如何破冰？不亲睹，无以想象。亲临其境，多亏专家提点，才略通一二。

民间说到破冰船的破冰过程，有个说法“正襟危坐”，几乎永不缺席——船之破冰，犹如热刀切黄油。

这个很像出自白帽厨师或饕餮之徒的比喻，不知何时由谁发明出来并四处流传。反正我坚决认为：之所以在破冰原理上长久糊涂，这个蹩脚比喻，就是罪魁祸首。

什么叫黄油？牛奶加工出来的动物脂肪。普通黄油稍硬，有点像凝固后的猪油；发酵黄油则质地柔软，可用餐刀直接涂抹在面包片上。黄油——不管是软黄油还是硬黄油，与坚硬如铁的北极冰层都没有可比性，真是一厢情愿地糊涂啊。再来说热刀。刀不是锅，烧到什么程度才算是热？稍温？烫手？青烟缭绕？为了验证它的可操作性，我从北极点回家后，时差都没倒过来，就开工实验。先将餐刀在炉火上烤得炙热，再从冰箱冷藏室里拿出黄油，将刀锋插入黄油中央，用力切下。只见贴近刀锋处的黄油，顷刻化成晶莹液体，流淌至案板。餐刀则在鱼死网破的过程中迅速冷却，失了力道。薄刃未波及的黄油，僵硬地固守原形。

我持刀愣怔，实在联想不出眼前景象和破冰有何相似之处，揣摩是不是冷藏黄油太不像冰。把黄油放入冷冻室，经零下 20 摄氏度冷冻 12 小时之后，它硬得可用来敲钉。我满意了，这模样和北极寒冰可有一拼，虽说颜色稍逊。试验再次开始，我将炽热餐刀插向钢铁般的黄油深处……

结果是——刀锋根本无法切入，黄油块疾速将它冷却。傲慢的黄油仅在切口处略有软化，整体极为藐视地保持冻结状态。

比喻常常是蹩脚的，不可苛求。但蹩脚到这个程度，歪曲真相，也是醉了。

如果非得用一个餐饮界比喻形容破冰，宁愿用斩骨刀。目标坚定，杀伐有力，击打精准……坚冰在重器利击下被迫分裂、折断、破碎……以不情愿的姿态粉身碎骨，让开一道缝隙，容破冰船船头切入。

我在船上的一大消遣，就是赏析“50 年胜利号”摧枯拉朽地破冰。它的标准动作大致分为两类。

冰层较薄，在 1.5 米之内，它运用“连续式”破冰。像个血气方刚的愣头青小伙，不管不顾低头直撞过去。以船头和螺旋桨的力量，径直将冰层劈开撞碎，昂首向前。随着纬度增高，冰层越来越厚，这种不理不睬的藐视冰层破冰法渐渐失灵。破冰船开始和海冰斗智斗勇，专拣软柿子捏，挑选冰体比较薄弱的方位挺进。只是这招很快也开始受限，冰层厚度迅猛增至 3 米以上。

破冰船开始祭起看家本领——“冲撞式”破冰法。

前头说过，“50 年胜利号”纵向短，横向宽，是个魁伟丰满的胖子。它首尾上翘，船体厚重，斩开的冰隙，无法容纳它庞大的身躯通过。好在它的船头如蛋壳般浑圆且略微上拱，吃水较浅，可一跃冲至冰面。这时，核动力的强悍心脏，以排山倒海之力驱动螺旋桨，从冰下将水抽入船体，削弱冰层支托，来了个釜底抽薪。脆硬坚冰失却基础，龟裂开来。此刻，已跃上冰层的破冰船，以船体本身的巨大重量加上压水舱吸入的海水重力，身大力不亏地无情碾压坚冰。船体下的厚厚冰层终于无法抗拒，崩塌裂解，航道初露雏形。

破冰船一不做二不休，它从破薄冰时的毛头小伙，变成了足智多谋的中年大力士。它以退为进，先倒一段距离，然后加大马力，卷土重来，凶猛冲上更远冰层，如爆发力极大的撞锤，意图将冰层彻底锤散。

万古不化的北极寒冰，绝非善茬。它们阴险地团结起来，在最初的撞击下，岿然不动。前面说过，“50 年胜利号”船艏形近椭圆，重剑无锋，但船艏水下部分造得非常斜。它不停地从“全速后退”跳到“全速前进”，周而复始反复冲撞。船艏和船艉的多个压水舱，精准作业。先是前柜排空，后柜灌满海水。船艏翘起，破冰船冲上冰面。接着它将后柜排空，灌满前柜。完成头重脚轻的部署后，便以前部的巨大重量压垮航路冰层……循环往复，一往无前。如果航道左右宽度较窄，破冰船依照前法，轮番灌满左右水柜，再井然有序地一一排空，采取各个击破策略，摇摆前行。“50 年胜利号”虽舰体庞大，但灵活如同胖哥跳舞，舞步娴熟，进退有度，在冰原上擦开蔚蓝色通衢大道。

看到这里，想必你已恍然大悟。它的工作原理，绝不是靠“切”，这就是热刀论的荒谬之处。

船头驾驶舱，如无特殊情况，允许客人们随时参观。不过就算你时刻守在驾驶舱内，看到的破冰情形也只是船头高昂、冰面劈裂、船体奔突、冰块逃逸……概因驾驶舱太高了。

极地专家告诉我，若想真正领略破冰船的工作情形，体会它山呼海啸雷霆万钧之力，要到底层甲板的左右船舷前、中三分之一交界处。

我所住的舱房，恰好位于这个黄金分割点上。不必上甲板，就可看到惊心动魄的场景。两扇舷窗下，有宽大窗台。打开舷窗，人缩坐在窗台上，俯身外探，冰层粉碎过程尽收眼底。这种姿势，对一个年逾 60 的老媪来说，实不相宜。万一不慎，翻滚腾挪坠入冰海，那可真是什么痛苦都没有，顷刻间就驾鹤前往西方乐土了。

此处看破冰，位置绝佳。愈靠近北极点，破开的冰块愈厚重。它们为鲜明幽蓝色，体积等同一居室到三居室房屋。彼此叠着罗汉，挤挤挨挨，争先恐后竖立而起，又叽里咕噜地向船的侧方翻着跟头……

目睹冰浪绞杀冰山拆毁，万千冰垛蜂拥而至，山崩地裂（准确地讲，是冰崩海裂）。耳灌金属音色的冰块砸击粉碎之声，每一块巨冰迸裂之时，都如地狱魔鬼狂躁轰鸣。

极目四望，孤舰重冰。孤独的“50 年胜利号”橙黑相间的船体，在冰与水的摩擦滋润下，犹如在白蓝底色的纸张上，绽开一朵奇诡牡丹。

坐在舷窗下的窗台上，想起《西游记》第六十七回，无数烂柿子堵塞大路，八百里稀柿衕奇臭无比，拦了唐僧师徒取经之路。猪八戒将斋饭塞满肚肠，然后念念有词，变作巨猪，两只蹄子比人还高，用嘴拱出了一条通道，师徒得以西进，当地百姓也从此有了通途。

从威武的破冰船想到窝囊老猪，似乎不妥。再者，纯洁无瑕的海冰和八百里淤泥地也不搭界。再说气味，冰雪漫天清冽怡爽，烂柿子臭气熏天，实无雷同之处……唯一相似的，便是在不可能之处，用身体开辟道路。

在极地海域航行，破冰船的破冰等级分为 7 挡，第 1 挡最强，第 7 挡最弱。除了上述破冰法之外，破冰船还有若干种技法，比如“旋回破冰法”“徒步破冰法”等。我刚听说“徒步破冰法”时，以为如同公共汽车抛锚了，乘客们都得下去推车呢。心想这么庞大的破冰船，所有人用尽吃奶的力气，只怕也休想移动分毫。后来才明白“徒步破冰法”是拟人说法，大意是船体破冰时进度十分缓慢，类乎行走。

说了这许多，如果你以为破冰船雄霸冰原，打遍天下无敌手，也不尽然。如果冰层太厚，它也只能绕行。

船上有个贴心安排——与“50 年胜利号”的船长对话。

记得我问船长：“‘50 年胜利号’能破的最厚冰层有多厚？”

他斩钉截铁地回答：“8 米。”

我后来和翻译仔细核对过这个数字，又遍查资料，都没有找到同类数据。船长红口白牙就是这样说的，我便在此如实记录。或许，这是“50 年胜利号”深藏不露的底牌。

船长制服笔挺，不苟言笑，面色沉稳，不怒自威。我觉得他颇有军人气质，像高尔察克海军上将。我当然无缘见高尔察克，说的是电影中那个英俊挺拔的英雄。船长室里，条纹桌布直挺挺铺在长方形桌子上，没有一丝褶皱。奖杯、

勋章、火炬、破冰船模型在四周依次排列，像训练有素的阵列。船长端坐，不动声色，稍有拒人千里之外的森冷礼貌。

船长先是简要地介绍了“50年胜利号”和破冰船的历史。

1864年，俄国人率先将一艘小轮船改装成世界上第一艘破冰船。之后英国为俄国建造了新的破冰船，用于北极航行。1957年，苏联建造了世界上第一艘核动力破冰船——“列宁号”。当时破冰船带了10千克铀，相当于25000吨标准煤。

我后来查了资料，中国的破冰船起步并不算晚，1912年，中国首次建造了“通凌号”和“开凌号”破冰船。从这名字你可以看出，它们主要用于内河的破凌。

船长问大家还有什么问题。

“船上有多少……重量的放射性元素？能破冰多远呢？”有人忍不住问。

此言一出，旁边人使劲使眼色，别让俄罗斯船长把这当成刺探情报。不过这问题也说到众人心坎里了，大家挺想知道答案。

船长并未嗔怪，斟酌着说：“‘50年胜利号’刚刚更换完新的核原料，几十千克。它往返一次北极点，大约用掉1千克核原料。”

大家忙着心算。这就是说，1千克核原料能跑几千海里啊！核能神奇，极少东西，产生极大能量。

船长继续说：“核动力（nuclear power），是利用可控核反应来获取能量，从而得到动力、热量和电能。‘北极级’是世界上最大的核动力破冰船，俄罗斯目前共有5艘，‘50年胜利号’列队其中，装有两座核反应堆。”

有人问船长：“咱这艘破冰船，会发生‘泰坦尼克号’那样的海难吗？”

人们竖起耳朵，死一般寂静。这是大家想问不敢问的问题，且看船长如何作答。

船长的脸，像一块冻结的海冰，平静且无任何涟漪，身体也稳如泰山。大家等待着他的回答，他却一直没有任何反应，如同完全没有听到问话。

沉寂了漫长时间之后，人们才恍然大悟。原来船长根本不回答这个问题，连眼珠都不转动一下，如同问话的人和这句话根本就不存在。

这是我第一次看到近在咫尺的人，彻底地无动于衷，真切明白了什么叫置若罔闻。

经历这番精神较量之后，游客们显然收敛了许多。

我后来揣摩船长完全不回答问题的思维逻辑，觉得有这样几种可能。

一、不屑回答。

二、不需要回答。

三、无法回答。

四、怎么回答都不妥，索性不答。

或许沉默是最好的应对方式，一切由你自行揣测。

游客们在强烈的被忽略感中缓了一会儿，才鼓起勇气继续提问。有人说："您在来'50 年胜利号'当船长之前，做什么呢？"

船长答："在另外一艘破冰船，当船长。"

我真怕有人接着问："那也是一艘'北极级'破冰船吗？"

还好，经历了被人连眼珠也不瞟一下的弃答之后，人们比较知趣。

又有人问："各国客人登上'50 年胜利号'去北极点，您的印象中，中国客人和别国客人有何不同？"

这一问，船长答得飞快："中国人的问题特别多。"

轮到我等沉默。这话虽说不上是一个批评，但不耐烦是任何人都能听出来的。

终于，有人问了个轻松的问题："俄罗斯人都爱喝伏特加。您当船长，责任重大，估计工作的时候不能喝酒。因为喝了酒，连汽车都不能驾驶，驾驶破冰船的要求会更严格。"

船长不动声色地点点头。我没搞明白，这是同意俄罗斯人都爱喝伏特加，还是同意船长责任重大，还是不能酒驾破冰船？

一时摸不透提问人葫芦里卖的是什么药。估计船长也没搞清楚，不过他的风格是静观其变。

提问人终于点出实质："很想知道船长平日里最爱喝什么牌子的伏特加。"

船长眉毛一挑，锐利地反问："你想知道这个做什么？"

客人说："我这人特敬佩船长，从小就渴望当船长，当然现在是当不上了。很想买一瓶船长爱喝的伏特加，带回中国。这样，我在某个晚上独酌这酒的时候，会想起'50 年胜利号'，会想起船长您，会想起北极点……"

佩服这位极友诗意地恭维了船长和北极，还有伏特加。

船长一言不发，嗖地站起身，大步跨出了会见室。

人们面面相觑。怎么回事儿？船长不高兴了？生气了？船上发生了意外，需要船长紧急处理？船长要上厕所？……

总之，船长不和大家玩了。

正想着，船长走了回来，手里拿着一瓶伏特加。酒瓶内的液体波动着，看来刚刚经历了位移。船长走到刚才提问的小伙子跟前说：“这就是我最喜欢喝的伏特加。这瓶酒送给你。祝你在中国饮用它的时候，想起北极……”

人们愣了一下，热烈地鼓起掌来。

这一刻，我对船长刮目相看。我无法评价他指挥破冰船的才能，也不知道他的性格和经历，但喜欢这种深邃如冰的镇定冷静，还有偶尔流露的——暖。

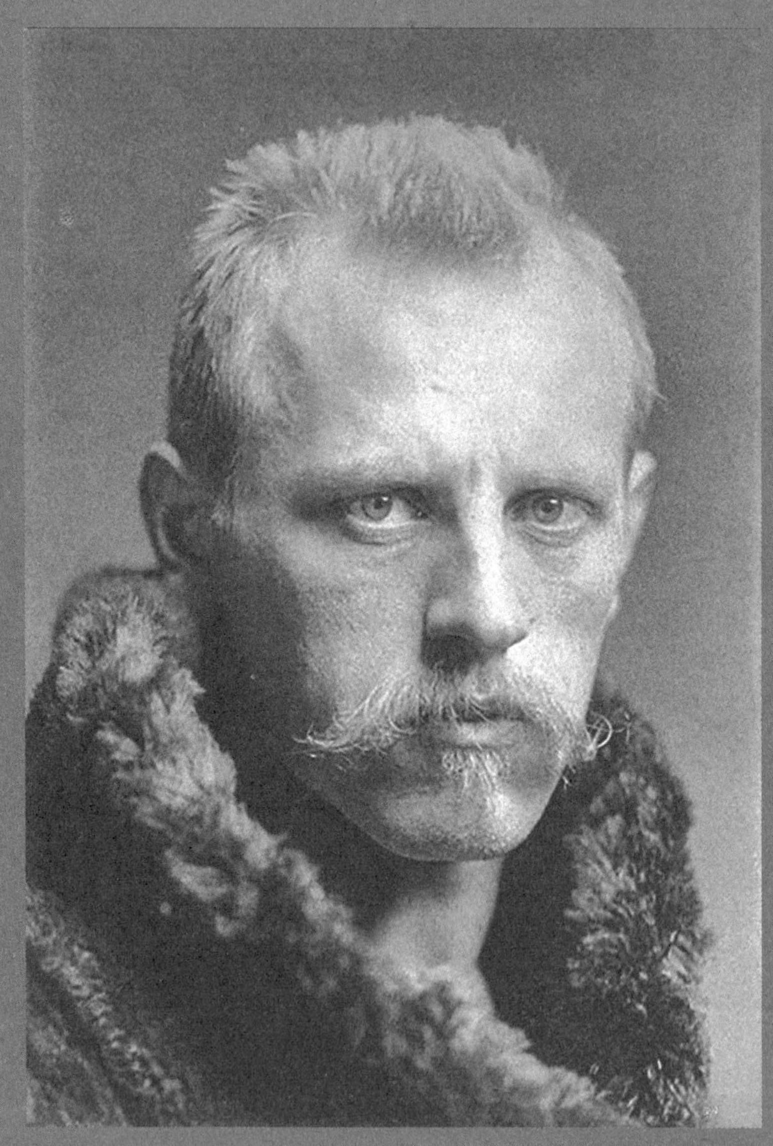

弗里德持乔夫·南森，挪威航海家、探险家、动物学家和政治家。因 1888 年跋涉格陵兰冰盖和 1893 年到 1896 年乘“前进号”横跨北冰洋的航行而在科学界出名

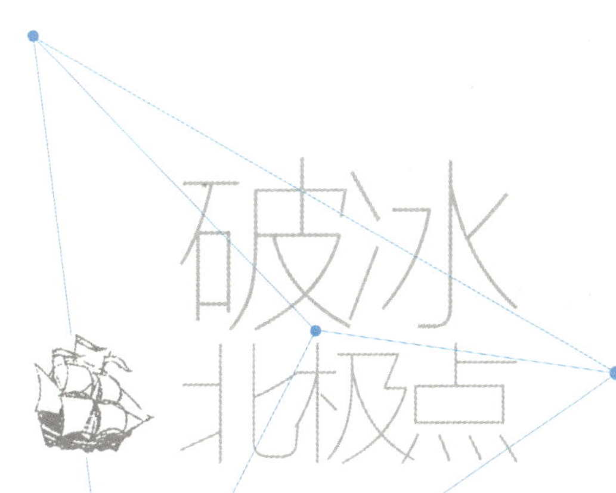

7

如果你一辈子只能认得一只鸟，请记住它的名字

“50 年胜利号”停在一座小岛附近，人们挤在船头，向岛上眺望。

“看，那就是。我看到了。”有人高叫。

“看到什么了？”我到得晚，一时不知道大家瞩目的是什么。

“南森的小木屋。”有人回答。

我拿起望远镜，努力观察。可是，除了沙石和冰雪石块，根本没见任何屋子样建筑。

我着急地问：“小木屋在哪儿呢？我怎么看不到？”

朋友说：“来，您顺着我的手指往那个方向看……对，再往上一点……好的，稍偏左……大约 11 点钟的方向……看到了吗？”

我拼命瞪大眼睛，努力到迎风流泪。无奈老眼昏花，还是没找到任何小木屋轮廓。眺望之中，我恍然觉得这里荒凉如西藏阿里。也许是因为寒漠、砾石且没有树，旷野就变得酷肖。

朋友实在没招，调整了一下思维，说：“嗐！您不要寻找小木屋啦！”

我沮丧纳闷：“不是说岸上有南森小木屋吗？怎么你又说不要找了？”

朋友说：“南森的小木屋只是一个说法。现在，已经看不见木屋了，只能看见当年木屋上的一根梁……”

哦！原来是这样！那我早就看见它了。说是木梁，就谬赞了，不过是根略长的弯曲木棍。在我倍数不是很高的望远镜中，它细弱如同柴棒……我第一次观察时就瞅见它了，以为是无关的漂浮木，却不想竟是南森的著名遗物。

张口闭口说南森，他究竟是谁？

不知道南森，就不算真正了解北极。

南森是挪威人，1861 年 10 月 10 日出生在一个富有家庭。南森上大学读的是动物学，成绩优异。1882 年，在格陵兰水域做调查研究的经历，让他对北冰洋产生了强烈兴趣。1888 年，他获得博士学位，出任卑尔根博物院动物学馆馆长。

同年，南森驾雪橇进行横跨格陵兰冰盖的考察。但当冬季来临，他要回国时，却没赶上最后一班轮船，被迫留在当地过冬。倒霉透顶的遭遇，给了南森研究当地因纽特人如何抗寒的好机会。

回国后，南森靠捐款自行设计并建造了一艘特别的船，命名为“前进号”。它外形粗短坚固，整体呈流线型，基本上是一只蛋的模样。冰块压过来时，船会被冰举起来，避开了船被冰块挤压破碎的厄运。1893 年，南森和 12 个同伴向北冰洋进发。他本想利用洋流，一路漂到北极点，事实证明这不可行。不过他的船果然很棒，经受了浮冰的考验，成功越冬。南森曾放下长达 1000 英尺的测深线，都未能触到北冰洋的海底，说明北冰洋比先前估计的深多了。洋流的作用也没有预想中强大，风力却煞是凶猛。“前进号”航向一直锁定西北，但有时却会奇怪地倒退着向南走。原本估计 2～5 年能够抵达北极点的计划，很可能拖长到 7～8 年。南森在日记中写道：“这样无忧无虑的生活，消极被动的生存，使我感到憋气。唉！连灵魂也会冻结。我宁愿选择去拼搏，去冒险，即使只给我一天片刻。”

当第二个冬天到来时，耐不住寂寞的南森想了个新主意，他要离开“前进号”，不再被动靠洋流，而是主动靠自己，从冰上直奔北极。剩下的船员们继续驾驶着“前进号”按照原计划航行。

1895 年 3 月 14 日，南森和助手约翰逊带着必需品离开“前进号”，决定凭人力走到北极点，距离为 350 英里。

南森和约翰逊跋涉冰原。刚开始，每天可前进 14 英里多。如果保持这个速度，20 多天后就能抵达北极点。不料冰情很快恶化，冰脊组成迷宫，冰包林立，雪橇常常翻车，狗也非常吃力……

南森设计的“前进号”

这还不算什么，南森惊奇地发现，虽然不停向北走，但晚上对照星座一测量，却发现几乎寸步未动，仍停留在昨晚的位置。他们脚下不是固定的陆地，而是向南漂浮的巨大浮冰。他们向北的步伐和浮冰南漂，两相抵消，劳而无功。

这可如何是好？南森只好放弃了原定想法，向南退却。他回头向北极点方向深情地看了一眼，嘴里自言自语："不知什么时候还能再来一趟。"

南森的冰上徒步并不是没有意义的。他刷新了当时人类北进的新纪录，并首次向世界证明——北极点附近不是陆地，而是冰冻海洋。

北极短暂的春天来了，冰雪开始消融，化为深可及膝的雪。南森后撤，距离目的地——法兰士约瑟夫地群岛，还有 400 多英里。忙中出错，两人光顾赶路，忘了给手表上发条，又没有其他掌握时间的方法，从此混沌度日。由于太接近北磁极，指南针偏差很大，也无法报告确切位置。两人跌跌撞撞摸索着前行，3 个半月后，也就是 1895 年 8 月 7 日，他们从冰原到达海边，远方出现一个小岛。两人划着兽皮船驶向海岛，除了休养生息外，还忙着勘测，收集地质标本，整理资料，斗志昂扬。

北极的第三个冬天来了。两人在岛上避风处盖了一座石砌小房，用苔藓堵起石头缝来挡风，海豹皮做屋顶。海豹皮除了当瓦，还能做御寒衣物，海豹油可做燃料。北极熊肉是过冬的食物来源，熊皮成了铺盖。

极夜到了。偶尔没风的时候，两人出去打猎，欣赏极光跳动。狂风暴雪来袭，他们就躲在小房子里睡觉……吃熊肉喝肉汤，加之出不去门干不成事儿，南森长胖了 23 磅，约翰逊也增加了 13 磅多。我奇怪这数字是如何量出来的，他们不会还背着体重秤吧？估计是回家后补测的。

1896 年的春天来了，南森看到一群自南方北归的候鸟，欢呼起来。5 月 19 日，两人抖擞精神，又开始了新的航行。他们把用品装上兽皮船，再把兽皮船绑在雪橇上。这样遇冰走冰，遇水航行。不巧兽皮船坏了，他们只好登上附近的一个小岛露宿。南森突然听到狗吠声，有狗就应该有人！南森看到迎面走来一个人，这个人居然还是熟人，大叫着打了招呼。来者是英国北极探险家弗雷德里·杰中逊，欲探索北极陆上通道，正巧驻扎此岛。南森和约翰逊幸福地搬进了杰中逊的营地，几个星期后，搭乘一艘货船回国了。

巧的是，就在南森他们回国一个星期后，“前进号”也安全返回了。

感谢您耐心看完以上历史，想来您已明白我等抵近观察的那个小岛，就是南森和约翰逊苦挨度日的栖息地。小木屋已不见，只有一堆乱石堆砌。就连那根木头，也说不定是后来人安放在那里作为标志物的。不过，南森千真万确曾在这个岛上孤立无援地度过酷寒的漫漫极夜，顽强地活了下来。我凝视周围的砾石冰原，其上留着他们散步和打猎的足迹。

我们还路过了南森和杰中逊喜相逢的那个岛。由于海情不宜登岛，也是远远眺望。据说岛上有为南森和他的探险队所立的简易木制纪念碑。碑文已然残破，但每个上岛的人都会向纪念碑鞠躬致敬。

我闲来无事时想，让南森在荒岛上燃起希望的海鸟，是一种什么鸟呢?

在北极遇到的所有问题，几乎都能在探险队组织的课堂上得到解答。

从我住的舱房到船艉讲课厅，有两条路可走。我给它们起了名字，一名“暖路”，一名“寒路”。

为了纪念弗里德持乔夫·南森，挪威人将探险家和“前进号”的形象留在了硬币上

“暖路”是全封闭途径，过餐厅、图书馆、运动馆等地，盘旋绕行。经俄罗斯水手们的底舱住所后，再爬几层楼梯，可抵达讲课厅。完全不涉足户外，温暖如春。

“寒路”经短短走廊，打开两道防寒门，立即登临甲板。手握冰冷铁质扶梯攀上高层，再挤过蜿蜒的船上吊机缝隙，抵达讲课厅。耗时短，但奔走室外，寒风凛冽，冰雾扑面。

每当去听课，我和老芦就起纷争。他力主走暖路，免受冷风折磨。我愿走寒路，领略冰天雪地。寒路还有一小缺憾，需从起重机臂下的窄小空间钻过。我收腹屏气，还免不了碰脏冲锋衣。

平息争论的办法很简单——分道扬镳，各奔前程。我手脸冻得通红，衣袖沾着油污，先到一步，散淡地等着同桌老芦。

在甲板上行走，常常会看到海鸟。疑问盘绕心间——南森看到的是什么鸟。

有一堂课专门讲北极的鸟，授课老师是波塞冬探险队的“歪果仁”(外国人)，知识渊博，不过我的问题还是没解决。

好在同行游客中也是英雄辈出，比如老杜，博学而广通鸟道。老杜，中年男子，轻微谢顶，为中规中矩的知识分子相貌。他极爱学习，不管何时，只要船上有讲座，无论我到得多么早，老杜都已端坐在场，以至于让我高度怀疑——老杜是否以课堂为宿舍。初次被老杜才华震慑，是在鲁比尼岩。此岩为一块巨大的陡峭石山，突兀屹立冰海之中，宛若鸟类电影院的黑色幕布。它的顶端被北极云雾笼罩，让人误以为它直插云霄。极地的雾，有点像质量优等的亚麻纱帘，一是浓，单看还依稀透亮，几层叠加起来，几乎完全不透光；二是它常常会有一个清晰的水平面，一半严丝合缝遮住天空让你什么都看不见，另一半却“眉清目秀”地让诸物显现，让人产生错觉，以为它是一片边缘清晰降落凡尘的云。

鲁比尼岩周围，千百万只海鸟翩然起舞。“50年胜利号”贴心地泊在附近，让游客们观鸟摄鸟。我持望远镜，见黝黑石壁顶天立地，形成无数纵行皱褶。在石头缝隙里，栖息着无数海鸟，架设着数不清的鸟巢……鲁比尼岩，可算鸟的安居工程。迷蒙的散射阳光，夹杂着些许雪粒，给这一切镀上不真实的橙粉。

鲁比尼岩是一块巨大的陡峭石山，成千上万只鸟儿集聚于此

鸟们肆无忌惮地或趴或卧，或叽叽喳喳或上下翻飞，俨然不可一世的鸟之大剧院。一会儿后，我把望远镜放下。虽说并无密集恐惧症，但数万只鸟挤在一处乌泱乌泱蠕动，让人有莫名不适感。

鲁比尼岩看起来坚硬崭新，其实资格很老，形成于恐龙时代的火山爆发。它位于法兰士约瑟夫地群岛较南端的位置。在这趟奔赴北极点的旅程中，大家将不断听到“法兰士约瑟夫地群岛”这个名称，因为从俄罗斯的摩尔曼斯克出发向北，途中遇到的所有岛屿，都属于这个群岛。

每一个岛，都有自己的名字，算是同门兄弟。如果人跳到高空，化成巨眼鸟瞰，此群岛好似一块被摔碎的芝麻火烧。你可别以为这是个形似比喻，实际上完全是现实主义表述。群岛在侏罗纪之后的数十次地壳运动中，不断抬升成陆地，又不断没于水下，如同被暴力折叠的脆弱大氅，留下数不清的衣褶纹路。断裂带也会不安分地在某些地域陡峻地凸起于海面之上，鲁比尼岩就属这种龟裂状地貌。

暴雪鹱虽相貌平平，但特别擅长在远海暴风雪中翱翔，是信天翁的亲戚，又名“暴风鹱”

此处食物丰富，刀剁斧劈般的险要绝壁，又成功阻挡了北极狐等入侵者前来偷鸟蛋，于是成了海鸟们的福地，相当于北上广深，聪明鸟族蜂拥而来。虽然鸟民密度很高，但大伙配合默契。有的鸟住高层，比如海鸥和海雀；有的鸟如同腿脚不好的老年人，愿意住低层，比如北极鸥；更多的鸟随遇而安，得个空隙便安营扎寨。

我对鸟一概不识，只能半张着嘴呆看。老杜说："别看北极圈的自然环境对人来说十分严酷，对鸟却相当温柔。北极鸟类共有 120 多种，大多数为候鸟。北半球约有六分之一的鸟类，会到北极繁殖后代。整个北极，可谓鸟族大摇篮。"

正说着话，一只中等大小的白色海鸟，围绕我们盘旋，既不靠太近，也不远去，只是不知疲倦地绕圈子。

老杜说："你可认识它？"

细看此鸟，两翅宽长，羽翅上覆有暗灰色斑带，脚短而壮，飞翔时两脚向后伸直。

看也白看，我说："不认识。"

老杜说："它叫暴雪鹱。"

我说："名字真棒。可惜它有点其貌不扬，糟蹋了这雄赳赳气昂昂的名号。"

老杜笑道："您不能以貌取人，哦，取鸟。此鸟虽相貌平平，但特别擅长在远海暴风雪中翱翔，是信天翁的亲戚，又名'暴风鹱'。"

"暴雪鹱"——真是鸟族中最威武铿锵的名字。正聊着，又见一鸟飞临，弧线完美。它有贵妇般艳丽的红嘴，脚也像芭蕾女鞋一样，着红色蹼。尾翼尖俏，如秋燕般呈锋利剪刀状。翅膀犀利光滑，毫不拖泥带水。头顶黑色，如同戴了呢绒小帽。它给人以高傲之感，目不斜视地低飞，掠过海浪，继而冲天而起，孤独但毫无怯意。

还没等我发问，老杜说："这就是大名鼎鼎的北极燕鸥，鸟中之王。"

我却有点想不通。北极燕鸥虽说漂亮，但算不上惊艳，比它俊的鸟还有很多。它的体格也不是很硕大，翼展也不是铺天盖日，飞行速度也并非风驰电掣。如此，何以称王？

大名鼎鼎的北极燕鸥，鸟中之王

看出我不解，老杜说：“每年夏天，就是此刻啦，北极燕鸥在此繁殖。到了北极冬天，进入极夜时分，它们早就飞走了。”

我问：“到哪儿去了呢？”

老杜答：“南极。在那里，它们一待 4 个月，用磷虾把自己喂得肚饱肠圆，壮壮实实。当北极春天到来时，它们又开始新的一轮迁徙，从南极再飞回北极。”

我极力调整思维，力图跟上老杜的叙述。脑海中出现一个虚拟地球仪，在它的两端大跨度地勾勒两条直线。

我疑惑地问：“您的意思是说……北极燕鸥，每年会在地球南北两极之间往返一次？”

老杜说得很明白，但我还是没多少把握，故要重复落实一遍。不由自主瞄着刚才那只北极燕鸥消失的方向，心想，现已秋天，它就这样义无反顾地直奔了南极？

老杜点头道："正是。每一年，北极燕鸥在南北极之间穿行一次，行程达数万千米。"

我说："即使是喝汽油的飞机，要直接从北极飞往南极，或是从南极飞往北极，也不容易吧？"

每年夏天，北极燕鸥在北极繁殖

老杜说："这对人类来说，非常困难。就连咱们脚下这艘看起来气吞山河的原子能破冰船，轻易也不敢穿过赤道。赤道太热，冷却水达不到要求，它很难过去。"

我惊奇道："北极燕鸥为何年年岁岁不辞万里翱翔不止？！"

老杜说："北极燕鸥非常喜欢阳光，生活在极昼中极为快乐。享受完北极圈的极昼后，燕鸥们向南飞，越过赤道，直抵南极，开始享受南半球的日不落。等到南半球极夜降临时，它们再北飞，回到北极沐浴阳光。它们穷其一生，都在追逐阳光。"

我长叹一声道："阳光固然好，但每年这么一场超长的鸟类马拉松，北极燕鸥最后会被活活累死。"

学者的特点之一，就是往往在他们不内行的领域和日常生活中木讷，甚至显出轻微愚笨。一旦进入了他们擅长的领域，就像被喷了一口净瓶甘露的枯枝，枝叶复活并口吐莲花。老杜恰好进入这种状态。

"非也。北极燕鸥是相当长寿的鸟，起码可活 20 年。1970 年，有人逮到一只北极燕鸥，腿上有套环。细一查看，居然是 1936 年套上去的。你算算，且不说套上环的时候这只燕鸥有多大，单是从 1936 到 1970 年，它就已经活了 34 年。南北极一个单程约为 2 万千米，来回就是 4 万千米。它们的导航系统非常精密，在如此长距离的飞行中，可以毫不偏离地到达目的地。算下来，这只北极燕鸥被捕到时，累计飞行了至少 136 万千米。"

我脚下一滑，差点晕倒跌入北冰洋。136 万千米，这还是一只鸟吗？简直是超级远程轰炸机。

老杜意犹未尽，秒变话痨。"北极燕鸥不但飞行力超群，而且勇猛无比。一旦外敌入侵，立刻团结一致，全力对外。假设一只号称北极霸主的北极熊悄悄逼近北极燕鸥聚居地，想吃燕鸥的蛋充饥。原本燕鸥们正在内讧，彼此争斗不已，一看大敌当前，先是立马安静，之后一块儿腾空而起，像战斗机群一样，轮番向北极熊发起俯冲攻击，坚硬的嘴巴密集地向北极熊的大脑袋啄去……"

想想很有喜感。我问："后来呢？"

老杜哈哈笑道："没有什么后来，北极熊抱头鼠窜了呗。"

北极燕鸥每年都要在南北极间往返一次，行程达数万千米

老杜接着说："北极燕鸥是已知迁徙路线最长的物种。它们享受日照时间之长，世界上没有任何动物可与之相比。"

我不知这两者之间有无确切的联系。想来，北极燕鸥超凡入圣的体力，一定有它玄妙的来源。是北极贝壳和小鱼的营养的功劳？抑或南极磷虾提供的能量？世上吃这类海鲜的动物多了去了，谁有这般勇气和毅力？思来想去，只能将这伟大的洪荒之力，归功于太阳。北极燕鸥与太阳每年有如此长时间的亲密接触，从阳光那里汲取了无穷能量，化作在南北极之间翱翔的英姿。

老芦一直在我们身旁蹭听。回到舱房，他叹道："如果人一辈子只能认得一种鸟，我要记住这个名字——北极燕鸥。争取下辈子变作它的模样。"

我诧异："真看不出你还有这般吃苦耐劳追求光明的勇气。我下辈子很可能变成一滴海水，毕竟地球上有 70% 的面积都被水覆盖。大概率事件。"

我后来琢磨，那只让勇士南森在无名小岛上欢呼雀跃并燃起希望的北归候鸟，定是北极燕鸥。

第一眼看到北极熊，惊艳

8

北极熊
如盛开的白莲花

第一眼看到北极熊，惊艳。

原以为既然到了北极，以此地名称冠名的这种熊，理应不少。虽不能像早年间荒山野兔遍地跑来跑去，但每天见上几头，应该不成问题。真到了北极圈内，才发现生存环境之恶劣，真不是我等生活在温带的人可以轻易想象的。除了北极圈近处的岛屿荒漠上，有些许苔藓类低等植物苦苦挣扎，其余皆冰海无边。此刻还是北极地区最温暖的季节，已让俺们叫苦不迭，若是到了连续 100 天完全不见太阳的极夜酷寒之时，简直是地狱缩影。什么动物能在这种艰窘之中生存啊？！

答案——汝之砒霜，吾之蜜糖。铺天盖地冷峻无比的冰海，乃是上苍送给北极熊的最好礼物。北极熊，常年驻守北纬 80 度到 85 度之间的广阔冰域。说它们常驻，指一年到头，无论极昼还是极夜，无论觅食还是繁衍，都寸步不离这极北苦寒之地。不像一些候鸟，是典型的机会主义者。拣着北极仅有的好时光，在这里休憩养子，一旦气候转劣，它们立刻起飞，成群结队向南逃逸，寻找更舒服的地方。这固然也不失为一种活法，但北极熊的孤独与矢志不渝，让人更生喟叹。

船艏驾驶舱里，有探险队观察员值班，手执高倍望远镜，东巡西看，日夜不停地找熊。在北极地区，凡说到“熊”，特指北极熊，不包含任何其他熊（这地儿也没有别的熊出没）。更准确地说，探险队员在整个白天不停地找熊，因此地没有夜晚。半夜 12 点太阳也绝不下班，称“午夜阳光”。

我想象不出持续光照之下，北极熊怎么睡觉。

尚未晤面一只熊，船上就开了相关讲座，让大家先从理论上结识北极熊。老师的第一个问题是：谁知道此地究竟生活着多少只北极熊?

面面相觑，没人晓得。

老师说：“北极地区总面积超过 2100 万平方千米，如此广袤地域上，生活着大约两万只北极熊。除了雌熊带幼崽的短暂时光，成年北极熊都是独行侠。你们可以计算一下，平均多少平方千米的面积上，能有一只北极熊？”

大家很快算出，约 1000 平方千米面积，才能摊上一只北极熊。

老师这席话，一箭双雕。一是介绍了相关知识，二是提醒人们对及早撞见北极熊一事儿，不可操之过急。想想也是，“50 年胜利号”如离弦之箭，直奔北极点，走的是近乎笔直的航线。要想迎面碰上一只北极熊，并非易事。

至于我提问的北极熊极昼期间如何睡觉，专家答复如下。

一般人以为北极熊会冬眠，错。极夜来临时，北极地区气温会降到零下数十摄氏度，北极熊寻找避风地方，倒地而睡。它很长时间不吃东西，呼吸频率放缓，将营养消耗减到最低。不过，这并不是真正意义的冬眠，只是似睡非睡的休憩状态。一旦遇到紧急情况，北极熊可以立即惊醒，立刻转入应变的战斗姿态。

想想也是，若北极熊真如僵硬的冻蛇般，在冬季毫无知觉，在北极极端寒冷苍凉的环境中，恐难历久弥安。

专家接着介绍，北极熊是个吃货，若食量不足，熬不过酷寒。它大致每四五天就要吃掉一整只海豹。它的主食是环斑海豹，每只重 120 多千克。这样算下来，成年北极熊每日需 20 多千克肉食才可度日。每年的 3 ~ 5 月，北极熊进入发情期，变得异常活跃，奔跑跳跃，水陆两栖。肉食供应充足时，浓厚的海豹脂肪会把北极熊的毛色染得发黄。忍饥挨饿的北极熊，毛色则比较白。北极熊厚厚的皮下脂肪层，对它来说性命攸关。寒冷时充当抓绒外套，下海游泳时就成了救生圈，粮草告急时就是干粮袋。北极熊的四肢既粗壮又灵便，能为它的奔跑和捕猎提供强大的爆发力和耐力。它跑动的时速可达 60 千米。它的两只前掌，雄健超拔，挥舞起来，有雷霆万钧之力，一巴掌即可将猎物置于死地。

四个爪垫上长满粗毛，既有助于保暖，又能防滑，保证北极熊在冰面上健步如飞。北极熊的视力和听力一般，和人类差不多。嗅觉则异常灵敏，隔着数百米，就能闻出冰层下海豹的味道。

自然界中的北极熊，体长可达 3 米，体重可达 800 千克。过去有一段时间，北极熊曾雄踞世界上陆地食肉动物霸主地位。后来在加拿大某地，发现了体重 880 千克的棕熊，北极熊自此屈居亚军。我对这个结果存疑。北极那么大，并不是所有的北极熊都上过磅秤。也许哪天人们发现了体重更大的胖熊，宝座重新夺回来也说不定。

看似极为贫瘠的北极生态系统，居然养活了世界上第二大的陆地食肉动物，不可思议。

这些有关北极熊的知识，都极为宝贵。不过听到这会儿，我的问题并未得到解答。北极熊终日活跃在明亮阳光下，又没人给它配遮光窗帘，如何睡得着？

老师总算开始为我答疑解惑，说北极熊可能会有局部夏眠。夏眠本身就难理解，再加上“局部”，什么意思？老师说，北极熊度夏，和它在冬季时的情形差不多，保持迷迷糊糊似睡非睡，但能随时投入战斗的状态。概因夏季的北极，浮冰融化，北极熊很难觅到食，只好自我压缩需求，降低营养消耗，以保存体力，图谋秋季东山再起。据说专门研究北极熊的专家，曾在夏末时分抓到过几头北极熊，它们的前熊掌上，居然长满了茂密长毛。熊掌是北极熊捕杀猎物的重器，刀枪锈成这样，说明它们整个夏季几乎没有觅食活动。

1000 平方千米面积，才能摊上一只北极熊

捕杀海豹的北极熊

冰雪重新席卷天地，北极熊苦尽甘来。海面封凝，环斑海豹们躲在冰层之下，平时还挺安全，无奈它们不时得到冰面上透透气，留下孔洞。北极熊会千方百计找到这些洞，当成自己的琉璃餐盘。它们极具耐性地蹲踞一旁，悄无声息地候着海豹。海豹刚露出脑袋想换气，以逸待劳的北极熊一巴掌闪电般拍下，海豹顿时脑壳迸碎。北极熊立刻用嘴咬住海豹皮，以防到手的猎物沉下水，白忙活一场。之后北极熊拼尽全力，将海豹从冰窟窿里扯上来，开始享用冰上大餐。它先吃海豹的内脏和脂肪，以防有别的熊蹿过来抢食。脂肪能量最高，若被夺走，损失就大了。酷寒北极，生命之火全靠高能量维系。

北极熊这套捕食策略，说来轻松，成功率并不高，大约只有 5% 的胜算。如果年老力衰，北极熊长期捕不到猎物，就有可能被饿死。

听完课，人们都明了与北极熊相见的缘分相当渺茫。本来就地广熊稀，又正逢青黄不接的夏天，熊们已靠浅睡降低基础代谢率熬着缺粮草的日子，来人还眼巴巴地想一睹芳颜，有点不识时务。

北极熊在浮冰上飞腾而起，偶尔运气不佳跌落冰隙，
马上昂起头划水

据说在历年旅客们北极点轻探险中，真有过航行十几天，没与一只北极熊打过照面的悲催史。听天由命吧。

做了最坏的准备，运气并没有那样差。某天，广播中传出呼唤，说在船艏右舷大约 3 点钟方位，有北极熊出没。人们飞快地从各自舱房“奔窜”而出，三步并作两步跑向甲板最高处，互相打探：在哪儿？看到了吗？

没有。没有北极熊，只有银色冰面，在太阳下闪着龙鳞状的碎光。最先奔上甲板的游客，大呼小叫狂喊不绝，机警的北极熊立刻纵身跳下冰面，潜入水中，再也不肯露头。

破冰船飞快前行，北极熊藏身的冰域，渐渐向后隐去。北极熊安定下来重新浮出水面的机会，也一并远离。这旅途中的第一只北极熊，除极少数人目睹了，大家都没看到，悻悻归舱。好在吃一堑长一智，等再次播放有熊出没的信息时，大家都蹑手蹑脚，贼一般地在甲板上游走，状如幽魅。

这是我第一次亲见北极熊。它并不算很大，身体灵活，毛色雪白，估计肚子里的油水有限，不曾被环斑海豹的脂肪染黄。它在冰面上迅疾奔跑，如同银箔打造而成的精灵。四只大掌，犹如白色蒲扇，在冰雪中有序扑打，上下翻飞，姿态优雅。虽说它的听觉并不发达，但游客们吸取教训完全噤声，加之原子破冰船并不散发任何味道，它不曾受到惊吓，仍保持着怡然自得的心境，其乐悠悠。奔跑中遇到海冰错落处，面对海水阻隔，它想也不想，并不放慢脚步，也没有丝毫踌躇，凭借跑动惯性凌身一跃，在空中画出灼灼一道白光，稳稳降至另外的浮冰上。在它的前方，冰区多裂，便一个箭步接着一个箭步飞腾而起，好像跨越无形的栏杆，步幅可达 5 米。多数时刻，它判断准确，安然着陆（准确地讲是安然着冰），接着马（准确地讲是熊）不停蹄地奔跑。时有运气不佳，不知是判断有误还是体力不逮，它未曾抵达另一冰面，而是坠落冰隙，被蔚蓝色的海水淹没。北极熊镇定自若，并不觉得有何异样，马上昂起头，不慌不忙开始自在划水……

清澈海洋如蓝色水晶，北极熊浮动时，优雅如盛开的白莲花

北冰洋的水多刺骨啊！陷落那一刻，北极熊被冰水瞬间浸透，会不会冷得打一个寒战？

一刹那，眼泪夺眶而出。

不仅是叹息北极熊生存之艰难，更是感动于它舒展酣畅的泳姿。

清澈海洋如蓝色水晶，北极熊浮动时，优雅如盛开的白莲花。我知道如此形容一只重达几百千克的凶猛动物似有不搭，但当目睹这硕大雪白的灵物，在漂荡浮冰的幽蓝海水中轻盈而悠然地舞动四肢，如特大水母般随波荡漾之时，你只能发出如此不可思议的喟叹。

北极熊无拘无束无忧无虑地戏着水，宽大的前爪宛如双桨，向下压动并向后拨划，为庞大躯体提供前进动力。后腿则基本上并在一处，起着舵的作用，掌控它游动的方向。

哦！它们的安然是有理由的。北极是北极熊的领地，它们雄踞食物链的最顶端，在人类出现之前，所向无敌。它们的生物序列中，没有恐惧的双螺旋基因存在。所以，它们不慌张、不顾盼、不鬼祟、不脆弱，畅游于万古不化的寒冰和深达 4000 米的海水混合而成的极寒世界，呈现出如此完美飘逸的仙气。

举起望远镜细察之下，发觉北极熊头部比较窄小，口鼻连在一起呈细长楔形，侧面观来多少有点尖嘴猴腮状。或许因为咱们总看熊猫，误以为熊脸近圆，其实不确。北极熊不但像时下影视女明星一样脸小，耳朵和尾巴也很小，整个身体毫不留情地删减凸起的附件，打造出完美的长椭圆身形，有助于在严寒中保存体温。北极熊是游泳健将，此刻它半侧着身游泳，实为牛刀小试。倘若真有必要，在冰海中连续游个四五十千米不成问题。

老师说过，北极熊所有活动都在冰盖上进行，包括交配、生崽。一说到冰盖，人们想到的常是一块能够量出长短的场地，最大可能有足球场那么大吧。其实北极的冰盖，动辄以平方千米为计量单位，置身其上，你没有丝毫的漂浮感，会误以为它下面是稳定的陆地。雌熊和雄熊在短暂“蜜月”之后，便各奔东西，老死不相往来。其后发生的事情有点匪夷所思，每年三四月份交配成功后，雌熊体内的受精卵并不马上发育，而是悄无声息地等待时机。它要等雌熊子宫水草丰美之时，方入宫成长。这个等待的时机相当漫长，有时可达半年。一直到秋天，雌熊积聚了足够的营养，受精卵才开始发育。年底，北极熊宝宝出生了。幼崽通常只有几百克重，相当于母熊体重的千分之一。母熊一般生双胞胎，偶尔也有 1 只或 3 只的时候。小北极熊出生时像个小耗子（这和熊猫有点像，熊猫崽也非常小只）。小熊出生之后长得非常快，因为熊妈妈的乳汁中脂肪含量达 30% 以上。小熊吃奶 4 个月后，就能和妈妈一道走出巢穴，学习捕猎。两年后，小熊长大了，会离家出走，从此独立生活。

北极熊是完全食肉动物，食谱中没有任何植物。这也不能怪它饮食习惯不健康，都是叫北极的恶劣环境逼的。土生土长的北极植物，主要是苔藓和地衣之类。北极较低纬度处，偶尔还可见点滴绿色惊鸿一现，更高纬度的地方几乎寸草不生。高纬度地区的植被，产量极低，打包归拢到一处，估计连兔子都喂不饱，哪能填满北极熊的大肚囊。北极熊终生只能以纯肉类充饥，冰天雪地独来独往，它或许是地球上最孤独寂寞的动物。

北极熊或许是地球上最孤独的动物

如果北极浮冰融化，甚至无冰，北极熊就失却了家园，无法生存下去。有人问动物专家：“可否让北极熊移民南极，让它们调整食谱，练习着从此改吃企鹅？”

动物专家说：“北极熊不愿离开北极。”

从北极回来后，方知2016年北京夏天酷暑难熬。有记者爆料，豢养在北京动物园的北极熊，吃掉了很多西瓜，还喝了绿豆白糖汤加固体果珍饮料。

我相信人们在尽一切努力安抚迁居的北极熊，但圈养在水泥森林里皮毛污浊的北极熊，能和冰海中畅游的北极熊相比吗？看到资料说，欧洲某动物园为了一解北极熊思乡之苦，在水泥砌成的院墙上，用白油漆涂画了冰山的形状。我不能想象北极熊望着油漆剥脱的水泥墙会想起什么。

如果说北极熊有什么天敌的话，那就是人。北极的土著居民，长久以来就有猎杀北极熊的传统。不过没有枪支的因纽特人，赤手空拳对付力大无穷的北极熊，也是险象环生。

我看过一则故事。当地人先抓一只海豹，将它杀死，把血倒进一只水桶。血液中央，插入一柄两面开刃的匕首。北极气温极低，鲜血立即凝固，匕首冻在血中央，若血冰棍。当地人把血冰棍倒出来，裸放冰原。

前头说过，北极熊鼻子特灵，几千米外嗅到血腥味，颠颠赶来看究竟，高兴地舔起血冰棍。舔着舔着，舌头就麻木了。北极熊不想放弃这难得的美味，继续舔食。咦，血的味道怎么变得这么美妙？新鲜温热，一滴滴流入北极熊的咽喉。

它越舔越起劲，却不知尝到的是自己的血。北极熊舔到了冰棍中央，双刃匕首刺破了它的舌头，鲜血涌了出来。北极熊舌头已木，感觉不到痛楚。它越发用力舔食，舌头就伤得更深，血就流得更多……渐渐地，北极熊失血过多，晕厥倒地。潜伏在周围的人们走过来，轻松地捕获了北极熊。

我查不到这故事的原始出处，强烈怀疑它是个寓言，而非真实事件。第一，北极熊有那么傻吗？它连自己的受精卵都能控制，等到营养储备丰富时再移入子宫开始发育，生理机能进化得如此精妙，自己的血却尝不出来，成立否？

第二，动物舌头上的血管虽然丰富，但并没有大的动脉和静脉。也就是说，就算划破舌头，甚至割掉舌头，都不至于出血到休克死亡的地步。舌头上只有一些小血管，不信你想想吃凉拌口条时，可曾见有大血管存在的痕迹吗？

记得我学医时，问过解剖学教授："您课堂上讲舌头没有大血管，那么，古书上记载的忠勇之士咬舌自尽是怎么回事儿？"

估计该教授第一次碰到这种寻衅滋事的学生，本着诲人不倦的传统，忍着没给我冷脸。他思忖了一会儿说："人体舌头上没有大血管，这毫无疑问。至于咬舌自尽，只能说明该人自杀决心非常大。舌上的感觉细胞很发达，咬舌非常痛苦。一个人如果执意自戕，终究死得成。咬舌后剧烈疼痛引发的反应性休克、继发感染、无法进食导致的营养极度匮乏进而全身机能衰竭……诸种原因，皆可最后致死。古书上的咬舌记载，主要表明这个人必死之心决绝，并最终达到了目的。至于具体是否系咬舌立刻死亡，也许并不是史家记录的重点。"

作为一个主讲骨骼、关节和肌肉血管走向的医学教授，能把人文历史注解到这地步，我由衷佩服并牢记了他的观点。套到北极熊身上，不一定对，恭请行家指正。

现在，容我问你一个问题：北极熊的皮肤是什么颜色？

估计大多数人都会说："白的呀。这还用问吗？"

哈，错啦！北极熊的皮毛看起来是白色，皮肤却是黑色。不信你注意观察它的鼻头、爪垫、嘴唇以及眼睛四周无毛之处，就会看到黑漆漆的皮肤本貌。至于北极熊为什么长成这模样，也是拜酷寒所赐，黑皮肤有助于吸收阳光热能。

再问一个问题：北极熊的毛是什么颜色？

有人会说："白色啊。谁不知北极熊又叫白熊，皮肤已经是黑的了，毛再是别的颜色，那就该叫花熊了。"

呀，不对。北极熊毛是透明的，形状也很特别，每一根毛发都是中空的，如透明吸管。这样的构造，可以让阳光直接透射到毛下的黑皮上，使热量畅通无阻地被汲取入身。对毛色透明这一说法，很多人包括我，实也半信半疑。好在有人颇有刨根问底的科学精神，为了找到准确答案，干脆跑到动物园，搞到一根北极熊毛发（估计不敢揪，地上捡的吧），把它送到实验室，请科研人员在显微镜下观察。为了让实验更具可比性，此人又把自己头上的黑发薅下一根，也一并送到

如果北极冰层彻底融化，北极熊丧失了休养生息的家园，活活饿死，人类必定难辞其咎

显微镜下。结果怎样？显微镜如同照妖镜，人发为黑，北极熊毛则呈完全透明的管状。

服了吧！科研人员说："人发有实心髓质，呈现黑色。北极熊毛无髓，为空腔小管，因此全透明。"

"那……无数人亲眼所见北极熊都是白色啊。"有人不服。

科研人员答："光线射在北极熊身上，当所有波长的光都被散射时，就呈现白色。好比水本身是透明的，但河流溅起的水花会呈现白色。组成云的微水滴也是透明的，但天空的云彩会呈现白色……都是光线变化引致。"

此刻，请你闭上眼睛，设想一下北极熊的真实模样——一身黑炭也似的皮肤，披着无数根透明长毛，在蔚蓝冰水里舒展身姿，高傲而孤独。

如果北极冰层彻底融化，北极熊丧失了休养生息的家园，最后活活饿死，变成一张褴褛黑皮，人类啊，包括你我，难辞其咎。

我在船上，与法兰士约瑟夫地群岛的无名岛屿

9

安静湾1号房间

“50 年胜利号”赶赴北极点的航程中，遇到的每一个海岛介绍里都会说它从属于法兰士约瑟夫地群岛，无一例外。

群岛家族庞大，共 190 个冰封岛屿，总面积 16134 平方千米，和北京市差不多大。它的发现者是奥匈帝国探险队，时间是 1873 年。那时的规则是先占先得，于是群岛就成了奥匈帝国的海外领地。奥皇本打算安排移民上岛居住，却不料宏伟蓝图还没来得及施行，奥匈帝国就崩塌了。1926 年，苏联确认对其拥有主权。

我们在胡克岛登陆。它位于群岛南部，个头中等，距北极点约 1000 千米，距摩尔曼斯克约 1300 千米，居中的位置，分明是要害之地。

岛长 32.8 千米，宽 29.9 千米，面积 459.8 平方千米。最高点海拔 576 米（比 575 米的北京香山主峰还高一点）。岛名得自英国植物学家约瑟夫·道尔顿·胡克。

群岛各小岛之命名法，分为几大流派。一种取自名人。比如有个小岛叫“南森”，就是得名于大名鼎鼎的探险家南森，他除了有徒步跋涉北冰洋的经历，还因帮助“一战”当中被俘的 50 万名战俘回到家乡，获得了 1922 年的诺贝尔和平奖。命名岛屿，实至名归。像牛顿岛、爱娃岛，大抵遵从此例。

群岛中最北部的岛叫鲁道夫岛，是当时奥匈帝国皇太子的名号。把一个岛的命名权奉献给当朝皇帝之子，也可理解。

还有一类岛的名字叫共青团员岛、十二月党人岛等，估计是群岛归属苏联之后命名的，打着时代烙印。

群岛中有个叫格雷厄姆贝尔的岛，面积达 1556.6 平方千米。岛上建有颇具规模的机场，俄罗斯的货机和战斗机都在此起降。

上述诸岛，俺们几乎都无缘登陆。有的是不开放，有的是气候不允许。还是回到胡克岛吧。

我以为胡克先生一定到过北极，或者和这个岛有千丝万缕的历史渊源。打探之下方晓得，此人到过极地不假，不过那是南极，一生和北极无干。他和中国多少还有点缘分，曾去过西藏。

胡克生于植物世家，老爸曾担当英国皇家植物园园长。胡克五六岁时，就在荒野的墙缝里乱翻。大人问他干什么呢，小男孩骄傲地说："我在这里找到了真菌。"胡克后来进入大学医学系（当时植物学隶属于医学系），并认识了查尔斯·达尔文。从此他成为达尔文的密友，一生鼎力支持物种进化论。1839 年，胡克获医学博士学位。某天早晨，他和罗斯船长共进早餐，得知此人即将赴南极探险，当即决定加入探险队。人生的重大决定，就这么轻而易举地在餐桌上做了出来。看似冲动，实则和自己的爱好与目标相符，真乃天助人助。他当上了助理外科医生，进行了长达 4 年的南极探险。

船泊安静湾

后来，他又骑着大象，考察了喜马拉雅山区的植物，出版了《喜马拉雅山日记》，为他获得了世界性的声誉。之后，又和乔治·班逊姆一道，用26年时间，完成了《植物属志》，此书堪称19世纪最卓越的植物学巨著。1911年，94岁的胡克辞世。

“50年胜利号”泊在胡克岛附近洋面，人们分批乘橡皮艇登岛。旅客分成6组，凡无法全船同时出发的活动，分组进行。为公平起见，顺序会自首尾两端轮换着来。我所在的第1组特点——要么最先参加活动，急赤白脸匆匆赶赴，要么甩在最后，望穿秋水去意阑珊。中部的3、4组，令人艳羡，不疾不徐章法稳定。这一回，轮我组殿后，结果可想而知。待登上胡克岛，先期抵港的百多号游客，已将岛上小邮局围了个铁桶也似。

邮局虽小，名头响亮，号称世界最北邮局。此地没有土著居民，邮局一年只营业3个月。开张期，每周营业1小时。有人上岛时才开门，游客走后便关门大吉。时间虽短，效率颇高，疯狂买卖，工作人员一个月的工作量，顷刻完成。

小小邮局内，抢购场面异彩纷呈。地毯扫荡式买明信片的，噼里啪啦乱扣世界最北邮戳的，没带现钱（此地不可用信用卡）要求记下名字和船上房号先行赊账的……沸反盈天。邮局工作人员是个俄罗斯小伙，脸上蒙满如油汗水，鼻梁近旁的众多雀斑芝麻似的蹦起。

一看这阵势，绝无聊天可能性。我对老芦说：“咱先出去遛遛，等会儿再来。”

出了邮局，登到坡地高处，整个胡克岛建筑群尽收眼底。依山而建的十几座木屋，面朝大海蹲踞着，没有春暖花开，只有惊涛拍岸。

所有房屋，均呈枯白的骨殖色。刚修建起来时，该是蓬勃而芬芳的原木色吧。无情的北极风雪和流逝的苍凛岁月，合谋将它漂洗得须鬓皆白。

在北极因纽特人的传说里，废弃的旧房子如果有完整墙壁，流浪的魔鬼和邪恶灵魂马上会占据它，躲避其内，寻找机会袭击过路的人。

如果此话当真，那么胡克岛上，该是鬼魅丛生恶魄遍野。不过周遭虽冷冽，却气氛祥和。或许因为魔界只能在黑暗中腾挪，此刻极昼，它们都知难而退地缩藏了。木屋各自独立，基本保存完好，你若愿发挥华丽想象，可将它们比作人去楼空寒气袭人的别墅。房间门窗都用木板钉死，外人不得入内。好在窗户镶有玻璃，透过钉板缝隙，可一睹室内结构。

我年老笨拙，攀着墙外土堆，登高偷窥。鼻子蹭着玻璃，左顾右看，像盗贼踩点。昏花老眼，一时看不清屋中陈设，似乎是空屋。待到视线渐渐习惯暗野，才发现真是空屋。当初人们撤离时，不慌不忙收拾得挺彻底。

在法兰士约瑟夫地群岛巡航，经常可见苏联遗下的建筑群，包括岗楼、汽油桶库、工事等遗址。苏联解体后，冷战时代大肆兴建的军用设施，基本上都废弃了。有人说是经济原因，加之现代科技发展，有些基础情报用卫星和其他手段得来全不费功夫，不必再用价格高昂的人工。这些遗存便成为特定历史时期的烙印。

胡克岛上依山而建的木屋

胡克岛建筑质量很棒，虽经风吹雨打，木质基本完好，房间格局周全。我依稀辨识着：这是卧室，那边是客厅……这应该是储物间了……

不过，四处搜寻，没找到洗澡间和卫生间。后来，看到有专供集体沐浴的澡堂屋，才发觉自己认识有误，当初未有那般便利。至于卫生间，估计从前也是专门区域集中解决，年代久远，已湮灭无迹。海岸边的屋子，倒是门户大开，一律堆满煤块。浑身红锈的拖拉机残骸、斑驳的木船骨骼、摇摇欲坠的铁塔……墓地有十几座坟墓，还有两座相连的纪念碑，祭奠牺牲在这里的探险队员和考察站飞行员。

有些资料里说胡克岛现无人居住，不确。岛上有俄罗斯国旗高高飘扬，设施尚在使用中，高耸的信号塔很坚固，煤储丰富。

一排排小小木屋，如同童话中小矮人住的尖顶房子，不知干什么用的。蹲下身来左右端详。一位极友走过，笑道："一看就知道您不养宠物。"

我醒悟说："难不成这是宠物的家？"

极友说："犬舍。在这里生活的犬只，不能说是宠物，应是极地人员的朋友。更准确地说，是战友。"

几十座犬舍，整整齐齐排列如军营，可见当时犬群威凛。

等我再次回到小邮局，极友们果已满载散去。我选了几张明信片，与稍有闲暇的邮局工作人员聊天。

我说："此地的科考站是什么时候建的啊？"

雀斑小伙答："这里最早建的是气象站，时间是1929年。"

我明知故问："现在这儿还有人住吗？"

"有。"雀斑小伙很肯定地回答。

1957年，苏联在这里建起了北极科学考察基地和地球物理观测站，研究气象和整个极地状况，包括生态、地理物理学和冰河学等等。像极光、磁暴这类太空对地球的作用信息，只有在极区才能捕捉到。这里也成为空间科学的天然"实验场"。

小伙子回答得快且顺溜，估计凡是上岛的人，经常向他打探。

我说："这儿交通不便，如果有人得了急病怎么办？"

雀斑小伙答："用直升机。这里从20世纪30年代就通飞机。看您对历史

听安静湾的船诉说故事

感兴趣，请买下这张明信片。当时的素描，画的就是直升机降落时的情形。顺便说一句，1931 年，飞艇也到过胡克岛。”

我赶紧买下来。一看，双翼式老飞机，画面上一共 4 个人，外带两只狗，人狗比例 2 ∶ 1。看来狗在此地，果真举足轻重。

我把心中疑惑抛出：“为什么岸边都是煤堆？”

雀斑小伙说：“冷啊！这里冬天非常漫长。现在是 8 月，平均气温只有 2 摄氏度，得生炉火。冬季气温就更低了，平均为零下 22 摄氏度，全靠烧煤取暖。所以岸边的房子都改成了煤库，装卸方便。”

我说：“岸边有一座房屋，很是气派体面，正对着海湾，并不是仓库。”

雀斑小伙子做恍然大悟状说道：“哦，您说的是岛上 1 号房间。建于 1929 年，是最早的建筑。它门前有个标牌，写得很清楚。”

他说着又拿出一张明信片，说：“这是当年的写生图，左边第一座小房子，就是 1 号房间。”

我赶紧买下。又问：“这海湾叫什么名字？”

雀斑小伙答："安静湾。"

我追问："为什么叫安静湾？"

小伙子露出"这个还要问"的表情，说："就是因为安静啊。它的地形让风浪不容易袭扰到岸上，比别的地方要安静。"

谢过雀斑小伙，我出了邮局，再次走向 1 号房间。边走边揣摩当年在这与世隔绝的荒岛上，人们是怎样的心情。

突然脚下一陷，异乎寻常地柔软。低头一看，糟糕！不知何时偏离了人们常走的小径，拐到野地了。脚下的松软，来自北极苔原。灰绿色的叶片极小，简直就是针簇状的破碎绒毯，一丛丛一片片，胡乱交织纠缠在一起，铺地而长。有一种开黄花的小生灵，叫北极罂粟。花朵如一分硬币，被寒风掀得上下翻飞，如同手机上的袖珍笑脸。如将北极寒地比作褐色布衣，它便是仙女手下的绣品。

北极圈内，微生物极不活跃，几乎无法形成土壤，地表贫瘠。苔原只能在岩石缝里、沙砾汇聚处艰难地匍匐着，根系不牢。稍一碰触，身影就仄斜了。好在每年一度的极昼阳光，携带滋养，吹起了生命的冲锋号。北极植被争分夺秒地完成生长历程，虽微小但毫不自卑地挺立着，肆意张扬蓬勃生机。酷寒加持了这些最低等的植物，使它们超凡入圣，让人顿生敬畏。我赶紧退回小路，自此高抬脚轻放步，不敢伤及它们一丝一毫。

北极苔藓的生命力顽强到令人匪夷所思。在欧美博物馆里，藏有采自北极的干燥苔藓标本。它们先是以休眠的方式熬过不利环境，待到周围温湿度适宜，居然在标本夹里继续生长起来。

我看到 1 号房间正门的标牌上，用俄文和英文写着："胡克岛上的第一座建筑。房屋内为极地探险者提供了独立卧室。此外，这里是整个站所的社交核心，建筑内有一座酒吧。"

1 号房间门前的开阔地，正对着安静湾一泓海水。当年风和日丽的日子，这里一定侧坐过北极探险者的身影。他们斟满一杯伏特加，放入一小块从海中捞起的浮冰，感受辛辣而清冽的刺激。遥望远方，思念亲人。当半年极夜来临时，一定曾在无穷无尽的黑暗中，梦到过往事……不过所有一切，都已随风飘荡，踪迹皆无，只有海水轻拍岸边卵石。

北极的气候特别，到了冬天，连续几个月都是夜晚。为了适应特殊的气候，生活在这里的北极罂粟形成了一种特殊的本领——用花朵收集阳光

查找资料时，方知1941年至1945年间，德国侵略军曾占领过胡克岛。这么说，1号房间内，也曾住过纳粹。

据俄媒2016年10月的报道，俄罗斯科学家在北极发现了纳粹的一座秘密军事基地，位于亚历山大地岛上。

那个岛位于法兰士约瑟夫地群岛西端，1942年纳粹建起战术气象站，基地代码“寻宝猎人”。它为德军在北极区域的部队、潜艇和军舰的调动计划，提出重要指导意见。74年过去了，2016年，这座德国基地才重见天日。在那里发现了掩体、子弹和其他500多件物品，包括保存完好的文件。

地老天荒处，仍有战争硝烟和铁蹄践踏。

对于北极地区的归属，历来争执不休。早在1907年，由加拿大率先提出“扇形原则”。这个“扇”，不是牛魔王的芭蕉扇、诸葛亮的羽毛扇、美人手中的团扇、老奶奶手中的蒲扇等，乃一把硕大“折扇”，中国古代也称之为“撒扇”。

北极点相当于扇钉处，它纯银打制，灿光灼灼。“扇形原则”的基本要点——所有毗邻北冰洋的国家，以其东西两端经线为界，朝向北极点这个圆心，画出一个扇形区域，所囊括之地，皆为该国领土。这对于海岸线漫长的俄罗斯，极为有利。1926年，苏联以“扇形原则”为旨，颁布主张——凡“位于北冰洋沿岸以北、东经32度04分35秒至西经168度49分30秒之间直到北极点的所有陆地和岛屿，无论是已经发现的或将来可能发现的，都是苏联的领土”，胃口甚大。按此主张，北极地区有56%的面积属于苏联。他们甚至曾派孕妇登上北极岛屿，诞下苏联公民，借以确立岛屿和周围海域的主权。

苏联解体后，俄罗斯仍强调“扇形原则”，力主它对北极地区的控制权。

不过这个“扇形原则”，太过简单粗暴，国际社会一直不予承认。它在国际法上也缺乏说服力，粗糙划界，不能成为独立规则。随着“扇形原则”被抛弃，北极归属成了国际法空白。

冷战时期，北极成了美苏两国核潜艇的博弈场，时不时擦枪走火。1961年，苏联的K-19核潜艇与美国“鹦鹉螺号”核潜艇险些相撞，幸好回避及时，双方才得以各自保全。1969年发生的交锋，就没有这么幸运了。K-19核潜艇撞上了美国的“小鲨鱼号”核潜艇，双方均遭重创，侥幸返航。1972年K-19核潜艇从北极返回时，突然发现左侧有美国潜艇。匆忙躲避中，操作不当，潜艇起火，28 名艇员遇难。

1956 年与 1960 年，在日内瓦两次开会，各国达成共识，于 1982 年正式通过《联合国海洋法公约》。它最终于 1994 年开始生效，对北极地区主权问题做出了规定，称——北极点及其附近海域不属于任何国家所有，是“全人类的共同财富”。

北极点的归属，至此尘埃落定。

愿“安静湾”一直保有安静，愿北极地永无硝烟弥漫。

行走是为了回到你的过去和寻找你的未来

破冰北极点
10
阳队长

记得卡尔维诺说过，行走是为了回到你的过去和寻找你的未来。

在陌生的地方，如果你不是和家人同游，真正的熟人便只有一个——你自己。你突然会很想深入了解这个人，了解他所有的感慨兴奋悲伤惆怅由何而来……然后惊悚地发现——所有的触景生情，看似无根浮萍，其实都和他的经历息息相关。

通常，那个曾经的你，悄悄住在记忆的坑道里，轻易不会升帐出来打扰或是陪伴现在的你。旅行似一株还魂草，让陈旧记忆水灵灵地复活。奇异并不仅限于此，你还会在旅行的某个瞬间，不可抑制地眺望未来，想把今后的你提前请出来，和今天的自己做个伴。你会好奇地打量他，不过那人的细节部分是看不大分明的，只能辨出大体轮廓。若是将来的你，如蒙面人一般，完全看不出端倪，那么，弱弱提醒你一句，你可能未曾认清自己，人生也没有斩钉截铁的目标。

这如同神奇魔法般的际遇，若你一直待在家里，日复一日地刻板生活，在熟悉的环境中，你只能和此刻的自己像连体婴儿似的牢牢贴附着，腾不出气力回顾和展望。

主动选择暂离熟悉的环境，有可能让平时潜藏不露的深层自我，兴趣盎然地逃出来，我们就有机会和它摸索存在的终极意义。

极地探险家南森说过：“灵魂的拯救不会来自忙碌喧嚣的文明中心，它来自孤独寂寞之处。”

或许我们每个人都是一束连续的光，被日常生活的斑驳栅栏，分隔得支离破碎。旅行的银针，将我们破损的记忆缝缀织补起来。新的印象如魔术师的毯子，遮掩住千疮百孔的过往。

有时生出了窥探心，别人在行走中也有类似感触吗？

“50 年胜利号”，是个偷窥他人的好地方，你几乎可以名正言顺地刺探他人。兴师动众偌大一条船，拉着粮草人马，昼夜兼程赶往北极点。好不容易到了那儿，像长程游泳运动员，伸手触一下池壁就立马折返。我们在北极点打个转身就返航摩尔曼斯克。千万里的奔波，只为看一眼苍茫无物的冰原。连着十几天，一干人等无所事事游手好闲，天天抬头不见低头见，互动时间异常充裕。

暂离熟悉的环境，有可能让深层自我逃出来，我们就有机会摸索存在的终极意义

“50 年胜利号”上的人员，大体分为几部分。

第一部分，100 多名拖家带口扶老携幼的游客。之所以把他们放在第一位，因为从航船角度来说，基本派不上用场（当然他们出了船票钱）。本人属其中一员。

第二部分，是中国极之美集团。正是他们的卓越工作，打开了中国普通公民进入南北极轻探险的大门。包括中方的领导、领队、探险队员、极地专家……至关重要。

第三部分，以英国波塞冬公司为主的外方探险队工作人员，是登船后所有活动的领导者和保障者。每个旅行者签下的北极点轻探险生死状，盖的就是他们的章。其重要性，不言而喻。

第四部分，船上的服务机构。包括打扫卫生、餐厅服务、后厨烹饪等，相当于一个流动的 4 星级饭店操作系统。

第五部分，原子能破冰船的驾驶人员。从船长、总工程师到底舱内昼夜连续工作的水手们，他们可谓是船上最重要的人。“50 年胜利号”能顺利航行，他们不可或缺。倘若出了意外，他们就更显重要了。

波塞冬公司的探险教练们，是火线指挥员。何时抵达何地，提醒大家有白鲸或北极熊出没，哪一组乘客上皮划艇登陆或是乘直升机巡航，等等，都由他们运筹帷幄。还承担野外驱熊、查看冰面、开辟冰泳场等警卫保障工作，人人身兼数职。

波塞冬探险队队长，是一英俊中年男子，略显壮硕，德国人，大家称他“阳队长”。中国人为“歪果仁”命名，似应叫“杨队长”，但据说他坚持选“太阳”的“阳”，众人便从了。估计在多阴寡照的欧洲，人们更喜欢太阳吧。船行几天后，朋友悄悄说：“你知道大家私下里怎么称呼阳队长吗？”

我说：“不知，请告诉我。”

朋友说：“大家叫他‘牛 × 阳’。”

他口中的发音，是“×”这个指代词的原生态读法，嘴唇咧成平行角度，有尖锐爆破感。我从未在口头或书面语中用过此字，以“×”替代。

想起一件往事。

多年前，我在北师大读心理学博士课程。某天，我和老师——香港中文大

波塞冬探险队队长，是一英俊中年男子，略显壮硕，
德国人，大家称他“阳队长”

学心理学教授林孟平女士，私下聊天。她悄声说：“有个问题，我一直想找到答案。但是不知问谁好，怕引起误解。”

我知她在试探我的态度，遂答：“您若信任，可以问我，我将尽我所知回答您。并请放心，我为您的问题严格保密。”

我当时以为她会问一个和政治有关的敏感问题。作为学者，我相信她并无恶意。她曾长时间在美国生活，对中国国情了解较少。

林老师迟疑，直至下了一个小决心，说：“好的，那我就问了。如若冒犯，请勿太在意。我想问的是‘×’是什么意思。”

“哦。”我点点头，力保面容平静。我无法快速回答这个问题，须仔细斟酌。她用的是“×”的原始读音，掺入港腔，很有一点陌生化。

我从未与谁在光天化日下讨论过这个问题，就是黑灯瞎火时，也未曾谈起。半晌，我说：“老师，我对此所知甚少，只能发表一点粗浅看法，供您参考。我们用‘×’来代替这个字，可好？”

林老师答："好。"

我说："'×'在大陆文化中，代表女性生殖器。或者更宽泛地说，它指代所有雌性动物的外生殖器。"

林老师说："这个我知道。但是，这不是很歧视女性吗？那为什么有时候说到'×'字的时候，又代表很有权威？"

面对学术性很强的老师，我也字斟句酌地给俗不可耐的问题镀上一丝理论的光辉。

我说："古老文化中，既有对女性的歧视，也有对女性生殖力的敬畏。在科学不发达年代，先民们敬畏不甚明了的原始生殖力，对繁衍器官产生崇拜。母系社会结束后，女子地位低下，成为男性的从属物。男权当道，把女性生殖器官当成可随意玩弄甚或侮辱的亵物。两者杂糅，被人们机会主义地各取所需加以利用。"

林老师沉思着说："我大体明白了你的看法。具体说到一个人很牛'×'，到底是褒义还是贬义？"

我说："这要因人因时因地而异。我个人觉得，即使有褒意，也藏有某种诡异的不敬。或者说，有属于市井的低俗情趣在内。"

林老师又问："既然此字隐含强大之意，为什么不说马'×'或是龙'×'，而非要说牛？马不是比牛更高贵吗？龙不是比牛更有威权吗？"

"这个……马……这个龙……"我一时语塞，实在未曾朝此方向考虑过，张口结舌。

想了半天，我说："牛'×'，是普通人能看到的最大的雌性生殖器官，所以，被引申为强大力量之所在。至于马'×'，我觉得在体积和感官印象上，应该比牛'×'稍逊一筹。我无确切数据支持这一点，只是推断，也许不确，仅供参考。再者，在中国农村，养牛要比养马的概率更大，牛更平民化且分布地域更为广泛。至于龙，虽说按理推断它的这个器官很可能既神圣又令人畏惧，但因它是虚构动物，一般人无缘得见真颜。特别是当龙被神化圣化之后，一般人不敢随意用其指代。"

林老师很专注地听完我临时拼凑起来的胡乱解释，停止了发问。我至今不知道自己是否基本完成答题，她再没有和我讨论过此事。作为学生，我回答过她数不清的心理学问题，经常受到夸赞。不过这个问题，例外。

在澄澈北极，听到人们传言把令人尊敬的阳队长叫作“牛 × 阳”，我吓一跳，问：“谁给起的外号？不妥吧。”

极友说：“是探险队的翻译给起的，也是外国人。翻译在北大读过书，是个中国通。”

哦，“歪果仁”们内讧，与我等同胞无干。

望着窗外叠罗汉般的淡蓝色巨大冰块，我长叹一口气。爽洁之地，语言亦应唯美。

每天都在广播中听到阳队长侃侃而谈，传授知识，宣讲行动计划，时不时来点小幽默。《极地日报》登出了对“牛 × 阳”的专访，用的标题就是——牛 × 阳。

恕我引用《极地日报》的资料（深深感谢），加上我和阳队长的几次交谈，整理出如下文字。

阳队长是北极点常客，从 2006 年开始，率队跑这条航线，整整 11 个年头，共计 24 次。

迅速做除法，阳队长平均每年来北极点 2+ 次。确切数字是他每年至少 1 次，至多呢，4 次。

“我等这辈子能来一趟北极点，已是咬紧牙关下定决心，做了很多思想斗争，甚觉危险辛苦。阳队长，你为何选择了以冒险为主的职业？”

阳队长答：“我年轻时在旅行社工作，有机会尝试各种出行方式，比如飞机、火车和游轮……我从 1991 年开始，决定在游轮上工作，那时 22 岁。我起初做向导和短途陪同，后来就主持船上的娱乐活动，开始担当制订、协调艺术和演出事项的工作。”

容我稍打个岔。寻常旅行中，娱乐演出等艺术活动，充其量相当于蛋糕上的红樱桃，起点缀和锦上添花作用。但在长途游轮上，娱乐的重要性火箭般上升，摇身变为裱花的鲜奶油，极大地决定着游轮的出行品质和客人感受。客人们刚开船面对波涛时大呼小叫，几小时过后，就迅速厌倦了水天一色的景致。航行本身单调而重复，机械轰鸣海浪喧哗，如同强有力的催眠。绝大多数人很快对刻板景

希望语言亦如海面上的蓝色浮冰一样，爽洁唯美

色熟视无睹，“酒囊饭袋”游手好闲的游客们，用大把闲暇时光干什么呢？这就要求娱乐和欣赏，学习和交流。被挑中在游轮上组织这份工作的人，必是色艺双全的精兵强将。

阳队长出类拔萃的表现，让他逐步进入游轮管理层，开始任旅行经理，后来继续进步，升职为航期安排总管。这时的阳队长，开始不满足豪华游轮上按部就班的安逸工作，萌生冒险之意，登上了探险船。之后的事儿，似乎顺理成章。凡是探险船能够抵达的地方，他几乎都去过了，共计 125 个国家。

屈指一算，阳队长已在游轮和探险船上累计工作了25年。流动的船，是个能让人上瘾的地方。多年前，我乘船环游世界，亲眼见一外国青年，已坐船绕了地球7圈，且尚无停止的意思。说起来，他再怎么潇洒走一回，也还得自掏腰包买船票。像阳队长这般，有一份既拿着工资又能满足自我乐趣的工作，真是妥帖人生。人们常以为能享受这等好运的人凤毛麟角，必有显赫身世或有贵人相助。现实并非如此骨感，坚定地知道想做什么，正当努力地砥砺前行，抓住机会，最终达成理想的人，绝非一般人想象的那般罕见。

船经每一处岛屿海峡，阳队长都热情洋溢地介绍当地掌故和眼前风光，激情饱满如刚被利刃破开的新鲜柠檬，汁水四溅。其实他上午刚在港口送走了前一拨客人，下午就迎来我们登船。对旅人来说极为震撼的景色，在他早是残羹冷炙。他兴致勃勃津津有味，毫无倦怠疲劳之态，我想除了敬业之外，支撑他的正是由衷喜欢自己的事业。

对我们来说，125个国家，难以想象的数字。国人的涉外旅行圈，集中在东南亚加上北美和欧洲。几十个国家之后，再增添数字不易。

不过，咱们也有阳队长鞭长莫及之处。比如喜马拉雅山脉，比如西藏……这都是阳队长很感兴趣却至今没机缘到过的地方。尺有所短寸有所长啊！

阳队长周游世界的愿望和赖以谋生的工作结合得如胶似漆，有充分理由断定他是有目的有计划地安排自己的人生，而绝非听天由命随波逐流形成的好运。

《极地日报》记者也向阳队长抛出疑问：“探索世界是您从小的梦想吗？”

一句话触动了阳队长的心弦，忆起往事滔滔不绝。他爷爷是东非航线船上的总工程师，在船上工作了一辈子。每逢他出海归来，总会从各地给孙子带回一些小纪念品，绘声绘色地给小小的阳队长讲旅途中的各种见闻。还是小孩子的阳队长，对这个世界充满了向往。爷爷有个地图册，凡是去过的地方，会做一个特殊标记。小时候，阳队长最喜欢干的一件事，就是翻看爷爷的地图册，数一数爷爷已经去过多少国家。

东非航线北起厄立特里亚，南迄鲁伍马河，东临印度洋，西至坦噶尼喀湖，包括厄立特里亚、埃塞俄比亚、吉布提、索马里、肯尼亚、乌干达、卢旺达、布隆迪、坦桑尼亚、塞舌尔等国。主要港口有：吉布提、摩加迪沙、蒙巴萨、达累斯萨拉姆……

看着眼晕。而阳队长很小的时候，对这些已如数家珍。

阳队长接着说："等我长大之后，开始了自己的世界之旅。我也会把我去过的地方标记出来，并把我去过的地方和爷爷到过的地方，做一个对照……"

阳队长的童年经历，对他一生的选择，产生了巨大影响。他那位跑过东非航线的爷爷，送给幼小孙儿的不仅仅是小礼物，更是一颗梦想的种子。

阳队长的少年时期，大约是 40 年前，也就是 20 世纪 70 年代。

阳队长的航行史和爷爷的航行史相比较，孰多孰少？

阳队长回答："我走过的地方已经比爷爷当年多很多了。不过，或许这并不能同日而语。世界已然发生了很多变化，今天的世界和爷爷当年所看到的世界，有了很大不同。我总觉得，在世界还不曾被很多人探知的时候，去看看它们，更加难得。爷爷看世界的目光，有他独特的视角，是我们今天的人难以企及的。"

阳队长周游列国的脚步，在他成家后，暂时放缓了一段时间。不过和一般人相比，阳队长仍是频频出差，以船为家，四海漂游。

此处容我八卦一下。阳队长的夫人是俄罗斯人，家住很大的别墅，鲜花盛开，幸福美满。

阳队长此行职务，是本航期探险队队长。这是客串，他的正式职务是英国波塞冬探险公司高级副总裁。波塞冬公司有很多航线和航期，阳队长并不总事必躬亲地担当探险队队长，每年只选择性地走几趟航期，当然都是公司的拳头产品。阳队长说，是不是亲自担当一线指挥的探险队队长，他有时也会看人下菜碟。因为与中国极之美集团的曲向东先生和总经理周沫女士认识多年，关系甚好，所以凡有他们的包船期，阳队长就亲自出马了。

有人好奇，问阳队长既然对游轮情有独钟，是否出门时对别的交通工具一概不认。阳队长大笑，说："汽车火车我都坐。最多的是乘飞机，全世界飞来飞去，宣传公司的产品、安排船期、与船方协调等，还经常办讲座。"

我猜阳队长的讲座一定人气爆棚。一个走过那么多国家的人，见多识广，无数故事信手拈来，肯定引人入胜！

既然他到过几十次北极点，人们便都想知道，在这样一位极地老枭眼里，北极点可有什么特别之处。

阳队长不愧老江湖，回答很有分寸也很中肯。他说："每次北极点的行程，各不相同，无法相互比较。包括天气、冰面，状况都不一样，能看到的自然景色和生物也不一样。有时还会有'wu'……"说到这儿，阳队长用中文准确地发出了"雾"的音。

记得在一次说明会上，阳队长祈祷般地说："希望上帝能够保佑我们，让大雾消散。"

可见，北极海雾实为心腹之患。直升机无法起降，橡皮艇不能巡航。大家也不能下到冰面上或登岛欣赏北极风光，一来四处皆雾，什么也看不到；二来无法保证人员安全。北极熊鼻子极灵，你看不到它，但它能闻见人的气息。雾的妨害甚大，阳队长记住了这个词的中文发音。

阳队长说，尽管已经走过几十趟北极点了，但每次旅程都相当于第一次

阳队长接着说："北极点之行的不同，还包含人的不同。游客来自不同国家，各有特点，每次都是新挑战。尽管我已经走过几十趟北极点了，但每次旅程都相当于第一次。"

很想告诉阳队长，中文里形容他这番心境，有个形象的句子——一切从零开始。

《极地日报》记者接着问了个很有水平的问题："对一般人来讲，可能是抵达北极点那一刻最高兴。但毕竟您已数十次地抵达那里，请问什么时刻，让您最开心？"

阳队长沉吟着说："哦，每当客人第一次看到破冰、第一次见到北极熊、第一次登陆时，他们的眼睛都会发亮，这就是旅行的魅力所在。北纬 90 度，是一个神奇的点——在地球的最北端。有幸能成为你们的探险队队长，能够带领大家抵达这个很难抵达的地方，我觉得我的工作就像……"

他思索着把比喻说了出来——"能够到达北极点，就像被选中能够进入太空一样。作为大家的领队，我充满自豪。"

《极地日报》记者乘胜追击，问："您的工作让您遇到这么多不同国籍不同种族的乘客，每次新旅程都见新面孔，是何感觉？"

阳队长对此问击节赞赏，估计正中内心软处。他说："你知道上船时大家素不相识，短短十几天，人们建立起友谊。待得时间久了，关系不断加深，越来越像一家人了。咱们可不是一般的旅行，而是朝夕相处，24 小时都在一起。每天都要见面，聊天、吃饭、开会、听讲座……全方位深度接触。所以当大家离开时，我会不舍，就像不愿看到我的朋友和家人远去。说实话，咱们彼此在一起的时间，只是生命中极短的一个小片段，但它却是人一生中罕见的时刻，相处非常紧密，体验非常特别……"

咱无所不能的老祖宗也创造过一句话形容阳队长此番感慨——百年修得同船渡。扁舟同乘，尚需修 100 年，在万里冰封的北冰洋，在世界上最大的核动力破冰船上共度十余天，大家和阳队长，前世已修千年了。

阳队长口才好。某次说明会上，有人焦虑地问阳队长："这趟北极点之旅，能看到多少只北极熊呢？"

那时，船刚驶到北纬 80 度，一只北极熊尚未露头。大伙见面时长吁短叹，明知问道于盲还相互打听——今天能不能见到熊？

阳队长莞尔一笑道：“嘿！我也很想知道答案。可惜北极熊没手机，它们不会电话通知我自己何时到，所以我也无法转告大家。按照统计，北极地区平均每 1000 平方千米才会分布一只北极熊。对于大自然的概率，我们只有遵守和服从。”

大家频频点头。又有人问：“为什么不能给北极熊戴上电子设备，发射信号。这样对保护它们有好处，我们也能知道它们在哪里。”

阳队长答：“我知道有一些北极熊佩戴着电子设备，但主要作用是科学研究，并不是供旅行者参观方便。况且，科研机构属于另外的系统，不会与我们分享他们的资讯。所以，我们无法知道此刻在‘50 年胜利号’预定航路周围，有多少只北极熊在徘徊，也无法让它们等候我们。我率团曾有过的最差纪录，是整个航程连去带回，一只北极熊也没见到。最好的纪录，一天看到 7 次北极熊。我想说的是，大家不必泄气，这正是旅游的乐趣，一切充满了不确定性。哦！记着，这里是大自然，大家要看的是在北极自然状态下生活的北极熊，而不是动物园里人们豢养的北极熊。所以，请耐心等待大自然的意愿吧。”

众人鼓掌。这番话，让人们在等待北极熊的过程中不再焦躁，也让大家领略到大自然的法则。

有人问：“我们这艘船会不会像‘泰坦尼克号’一样遭遇冰山，然后沉没？”

我坚信每个行者都无数次琢磨过这事儿，恐兆头不好，不敢贸然发问。今有不忌讳的问了，大家一边做出“哎呀，瞧你说的，哪至于啊”的不屑神色，一边屏气等着听阳队长作答。

阳队长没有船长面对此问时的沉默霸气，平静答道：“‘泰坦尼克号’的悲剧之所以会发生，第一要素是要有冰山。冰山是陆地上的冰川坠落海里，成为巨大浮冰。北冰洋的岛屿和陆地很少，没有形成大规模冰川坠落的条件，所以，我们的航线上，冰山很少。至于海冰，白茫茫连成一片，看起来很厉害，但它的绝对高度没法和冰山相比，对我们的破冰船来说，并不构成真正的危险。

“第二个要素，当时科技不够发达，‘泰坦尼克号’的钢材并不强韧。随着材料工业的进步，‘50 年胜利号’的钢板，为特殊合金钢制作，能经受住多

阳队长说，北冰洋的冰山很少，海冰的绝对高度更没法和冰山相比，因此并不构成真正的危险

次强大冲击，不会产生疲劳和损伤。船上还有众多现代化仪器仪表，实时监测水深与冰情，保障我们能够安全驶向极点并胜利返回。

“第三个要素，‘泰坦尼克号’悲剧产生的重要原因，是值班人员打瞌睡，没能及时发现冰山，这是管理上的重大漏洞。‘50 年胜利号’，是全世界唯一一艘允许搭乘旅客进行北极点探险的核动力破冰船，有非常严格的管理制度。船长和海员们为此万分骄傲，会为荣誉不惜付出任何代价。所以，‘50 年胜利号’可以充分保证每位乘客的人身安全，请大家放心！”

阳队长言之凿凿，人们充满乐观情绪。

船方回答“是否会沉船”这类乌鸦嘴问题，风格有三。一种是像阳队长这般，大包大揽给大家吃定心丸。真翻了船，估计也无甚太好方法。此地距离最近的人烟陆地，少说也有上千千米。如救援不及时，结局只怕更惨。“泰坦尼克号”上的人，只要上了救生艇，基本上都能挨到被救。北冰洋酷寒，就算上了救生艇，也坚持不了多长时间，难逃冻死结局。

另一种回答方式，像船长那样缄默无声。没什么好说的，打包票没根据，干脆什么也不说。当年“泰坦尼克号”出发时也踌躇满志，号称永不沉没。船长这一流派，虽让提问者略显尴尬，但朴素务实。面对无法控制的灾变，不能把话说死，是出自善意。

还有一种风格是像总工程师那样，面对生死提问，不动声色地吐出一系列翔实数据，以科学家的风度，让人心生稳定。

阳队长也有软肋。有人问：“您作为探险队队长，最难的方面是什么？”

阳队长思忖了一下，回答：“最难的地方，就是满足所有客人的期望。人们希望尽可能多地看到北极熊；希望到达北极点的那一天阳光灿烂，留下最美的照片；希望乘坐直升机巡航的时候，能看到白鲸吐水；希望在法兰士约瑟夫地群岛尽可能多安排登陆……尽量满足这些期望甚至超出期望，是我面临的最大挑战。在很多人面前讲话、组织一拨拨人员登上直升机、安排一次次登陆活动，这些对我来说，都不成问题。船上有 116 位客人，每个人都有很多愿望，同时满足这么多人的各种不同期望，真的很难。期望是没有止境的，人们不仅想看到北极熊，而且想看到 100 只北极熊。不仅仅是安全抵达北极点，而是想在某个人的生日当天抵达。登陆法兰士约瑟夫地群岛，不是三次五次，而是八次十次甚至更多。要知道，天气的状况，并不在我的掌控范围之内。很多客人意识不到这些隐藏起来的因素，他们对北极的了解不够，不知道合理的期望是什么。平衡这些方面，是我觉得最困难的地方，也是我面临的最大挑战。”

回答精彩！一石三鸟。既澄清了自己的难处，也含蓄地批评了某些人的过分要求，最后又表决心努力。打那次对话后，游客们心平气和了许多，学会随遇而安。

有人问阳队长：“在整个北极点的旅程中，您最喜欢哪一段？”

阳队长难得停顿了一下，答道：“这个，很难讲……哦，我感觉最美妙的时刻，就是咱们所有的人都站在冰面上，手拉着手环成圆圈，然后静默一分钟……每个人都会想起很多很多……”

有人想起阳队长说过爷爷的礼物曾让幼年的他充满好奇，希望探索世界，问：“咱们这次船上也有很多孩子，您可有什么想对他们说的？”

船上孩子好多，多到出乎我意料。我一是佩服家长的勇气，携子出游这一趟并不安全的旅行；二是估摸家长的确有钱；三也多少有怀疑，这么小的孩子，能够理解北极点的真正含义吗？记得丘吉尔曾经说过，人不要在特别年幼的时候读世界名著。因为不懂，所以不宜。

套用一下，孩子很小的时候，去那些需要较多理解力的旅行地是否明智？

阳队长说：“孩子们可能并不能清楚地意识到他们此刻是在哪儿。或许觉得坐船挺好玩的，还可以在冰上玩耍，坐直升机也很有趣……但不管怎样，我相信他们会记住这次旅行。不论年龄大小，我们每一个人，都可以认识到——我们只有一个地球，我们自身也只是永恒世界的一个小小片段。我们要尊重地球，保护自然，爱护地球、动物、环境和我们的家人，让我们的后代还有机会能看到现在这么美好的环境。我今年整 50 岁了，在这个世界上游走了 28 年，看到很多地方都在发生改变，我亲眼证实当今地球变成了一个更加忙碌、污染更多、挑战更多、危险更大的世界。北极冰面不断缩减，冰川消融，冰山崩毁，北极熊数量持续减少……现在，我们每个人都开车、用手机、乘飞机火车，做很多有害于环境的事情。人类活动给地球带来了各种各样的灾难，但我们也不能回到原始生活方式去，这似乎很矛盾。人类活动的影响还会持续，灾难影响着地球。也许，只有人类不复存在的时候，地球才能回归它的本来面貌。”

阳队长接着说：“我相信所有的人离开北极之后，都会留存特别的体验和回忆。希望大家都成为地球极地的代言人，宣传保护自然之美。我建议大家在船上多去参加讲座活动。我聘请的讲师们，会与大家分享宝贵的课程。多了解北极历史和环境，多了解海冰、地理以及地壳构造的形成等知识，都非常有好处。大家都亲眼看到了，北极这片白色冰漠，因为热量和二氧化碳的增长已经开始出现越来越多的融化水域。通过这种有针对性的学习，了解极地后，你成为极地代言人，就会更有力量。”

说得可真棒!

说明会后，阳队长都会和气地望向大家，问：“谁还有任何问题都可以问。”

我通常不会问问题。某天，突发奇想，想给阳队长出个题目。

法兰士约瑟夫地群岛的无名小岛上，散布着早期探险队员的遗迹残骸。看似碎琼散玉的冰雪，掩盖着无与伦比的悲怆历史。

登陆某岛时，我在海边砾石中，发现一块石头。它是一块燧石，能打出四溅火星。土黄色，半透明状，如同腌得很好的咸蛋黄，夹杂着不是很清晰的纹理。石头的一侧有贝壳状断口，被风霜抚摸得失却尖锐，略显平滑。我蹲下找了另一块石头，将它与燧石相互敲打，把鼻子凑过去仔细嗅闻。尽管海风强劲，

又是极昼，瞅不清火星，但我确切闻到了稀薄的火种味道。这不会是幻觉吧？我又用力摸了一下，击打处略温。我确信找到了一块火石。

从它可疑的轮廓边缘，我一厢情愿地认为这块石头可能被使用过。那么，谁使用过它呢？已经探入北极圈很深了，此地没有任何常住居民。那么只有一个答案，就是某个北极探险者，曾经流落这个荒岛。他或许用这块石头击打出火星，点燃过最后的希望……他或许永远留在了北极冻土内，化为缄默冰雪。唯剩这块石头，还在海与冰的交接处漂泊……

我真心想从法兰士约瑟夫地群岛带走这块天然打火石。

除了良心，阻挠我带走这块石头的还有最后一道技术关口。摩尔曼斯克机场有透视设备，或能看出这块石头的轮廓。我心存侥幸，或许只要不关乎军事秘密，检查就会比较粗疏，我和燧石就有可能成功逃脱。

我这样想着，燧石攥得越来越紧，似乎感知到很久之前另外一根手指的温度，好像听见石头在呼唤：带走……请带我走……

老芦走过来，火眼金睛地看穿我的动机，说：“你想偷偷带走它？”

我悄声答：“是。”

老芦一席话，让我把那块土黄色半透明石头轻轻放回了我发现它的地方。被我沾带海水的手指攥握，那石头有了一种用了很久的漆皮公文包般的亮泽。

我想再问问阳队长这件事儿，看他会如何回答。

终于，我什么也没有问，走出了船舰会议室。老芦在法兰士约瑟夫地群岛上说的那番话，正是登岛之前阳队长的嘱托。我若问了，阳队长肯定温和而坚定地重复一遍——“在北极，所有的自然和历史遗迹，都是文物。你完全不能动它们一丝一毫。让它们保持原样，就是最好的尊敬与保护。”

让北极保持原样，就是最好的尊敬和保护

海神波塞冬威风凛凛的造像。据说人类要进入北冰洋，必须获得这位神祇的应允

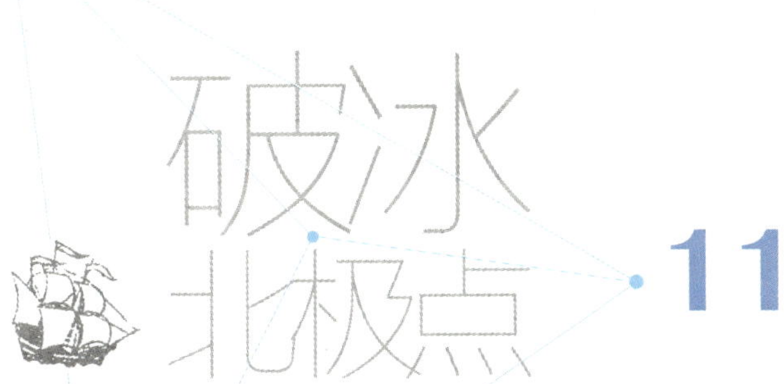

请亲吻海神之妻脚上的鲑鱼

“50 年胜利号”抵达北极点前某日下午，举行“祭祀海神波塞冬”仪式。通知一下达，我等对中外神祇一概不虔诚的人，也乖乖赶赴会场。仪式据说非常重要——人绝不可贸然进入北冰洋，一定要获得海神应允。船长要领到一把神奇钥匙，代表海神特批你的通行证。如若他老人家不乐见这班人马擅闯他的领地，那么，等着他们的将是……

恕我不再重复毛骨悚然的北极悲剧。

我从寒路一溜小跑，挤入灯火通明的祭祀大厅。迎接每一个参加庆典之人的是探险队音乐家托马斯先生提前奏起的冷飕飕的乐章。我于曲目外行，说不出这是哪位大师的杰作，也说不定是托马斯先生的即兴创作。几个单音以变奏形式，循环反复击打耳鼓，犹如周而复始的海浪。按说海的声音会让人心情安悦，世界上无数心理医生，把海浪的声音和节奏合成录音，疗治心理创痛。不过托马斯先生的演奏，更像是艺术性地模拟冰层崩塌爆裂之声，让人脊背发凉。

大厅满铺地毯，中央立一座椅。从椅背到座位下端，被一张茸茸的皮毛垫蒙得严丝合缝。说句不敬的话，有点像威虎山上座山雕的椅子，只是并非虎皮，好像是仿北极熊皮。那年我在格陵兰岛，看到一张真北极熊皮挂在墙上，报价5000 多美元，约合人民币 4 万元。同行的国人想买，说带回家挂墙上多么威风凛凛。有人提醒，说这是保护动物，不能带出海关。格陵兰首府努克的商家拍着胸脯说，因纽特人每年有猎捕一定数量北极熊的许可证，这张熊皮是经过批准的，手续合法，可以携带出境。问清了如何出去的问题，接踵而来的是能否带入中国。咨询结果是，由于北极熊属 CITES（《濒危野生动植物种国际贸易公约》）和 IUCN（世界自然保护联盟）红皮书中列明的濒危物种，根据相关法律法规，中国海关会扣留北极熊皮。那位朋友只得放弃购买北极熊皮的打算，悻悻不乐。后来我在网上看到有出售二手北极熊皮的信息（据说也是合法手续获得），价钱为人民币 45 万元。

我坐在了海神波塞冬的椅子上，感觉神的椅子也不咋样

海神夫妇、人鱼公主、北极熊、恐龙、海藻精以及其他一干虾兵蟹将

我想不通，海神乃海中神祇，为何要用陆地上的动物做椅垫？估计北极熊主啖海豹，算水陆两栖吧。又琢磨，海中动物体滑皮湿，不是鳞就是甲，就算扯一块相对柔软的无鳞鱼皮絮在身子底下，估计海神坐着也着实不舒服。

仪式开始，海神波塞冬隆重出场。身量魁梧，头戴桂冠，全身罩在亮蓝色大氅中，走动时，塑料纤维摩擦沙沙有声。遮天蔽日的蓝色大胡须，将脸庞面积扩展一倍有余，像个特大号的蓝血萨达姆。希腊神话中，海神拥有无上力量，是江河湖海的至高统治者，也是水中万物的守护神。不知是探险队哪位教练扮的，只见他手中操一把长柄怪异器械，上下抡飞。那是海神的兵器，形似三爪钢叉，厚重有余，锋利不足。国人将此物译为“三叉戟”，有专家不服，说改译“鱼叉”似更准确。不过狰狞神祇，哪能提溜一寻常劳动工具啊？国人还是喜爱莫名其妙的“三叉戟”，以和海神的威权地位相符。

蓝脸海神旁端坐一女子，是神秘高傲的女王，名叫“波塞冬尼亚”，也就是海神之妻，当姑娘时的芳名为安菲特里忒。外籍女探险队队员的扮相是一头水草般张牙舞爪的绿色长鬈发，将面庞遮掩得只剩一窄条。穿戴和海神倒是情侣装，蓝色长裙闪着大面积光斑。你若盯着这对夫妻看，自己的眼神都会变蓝。

祭祀海神是一个古老习俗。在欧洲，水手们每次闯荡海洋起航前，都要隆重叩拜太阳神阿波罗和海神波塞冬。拜太阳神，是祈祷阿波罗开恩给个好天气，阳光普照。拜海神，是祈祷他下命令，让翻云覆雨喜怒无常的大海保持镇定。相比之下，似乎海神的地位更重要。就算阴天不出太阳，只要风平浪静，安全还能有保障。

“50年胜利号”这一航次，是英国波塞冬公司包下的。公司每年都引领世界各地的游客们，远征地球两极。海神既然被当成了庄严名号，当然也是公司的吉祥物，祭祀仪式郑重繁复。

它有点像一场盛大的化装舞会。除了海神和妻子之外，还有他们的儿女外带诸多海洋生物一一登场。北极熊当然是主角，各种鱼类和虾兵蟹将簇拥而上，似乎还夹带着个把恐龙……一时间，台上“群神乱舞”。原谅我生造一词，不敢说“群魔”，怕得罪了海神。谁让咱正驶船在他豪气干云的地盘上。人在矮檐下，不得不低头啊。

波塞冬尼亚，海神明媒正娶的法定妻子

容我捋一捋海神家谱。

波塞冬出身名门，祖籍在奥林匹斯山，是宙斯、哈得斯的兄弟。当初年轻时候，三兄弟团结起来，推翻了老爸的残暴统治。胜利后抓阄决定势力范围，宙斯抽得天空，哈得斯抽中冥界，波塞冬抽中大海和湖泊，掌管一切水域。

意大利的佛罗伦萨市政广场旧宫西侧有一喷水池，名为“海神喷泉”。波塞冬屹立在八角形喷泉池水中央，肌肉健壮、生猛无比、英勇无畏，令人印象深刻。

波塞冬尼亚则是海神明媒正娶的法定妻子。传说中，她原为水中仙媛，某日出外玩耍，被路过的波塞冬瞅见。海神一见钟情爱上她，猛扑过去。女孩赶紧潜入海底躲避，波塞冬派海豚追赶。最终，女神成了波塞冬的妻子。还有一种说法，女孩拒婚，她老爸将女儿藏起来，可惜藏身之地被海豚发现了。海豚向波塞冬告密，并领着波塞冬找到了姑娘。无奈之下，姑娘成为海神之妻。波塞冬感谢海豚，让它冉冉升入高空，变成一个星座，永垂不朽。

开头结局都一样，唯有中段不同。我不喜欢这个故事，可爱的海豚成了龌龊奸细。

波塞冬主司远海，群众基础不咋样。古时技术装备落后，远航时凶多吉少，人们遂迁怒此公。传说海上船只翻覆之时，宝物及货物瞬间易主，都被海神缴获成了战利品。海神的宫殿塞满珠宝与其他财物，连照明都不用灯。海神出门时，威风凛凛。标配是铜蹄金鬃马车，前有海豚（奸细！）开路，后有风暴和海啸盘绕。他手执三叉戟，端坐车上，掀起滔天巨浪，引发天地崩裂。不过海神也偶有温良时刻，用三叉戟击碎岩石，引出清泉（鱼叉一物多用，此刻兼作农具），让大地五谷丰登。波塞冬由此善举得一美名，叫作丰收神。

海神追妻，锲而不舍，但对好不容易娶到家的女神十分不忠，婚外情频发。好在贤妻热心于保护海洋生物，并不理会层出不穷的“小三”。善良的海神之妻，受到人们的尊敬和爱戴。

波塞冬情人一大把。他首先乱伦，和自己的姊妹生下一个女儿。后与蛇发女妖美杜莎也过往甚密，不过这一回是美杜莎主动诱惑他。

波塞冬还有一著名爱人——大地女神盖娅，为他生下儿子巨人安泰。安泰从大地上汲取不竭力量，杀死对手，用他们的头盖骨为波塞冬建了一座神庙。

海豚座，奸细还有个星座

宙斯的儿子赫拉克勒斯，毫不留情地把这个表兄弟举过了头顶，安泰失去了大地的力量，就被击毙了。

美女阿密摩涅遇到危险时，曾被海神搭救。这位拔刀相助的好汉动机不纯，把美女收入“麾下”。波塞冬还爱过特洛伊西纳国王的女儿埃特拉。波塞冬也和风神女儿有过私情，得两个儿子。他还和塞萨利安国王的女儿迈斯特一起过日子，有了儿子俄古革斯。

扮演小美人鱼的是一位加拿大籍华裔姑娘，
整个仪式中最美的神仙

在《奥德赛》中，荷马说波塞冬爱上蒂罗尔，生的两个孩子叫珀利阿斯和涅琉斯。波塞冬与埃斯泰帕拉娥结合，得了一个叫安凯奥斯的儿子。波塞冬与喀俄涅也生育了一个孩子，名叫欧摩尔波斯。

……

估计读者您已然看烦了，我赶紧打住。波塞冬与各路相好及诸多儿女，在今天的祭祀仪式中无法完整体现，只派出一个女儿露面，便是著名的小美人鱼。我却没搞清这美少女是哪个娘生的。传说中她有雪白的胸脯和手臂，深蓝的眼睛，柔媚妖娆的身形。喜欢穿透明的、白色的、绿色的纱衣，在水面上嬉戏。今日盛典上的扮演者，是位加拿大籍华裔姑娘，整个仪式中最美的神仙。

海神虽说脾气暴躁，在工作范畴基本还算通情达理。听说只要真心崇拜他，他就网开一面，给水手们带来好运与财富。今日船上盛典的重头戏，是船长要从海神手里拿到金钥匙，以保顺利打开北极点门户，航路平安，全船安达。

有船员跨步上前，代船长先行向海神禀告此事。

按说连船员带游客拢共 200 多号人进入北极点，抵达后打个转旋即折返，这点活儿在海神职业生涯里，实在小菜一碟，他能拍板定夺。但是，不成，好事多磨。拈花惹草的海神假装是“妻管严”，怕老婆。到底发不发给金钥匙，海神表示，他说了不算，要看女王的心情。

一旁的海洋女王提出了一个要求：凡是打算去北极点的人，都要上前亲吻她的脚，这才应允登临。

围在周遭观典的众人一下傻了。虽说估摸祈求过程不会太顺利，但这“吻脚”，似有点强人所难。人们瞠目结舌，不知这出戏如何演下去。我也心生纳闷，按照女王亲民贤淑的性格推断，不该如此刁蛮啊。好在事情很快有了转机，女王表示可以变通。她俯身，在穿着高跟鞋的脚上挂了一条鱼，鱼身僵直地随着她的脚踝摇来晃去。接下来，女王用纤纤玉手将鱼摘下来，让人们改为亲吻这条鱼，以践行古老仪式程序。

我凑近细看，鱼是塑料做的，侧扁状，背部丰厚隆起。鱼体主要为灰黑蓝色，鳞片细密，有隐约可见的橙色条纹。依我从菜市场学来的海洋知识，似乎是条鲑鱼。

制服笔挺的船长登上舞台，矜持而亲切地向海神致以问候，夸赞海神的丰功伟绩，谦恭地恳请海神应允他所率领的“50 年胜利号”进入海神的领地，望海神保证所有人平安。一脸大胡子眉目不清的海神波塞冬，傲慢地点点头，示意妻子也表个态。

船长马上转向波塞冬尼亚，不遗余力地赞美她是天下最美丽的女人。绿发女王把鲑鱼模型递过来，说：“你亲吻了它，表示臣服，我就让你得到金钥匙。”

平日的铁骨船长，此刻欣然应允，上前一步，俯身用厚嘴唇碰了碰鲑鱼模型的鳍。

这还不算完，须接受“净水”洗礼。按照传统，这个环节要每人一仰脖灌下一大口伏特加，以示受洗。怕有些人不胜酒力，仪式改为穿着现代护士服的美女手操满装的 50 毫升大注射器，让你张开嘴巴，做出在医院里被要求检查扁桃腺时的姿态。说时迟那时快，美女护士恶狠狠地推动注射器活塞，将一大股不明液体噗的一声注入你嗓子眼……

船长一道道过关，磨难后终于得到了海神赐予的金钥匙。剧透一句——散会后，我赶紧拿着来之不易的金钥匙照了张相。咦！这么轻啊？纸做的。

“50 年胜利号”上所有乘员，排队上台，依次亲吻鲑鱼和受洗。老芦兴高采烈地加入每一步骤，队前队尾挤个不停。看他受洗后眯缝着眼皱着眉直咂巴嘴，我悄声问：“什么味道？”

他答：“又辣又冲，好像是酒。”

我说：“估计是医用酒精，既安全又经济。”

老芦顾不上理我，赶紧又排队参加下一个环节的仪式。

有个魔头长相的人，拿着长方形图章，在每位客人的腮帮子上，啪地盖上一个蓝色标记，类乎歪扭邮戳。人人成了“青面兽杨志”，什么用意？

被盖过戳的人自得地说：“这是官方印记。证明你经过海神海关查验无误，从此可在区域内畅行无阻。”

为了看清整个过程，我未亲身领受吻鱼受洗等步骤，一看等着打戳的人摩肩接踵排长队，就自行赦免了。却不想后来负责盖章的海神边境官，在人群中走动，逐个检查，几乎不费吹灰之力，就逮到了我这个非法入境者，示意我鼓

这就是海神给的北极点金钥匙

起腮帮子，由他加盖入境章。我一时挺佩服他，现场乱成一锅粥，他还能发现我这条漏网之鱼，火眼金睛。后一想，人人脸腮都如盖了印章的猪后臀，就我一个如黑屠户私宰的生猪，自然难逃恢恢法网。

这一番思量，稍耽误了时间。波塞冬的海防官员，以为我对把入境章盖在脸上心存顾虑，示意我将胳膊递过去。不由分说，啪地一敲，在我手背上盖了一个章。

不让一个伙伴掉队，不让任何一个人得不到海神庇护……对他的敬业精神，我深表感激。

再然后，嘴唇亲吻过塑料鱼硬翅、嗓子眼留着酒精的辛辣、腮帮子打着蓝印的人们，到甲板上去吃庆贺海神应允入极的烧烤晚宴。

德式烤肠，意式炒面，俄式红菜汤，法式土豆，加上烤鱼烤肉烤虾排，等等。

寒风凛冽，雪花漫舞。“50年胜利号”在海神波塞冬的恩准下，从重重海冰中斩出一线幽蓝水道，加大马力向北极点驰骋而去。我手背上的印章，被意大利面的红色酱汁中和成黄色，加上雪珠触肤融化，已漫漶不清。

北极点，越来越近了。

老芦脸上盖的北极通行章

站在甲板上看冰！这块冰有一居室那么大！

12

北极点
原始烧烤午餐

旅游，还是得走得远一点。太近了，约等于出家门遛弯。

游客们自创了一个名词——极友，顾名思义，结识于地球极点的朋友。

极友们聊天颇开心。每个人都是一本大百科全书，在家时基本都是闭合的，出门了，风把书页吹拂开。大家相互阅读，时而惊诧，时而欣喜，更多时刻，心存茫然。我把聊天印象组合成与某个极友的对谈。这个人，是虚拟的。所说之话，也是捏合而成，恕不要按图索骥哦。此极友为男性，上了年纪，面清癯发花白，贝齿莹亮（估计是种植牙），身上筋多肉少绝不臃肿，财务充分自由。

这最后一个判断，没好意思问，自己估摸的。证据是，稍熟识后他问我："为何不报名南纬 90 度探险？那样，你将在很短时间内纵贯地球 180 纬度。"我说："想是想啊，但南极点要 60 多万，太贵啦。"他随口说要赞助我若干万。萍水相逢，出手厚赠，我不敢当，致谢婉辞。不过由此判断，他似不差钱。

谈话，始于破冰船最底层甲板的左舷。

船行巴伦支海时，与普通海域差不多，湛蓝无冰。初次见面，说些无关痛痒的话，算是相识了。纬度渐高，浮冰乍现。人们很兴奋，抢着拍照。极友嘴角稍撇，可以理解为轻微冷笑，说："急什么？这才是先头部队，后面的海冰多了去了，少见多怪。"

他胸有成竹，和极地专家的意见不谋而合。我问："您来过？"

他说："没。"

我说：“那您怎么知道？”

他说：“推断。资料上说，如果北极海冰全部融化，地球温度会上升12摄氏度，一半的陆地面积将无法居住。这个前景很可怕，但由此也可以判断出，北极海冰量极大。别忘了咱们要去的是北极点，北冰洋的腹地，海冰少得了吗？！”

果然，随着纬度不断增高，海冰如散兵游勇听到集结令，迅速组织起来。一条条一块块的单冰，手拉手肩并肩，组成前赴后继的冰阵。向北，再向北，冰块开始抱团，汇聚成了白茫茫的冰原。它们毫无章法铺排蔓延，薄处如童稚肌肤吹弹可破，冰下幽蓝海水呼之欲出。厚处如海中城堡，坚宽无比。“50年胜利号”很快陷入重冰围剿，船速明显放缓。别看在地图上只剩几个纬度就抵达北极点了，航程需好几天。

我和极友又在甲板相遇。最底层的船舷边，能够真切地观察到破冰，非亲临其境者难以体会巨大震撼。破冰船如史前怪兽，合金脑袋，背覆同样色调的无敌钢甲，低沉地嘶吼着，猛烈扑向冰面，摧枯拉朽地冲击前进着。身临之处，群冰被迫俯首称臣。忤逆者，顷刻被船身压碎，如同多米诺骨牌一段段崩塌。船身射出的蒸汽和海冰粉碎后的碎渣交织在一起，呈扇面崩散四溅。冰块粗看起来一模一样，细细观察，千姿百态，一如流淌着蓝色血液的透明阵亡者。冰原破裂的伤口处，残冰愤怒扭曲，做出连续后滚翻动作，狼狈逃逸。

我叹道：“破冰船真乃神勇。”

极友指点道：“你看，这坚冰之下，浩瀚洋流仍然具有无穷动力，永不会止息。破冰船，不过沧海一粟。”

我说：“自打离开西藏之后，我很少看到这么多冰雪，有一种遇到故知之感。”

极友兀自说：“这世界上该看的，我差不多都看过了。”

我敬佩道：“您见多识广，自信爆棚。”

他点点头道：“说到人生，要经过一系列的‘场’。比如赛场、考场、情场、官场、名利场……我都经历过了，不敢说场场完胜，但基本上都是胜者。”

我一时想不出合适的话来接下茬，怔了一下。在我接触过的有限的人物里，还真没听谁这样踌躇满志地总结过。或许我遇到的，都是些人生顿挫者。似极友这等精彩人物，实为罕见。

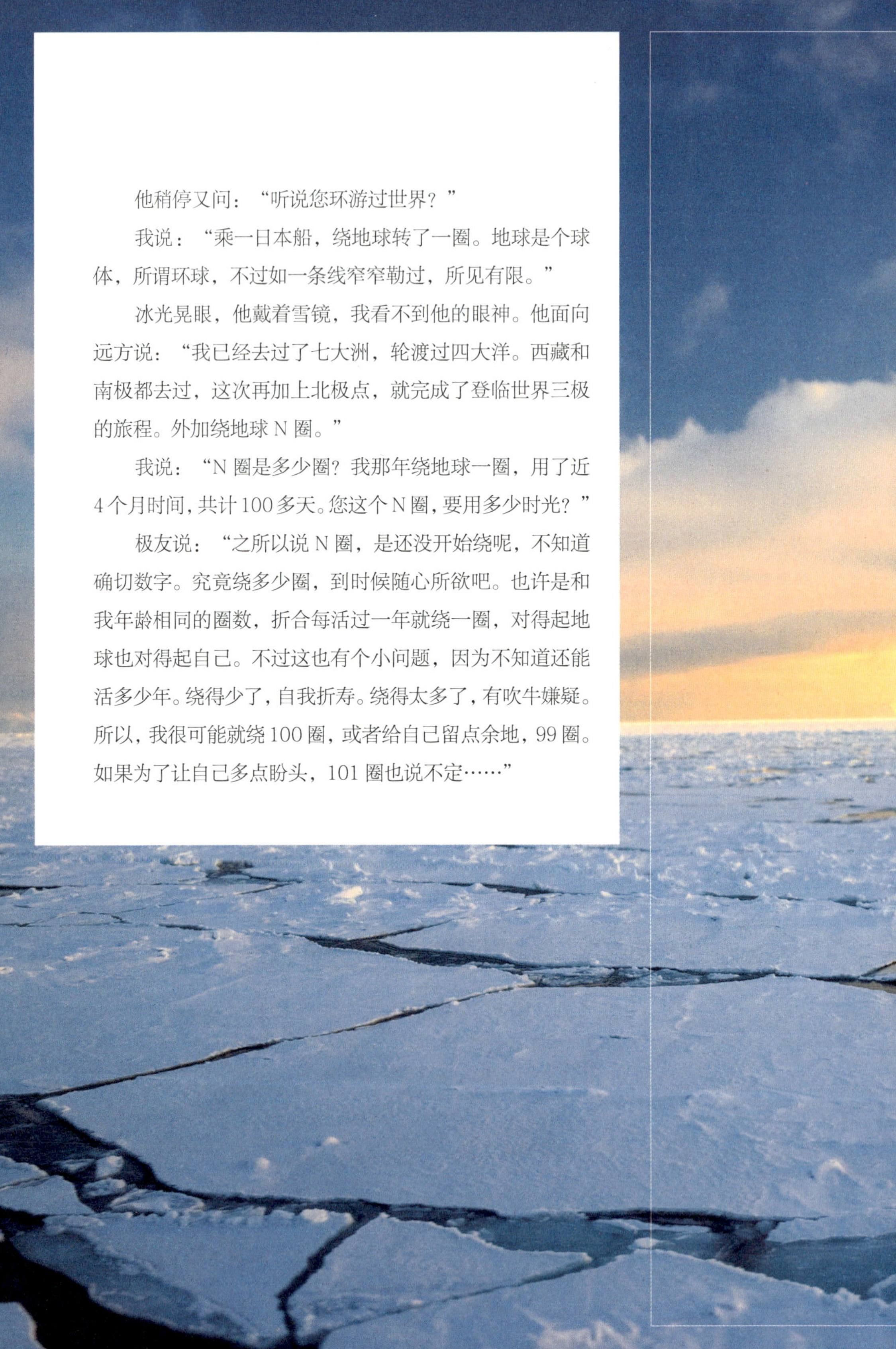

他稍停又问："听说您环游过世界？"

我说："乘一日本船，绕地球转了一圈。地球是个球体，所谓环球，不过如一条线窄窄勒过，所见有限。"

冰光晃眼，他戴着雪镜，我看不到他的眼神。他面向远方说："我已经去过了七大洲，轮渡过四大洋。西藏和南极都去过，这次再加上北极点，就完成了登临世界三极的旅程。外加绕地球 N 圈。"

我说："N 圈是多少圈？我那年绕地球一圈，用了近 4 个月时间，共计 100 多天。您这个 N 圈，要用多少时光？"

极友说："之所以说 N 圈，是还没开始绕呢，不知道确切数字。究竟绕多少圈，到时候随心所欲吧。也许是和我年龄相同的圈数，折合每活过一年就绕一圈，对得起地球也对得起自己。不过这也有个小问题，因为不知道还能活多少年。绕得少了，自我折寿。绕得太多了，有吹牛嫌疑。所以，我很可能就绕 100 圈，或者给自己留点余地，99 圈。如果为了让自己多点盼头，101 圈也说不定……"

单冰渐渐结成了冰阵，开始抱团，汇聚成白茫茫的冰原

我说："那得用多少工夫？就算马不停蹄地一年绕地球 3 圈，您从今往后什么也不干，专门绕地球玩，都忙活不过来。"

极友笑笑说："您忘了？等咱们到了北极点，片刻就能绕地球一圈。百多圈，至多也就 10 分钟吧。"

我暗笑自己糊涂，忘了北极点的特殊性。

又一天，我们在船艏相逢，聊起了心理学。

极友说："您知道马斯洛的人的需求金字塔理论吧？"

我说："马斯洛是我特别尊崇的心理学家。他关于人的需求的五个层面的理论，实在英明。"

极友面露不屑，说："时代不断进步发展，马斯洛死了多少年了，落伍了。"

我想反问，孔子比马斯洛死的年头可更长，《论语》落伍了吗？不过此地酷寒蒙绕，把人整个冰镇了，头脑清虚，脾气安妥，让人不易起纷争，且听他详解。

极友面冰而谈："为什么说老马落伍了呢？他的需求理论，分为生存、安全、爱、尊重以及自我实现五个层次。"

我点点头，表示明白。这个金字塔理论，如今在先富起来的那一部分人中，日益展现出先见之明。当我们金钱匮乏，吃不饱饭衣不蔽体身无立锥之地时，基本生存需求尚得不到满足，遑论其他。温饱之后，你就得沿着人的需求金字塔向上攀登，不宜停顿。你要是死乞白赖躺在金字塔最底层，坚决不肯往上爬，那么，等待你的是什么？就是温了再温，饱了再饱。你会在衣着上特别讲究，追求名牌名表名车大宅子……你会在饮食上求精求险，千方百计攫取常人难以得到的食材，用格外繁复的烹饪手段熬炼，盛放在刻意雕琢的食器之中，寻找光怪陆离的就食场所等，自诩为高等人高档次享受。结果呢，直吃得血糖血脂血尿酸增高（真正病理情况导致的变化不在其内，特指贪图口腹之欲引起的异常）。有所察觉的，忙不迭地吃药纠正。一意孤行的，便以生命做了代价。

我去埃及时，金字塔已不让攀爬。记得电影中曾有旅人爬上金字塔的镜头，找来一看，那是《尼罗河上的惨案》，彼时金字塔保护还不完善，游人可随心所欲攀爬。

金字塔不是用水泥（那时候还没这东西）、糯米汁、树胶或是什么稀奇古怪的物质粘接起来的，完全凭着一块块大石头自身的重量和精密的计算，叠压而起。故此，金字塔一旦崩塌，没有任何方式可以局部修复。

联想到我们个人需求的金字塔，也如此宝贵。你要像个尽心尽意的法老兼工匠，将自己的金字塔结结实实修起来。不能偷工减料，不能半途而废，不能一蹴而就，不能徒有其表。如果以次充好，修个歪七扭八豆腐渣工程，不定哪一天轰然倒塌，崩解为废石一堆。

极友没发觉我走神，继续说："马斯洛总结的是几百年前人类生活的缩影（我心中反驳，马斯洛 1970 年才过世，没那么老），现在人们的追求进入了一个更高层次——快乐。所以，马斯洛的金字塔，应该再往上修一层，让金字塔变成6层。增加这层，叫作找乐。具体如何找乐，旅游算是强有力的方式，是快乐的主旋律。"

极友接着说："咱们先确定一下什么叫旅游。"

我说："请讲。"

极友道："第一，你要走出门，身心到远方去。虽然有些人会说自己待在屋里也能'卧游''坐游''心游'等，但基本上都是混淆概念强词夺理。足不出户不能叫作'游'，非得算是'游'，只能叫'梦游'。"

我轻轻击掌，以示赞同。

极友说："第二，你还得把自己的眼耳鼻舌身这些设备都开动起来，全力以赴接受新鲜信息。如果还像在家一样，对于外界抱司空见惯、熟视无睹、充耳不闻的态度，等于用保鲜膜把自己包缠起来。就算能看见外面的风景，却感知不到温度。你看得见花开，却闻不着花香。你虽呼吸了当地空气，却进入不了彼时彼地的氛围。如果一切都以维持自己的素有习惯为尺度，循规蹈矩，那么，不管你在地图上移动了多远，等同寸步未行。就算握着一大把机票门票游览证据，你也还是缩在木套中的现代木乃伊。"

这个我也赞同，所说极是。

极友接着阐述："第三，你的脑筋要应声而动。不走脑子的旅行，是行尸走肉。你可以购物，可以吃美食，可以大惊小怪呼天抢地不已，但你不能仅仅局限于此。脑袋瓜要高速驱动，一切异于我们已知常态的背后，或许都有未知的逻辑和相应的历史沿承。也许有一些瞬间，让我们晕头转向不知所以然，显出愚蠢和笨拙。这不可怕，正是身处异地的魅力和乐趣源泉。无知和迷茫，是因为有盲点在。按图索骥按部就班地解开这些谜团，正是旅行让人久久回味和不断探寻的动力。”

我很同意。

极友说：“第四，必须要游起来。考一下您，什么是‘游’？”

我仓促答：“游，最容易让人联想起来的就是游泳。”

极友道：“对，游，指人或动物在水里行动。水是有浮力的，可以托举起重物，可以推你向前。如果你再有一定的游泳技术，便能很惬意地在水中前进。‘游’这个字，骨子里是从容行走之意。”

我想起了“从容”这个词，细究有趣。

“从”，从字面上分析，是两个人排成队在走（跟团游？）。更有古文解释，说二人向阳为“从”。说明这个“从”字，不单有队形，还有方向。

“容”，是代表屋顶的“宝盖”与农作物的“谷”字合二为一。屋子下面放着粮食，代表“盛受”。

由这样两个稳当含义结成的“从容”一词，大致可以理解为：有伴、有住的地方、有吃的东西，再加上方向一致的行走，心里能盛放一些东西（请古文字专家和相关老师，恕我歪解）。

极友说：“直击肺腑的交谈，让人愉悦。”

其实极友的高论，我不敢全面赞同。我觉得马斯洛的“自我价值实现”这层金字塔上，就包含了我们的终极快乐。不必再加盖一层，画蛇添足。

极友说：“有组数据，您可知道？”

我说：“您告诉我。”

“北冰洋在北极点的深度是4255米。在我们之前曾经到过北极点的船，共计123艘，咱们是第124艘。”

我说：“这个数字不知是否包括了军用舰船？”

“那属于军事情报，估计永远不会公开。”他又接着说，“共计97艘核动力破冰船来过此处。”

我说：“这个数字比我预想的要多。也就是说，来过北极点的民用船只，主要是核动力船。”

极友说："这路上没有民用加油站，一般船来不了啊。"

极友接着说："您猜猜，普通人第一次乘坐破冰船到北极点一游是在哪一年？"

我说："这个您考不倒我，来之前我看了相关资料，是 1991 年。"

极友说："那么，一共有多少普通游客来过北极点？"

我说："这个我也知道，大约一万人。"

极友说："在咱们之前，准确地说，是 10648 人。"

我说："您指的是普通游客。若是把所有来过北极点的人都算上，共有多少人？"

极友说："如果把探险家、科学家等都算上，共计 24792 人。"

我迅速心算了一下，探险家和科学家的总数超过 14000 人，比普通游客还多。

我想刁难极友一下，问："如果包括军人呢？"

极友仰天长叹，说："这个统计数字，永远不会有人知道。不过，来过北极点的军人，其实看不到敌人，也算广义的持枪旅游吧。"

我们共同一笑。冻得受不了，只得回舱。

本次航程预计早上六七点到达北极点。老芦早早跑到甲板上候着，不愿错过历史性一刻。我说："到达极点那一瞬，还不得沸反盈天？根本不可能错过。踏踏实实待在舱里为上策。船头冰天雪地，熬不了多久。"老芦不理我，径自去等。

船方事先知会大家，抵达后首先要找到北纬 90 度 0 分 0 秒这个点。茫茫冰海，虽说有各种先进仪表导航，但要操纵这等庞然大物，精准停在此位置，分秒不差，并非易事。阳队长曾讲过他某次指挥航船停泊北极点，"50 年胜利号"反反复复进进退退摇头晃脑，GPS 就是无法准确定位于北纬 90 度 0 分 0 秒。船艏在冰层中左右腾挪多次，仪表总在 89 度 59 分 58 秒附近徘徊，不肯端正就位。驾驶舱内，舵手紧张，人人屏气息声，静等历史性一刻……

阳队长一边放映当时的录像，一边说："咱们船很大，我当时确信北纬 90 度 0 分 0 秒，已经在船上的某一点了。可是，船艏的指挥舱记录仪上，不肯出现这个标记，我都快疯了！忙活了大约半个小时，我们才找到准确的那一点。仪器上出现 90 度 0 分 0 秒时，指挥舱沸腾了……"

我当初听这段子时，稍不以为然。抵达北极点是值得庆贺的，但只差一星半点，值得兴师动众折腾吗？不过，这话我没敢说。若是游客们的 GPS 始终记录不到北纬 90 度 0 分 0 秒数据，估计会对探险队有意见。有时，仪式感重要并且必需。

7 点 27 分，阳队长在广播里大声宣布，“50 年胜利号”，此刻稳稳当当地停在了北纬 90 度 0 分 0 秒。他非常兴奋，说这是他多少次抵达北极点的经历中，唯一一次一下就找到准确位置。“50 年胜利号”发动机熄了火，万籁寂静。

北极点，到了。它给我的第一印象，有一种温柔的磅礴。

关于北极点的诸项活动，容我后禀，先说说和人生全胜的极友共进午餐。围坐冰上露天的简易餐桌前，餐风啮雪。

极友感慨万分道：“我瞧不起坐飞机钻潜艇包括咱们这种乘破冰船到这儿来逛逛的主儿，更佩服用原始手段来到这里的人。1969 年，英国探险队，乘狗拉雪橇站到了咱们脚下的冰面上。1971 年，意大利人莫里齐诺，沿首次抵达北极点的皮尔里走的路线，重走了一遍，也全须全尾地到达了北极点。”

我点点头说：“咱们是伪劣品。不过，除乘船之外，你我有生之年想到北极点来看看，恐再无他途。”

极友感叹：“咱们能在这里碰个杯，可见缘分之深。现在，全世界所有的人，大约 75 亿吧，都在咱们南边。”

炊烟飘过，我皱眉道：“为什么一定要在北极点吃烧烤呢？烟熏火燎的，会污染环境。”

极友耸耸鼻子道：“烧烤，乃人类最原始的烹调方式。地老天荒之处，似不可正襟危坐用膳。四平八稳的进餐方式，与此地不搭。唯有茹毛饮血半生不熟，才相匹配。”

想想也是。烧烤在人类最原始的食谱上。最早的火，必然来自天意。电闪雷鸣，林木燃烧后馈赠“天火”的种子。来不及逃出天火罗网的动物，就成了烧烤食物的雏形。估计当年原始人品尝之后，先是惊诧莫名，继而感激涕零，再然后就是照葫芦画瓢。用天火的后裔，复制天火的作品。烧烤的基因，就这样强韧固执地渗透在我们的血液中，源远流长地遗传下来。烧烤这道菜，如水手结，进化的风浪不但未曾将它解开，反倒越系越紧。

“50 年胜利号”稳稳当当地停在了北纬 90 度 0 分 0 秒，发动机熄了火，万籁寂静

极友说："在北极，吃什么，不是好吃难吃的问题，实属生死攸关。"

我点头，知他所言极是。16 世纪末期，英格兰探险家带头，欧洲其他国家探险家紧随其后，接二连三地到北极探险。很多人死在那里了，就算活着回来的探险家，也纷纷患上了怪病，全身乏力、精神萎靡、浑身疼痛、头晕恶心、视力模糊等。轻一点的嘴部脱皮，重一点的全身脱皮，状况惨不忍睹。很多人备受折磨，最后痛苦死去。

医生们长期研究，终于揭开谜底。原来是北极探险者在短期内摄入了大量的维生素 A，造成了维 A 中毒。维 A 是一种身体必需的重要维生素，促进身体发育，强壮骨骼，对维持视力、皮肤、头发、牙齿、牙床的健康都很重要。说了这么多维 A 的好话，怎么会中毒呢？好东西，过犹不及。若人体在短期内摄入大量维 A，就会出现上述一系列可怕症状。

北极探险家们为什么会集体维 A 中毒呢？

这和他们在北极的饮食有关。

吃什么导致中毒？

原来是北极探险家们吃了太多的北极熊。北极地区食物匮乏，当地原住民常吃北极熊，借以获得高能量，抵御北极的酷寒和极夜。探险家们到北极一看，原住民没有蔬菜、水果，活得好好的，咱也学学他们的食谱吧。探险家们只知其一不知其二，百密一疏。原住民虽大啖北极熊肉，但从来不吃北极熊肝脏。北极熊肝脏中维 A 的含量太高了。探险家们吃下北极熊肝脏，过量摄入维 A，出现一系列中毒症状，重者致死。

爱刨根问底的人，紧跟着有了新问题：北极熊肝脏中的维 A 哪儿来的？它们为什么自己没中毒？

答案是，北极熊经过漫长进化，对维 A 形成了超高耐受性，适者生存，锻炼出来了。

那么，北极熊体内高浓度维 A 哪里来的？来自它的主食海豹。海豹靠高浓度的维 A，在极恶劣的环境中得以生存。

瞧这罗圈架打的！

北极探险还有一个与吃有关的恶疾——坏血病。

这病历史悠久。古希腊时期，医圣希波克拉底就描述过它的症状，不过为何发病，医圣也没闹明白。大航海时代，海员中不断出现罹患怪病的人：虚弱无力，精神抑郁，性格多疑，营养不良，面色苍白，贫血出血，牙齿松动脱落，肌肉疼痛，皮肤瘀斑，甚至下肢瘫痪……症状吓人，死亡率很高。一头雾水的医生们说不上具体是哪个脏器有病，以为整个血液都坏掉了，干脆一言以蔽之——坏血病。

1747 年，英国海军医生林德，在船上发现船员坏血病频发。他直觉此病可能与吃有关，就把船上症状相似的 12 名患者，两人一组，分为 6 组。在统一的基本饮食之外，每组添加不同食品。一段时间后，林德发现添加柠檬、柑橘类水果的那组病人，治疗效果最好，其次是苹果汁组。1753 年，他出版了名著《论坏血病》，把柑橘等水果中能够抵抗并治疗坏血病的这种物质，称为“抗坏血酸”。

你恍然大悟，说：“咳！这抗坏血酸不就是维生素 C 吗！”对，正是此君。在早期北极探险中，维 C 缺乏曾引发严重疾病。前面说过富兰克林探险队那个被吃掉的年轻水手，生前就受到严重的坏血病折磨。很可能正是因为患病，他倦怠无力行动迟缓，才最先被其他水手杀死，成了牺牲品……

回到北极点冰冷餐桌上。此刻，四周烧烤摊花团锦簇，竞相散发各种美味分子。北极点上空弥散人间烟火，肆意绑架着我们的味蕾。

极友吸了吸鼻翼说：“你可闻到了什么？”

我说：“有胡椒粉的辣，辣椒粉的冲，烧烤汁的香，蜂蜜的甜，番茄酱的酸，蒜粉的刺激，橄榄油的醇香……”

他点点头，散淡地说：“嗯，都对。还有呢？”

我说：“再有……说不上来了。反正是食物和炭火复合而成的味道。”

极友说：“还有朱古力浆，月桂叶碎，莳萝草末，肉豆蔻粉，迷迭香，罗勒叶片……种种味道。”

此人在美食场上，也是“脆胜”。

我们托着餐盘，开始取食。烤架上有一条大鱼，身上严严实实包着锡箔，像披银色大氅。裹不严的缝隙处露出鱼皮，其上印有棕红色菱形烤痕，喷香扑鼻。

我取了一块鱼、一段牛奶煮玉米、一杯热红酒。极友取了牛排、烤肠，还有蘑菇汤等。

环顾四周，人们吃得十分尽兴。我说：“大家这么高兴，是喜欢户外还是喜欢烧烤？”

极友说：“喜欢户外。就像人们常说的，吃什么不重要，关键是在哪儿吃、和什么人吃。”

我以前对这句话腹诽不已，觉得吃饭当然应该以吃为主，兼顾其他。如果一味吃环境，是饱汉们的矫情。到了北极点，真成了吃什么不重要，重要的是在地球之极吃。

喝着从保温桶里流出来的温热红酒，看四周令人迷离昏眩的景色。烘烤肉类产生了轻微烟雾，油滴溅落炭火，飞旋袅袅烟尘。冰清玉洁的洋面，点缀炭色颗粒。细碎雪花自阴空蹑手蹑脚降下，仿佛白蛾鳞翅……

我不由掐掐虎口，以证实确为本生，而非往昔或是将来的某一轮。

虎口无感。

我恍然醒悟，这一尘世已然完结，现在开启崭新单元。又一想，原是气温太低虎口麻木。使劲揉搓指尖，回到今朝，闻到诸多香气。

极友适时解释：“木炭里的木质素，燃烧后分解出愈创木酚，渗透到食物里，便有了人见人喜的‘烤味’……”

我没回答，还在想着污染。也许区区百人烧烤所燃起的烟尘很快便会稀释消弭，但全球环境污染，已是铁的事实。如此荒远的北极点也不能幸免，心中翻腾罪恶感。

吃完饭，极友开始绕着北极点的标志杆“环游世界”他快速走着，口中念念有词。等他停歇下来，我说：“您走了多少圈？”

他说：“没数。我最后决定，不数。最保守的估计，也过了 100 圈。”

我说：“用了多长时间？”

他说：“也没看表。因为极点是地球自转轴与地球表面的交点，所有经线都从这里出发，到另外一端收拢。地球上的时间，本和经度线密切相关。每 15 度为 1 个时区，24 个时区，每个时区相差 1 小时。咱们此刻所站立的极点，经线汇聚，便失去了时差概念，丧失了标准。所以，我就什么时间都不用，按照自己心愿，绕了地球很多圈。”

我说：“这样说来，您人生的所有场次，都已完胜。”

极友抬起头，不聚焦的眼神望着雪雾弥漫的北极点天空说：“不然。有一个场，我是注定要失败的。”

我讶异：“哪一个场？”

他怅然道：“火葬场。我喜欢与众不同，但火葬场让人们殊途同归。在熊熊火焰中，人被识别出来和不被识别出来，没有丝毫差异。”

我无语。很想说，火葬场不是失败，只是归去，返回我们的来路，却终于没说。

越来越浓的雾袭来，越来越刺骨的风吹拂。难以辨识风的方向，或者说此地风向无须辨别，都是北风，吹向南。

遇事儿怎样给自己以恰切解释，是人所应必备的重要应变力之一。只要大方向基本正确，便是对自我的包扎安抚。只要对他人无害，哪一种对身心较妥，便用哪一种，有时并无高下对错之分。很多事情，稍有欠缺才是常态。

此刻，自天而降的雪花变大朵，随风起舞快捷落下，假装对我们的即将离去表示挽留。我向极友望去，他眼眸中世界消弭，一片空白。

我和破冰船上的米 -2 直升机

13

北极冰泳和融池陷落

登上“50年胜利号”舰载米-2直升机，从空中鸟瞰北冰洋，煞是壮观魅惑。银白色的冰面，幽蓝色的冰湖，橙黑相间的破冰船，组成既单纯又耀眼的景致，令人铭记。

如果飞临岛屿盘旋，会看到耸立的冰山。如乘冲锋舟抵近岛屿岸边观察，会看到冰川断裂后的立剖面，无数分层，摞积而起，布满大理石般的花纹。颜色深浅各不同，轮廓曲线不一样，密密匝匝如老树年轮……

探险队老师告诉大家，一层便是一年。冰川高达几十米上百米，逶迤绵延。它每年积攒的冰雪，压紧实后不过薄薄一线，至多几毫米。看我们露出不可思议之色，老师解释，它们刚形成的时候会比较厚，长期挤压就成了现在这个样子。

冰的分野各有特色。表层的冰，年轻而涉世未深，洁净而朝气蓬勃。在乏力的阳光照耀下，它的极上面似有一点点融化，反射出不真实的水润炫光。下层的冰不堪重负，被久远的年代压榨后变作微黄。初看以为是脏，其实是岁月。想来多少万年积攒的重量挺立于它的躯体之上，它要有怎样的坚忍和承担。中间的冰层，自得其乐。有点像中产阶级，比上不足比下有余。

冰川平日沉默，一旦断裂，必将崩塌。冰川入海，摇身一变为让人闻风丧胆的冰山，冲痕看上去就像被巨掌掰碎的指纹。不过无论它看起来多不可一世，终比水轻。冰山巨鸭般浮在水面上，为冰下各种潜在洋流的争斗所控摄，按照一定规律不动声色地缓缓游走。冰的本质脆硬，极易破裂。看起来庞然大物的

从空中俯瞰破冰船和北冰洋

冰川断裂的剖面布满了大理石般的花纹，
如老树年轮，密密匝匝

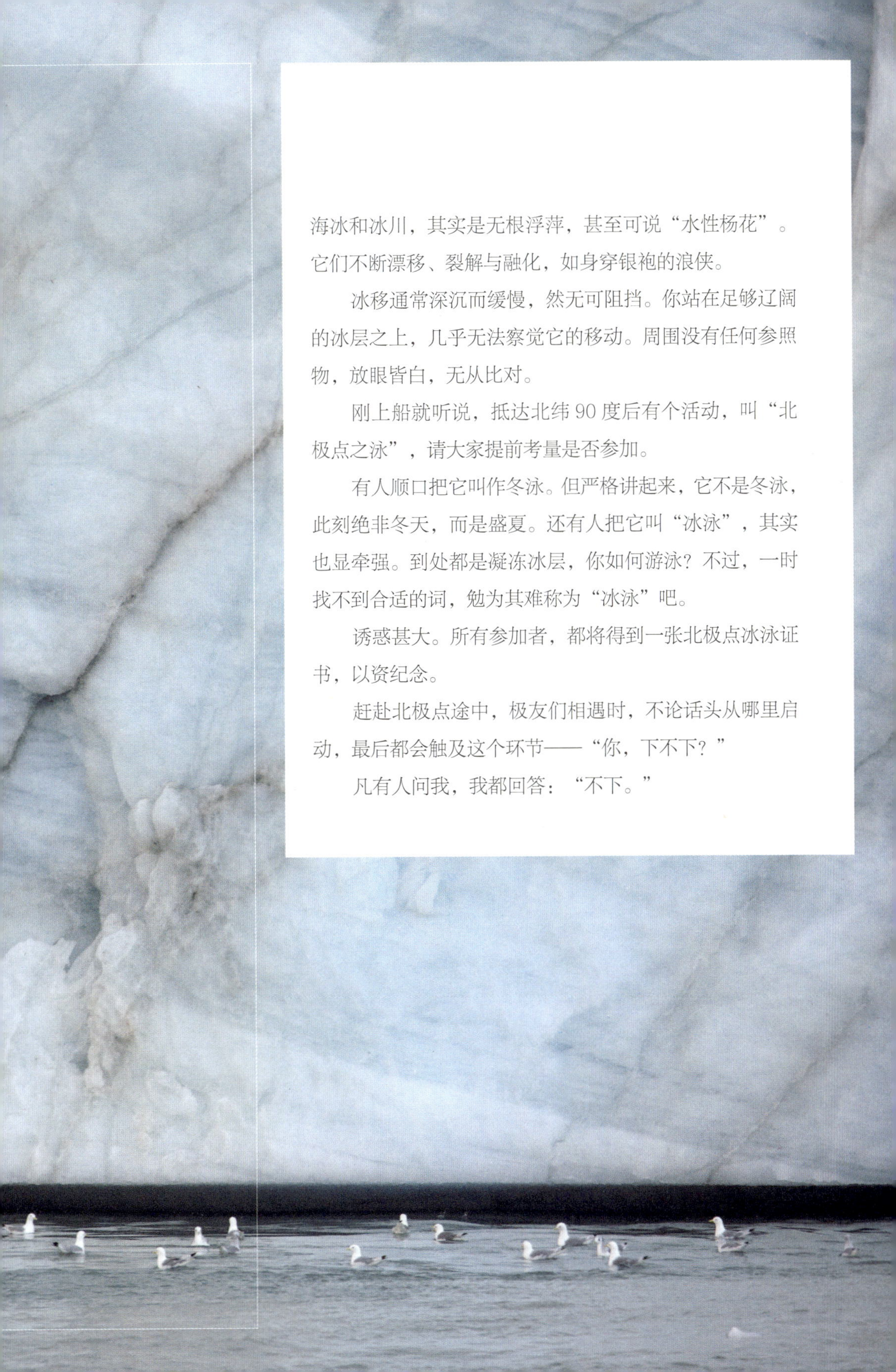

海冰和冰川，其实是无根浮萍，甚至可说“水性杨花”。它们不断漂移、裂解与融化，如身穿银袍的浪侠。

冰移通常深沉而缓慢，然无可阻挡。你站在足够辽阔的冰层之上，几乎无法察觉它的移动。周围没有任何参照物，放眼皆白，无从比对。

刚上船就听说，抵达北纬 90 度后有个活动，叫“北极点之泳”，请大家提前考量是否参加。

有人顺口把它叫作冬泳。但严格讲起来，它不是冬泳，此刻绝非冬天，而是盛夏。还有人把它叫“冰泳”，其实也显牵强。到处都是凝冻冰层，你如何游泳？不过，一时找不到合适的词，勉为其难称为“冰泳”吧。

诱惑甚大。所有参加者，都将得到一张北极点冰泳证书，以资纪念。

赶赴北极点途中，极友们相遇时，不论话头从哪里启动，最后都会触及这个环节——“你，下不下？”

凡有人问我，我都回答：“不下。”

极友说："嗐！你会后悔的。"

我说："不会。我不是热血青年，已是冷血老人啦。"

问话者表示深为理解，点点头道："我会下去。我已经 70 岁了。"

自惭形秽，我抱头鼠窜。

又一娇美女子问我："您会下水吗？"

有了上次的教训，我不敢那般理直气壮，安全地换了个反问句："您会下水吗？"

"还没有最后决定哦。"那女子说，她端丽秀气，有江南女子的妩媚。我暗自判断，她身着泳衣下水，在场男子遑论中外，只要眼皮还没冻僵，定会目不转睛。

我说："凡重大决定，应该早做。临门一脚，容易冲动。"

在下的暗示之意很明显，拉她后腿。

窈窕女子吁出一口香气，说："我上次就是缺乏这种冲动，留下永久悔恨。"

我心中惊呼，难不成此女是二闯北极点？就为了得到一纸冰游证书？

见我惊愕模样，俏女子赶紧解释："上次是在南极，也是冰泳，我没敢下去。后来看到别人在冰水中的照片，还有人家领到的证书，羡慕死了。这次，我不想再留遗憾。"

我知趣地闭嘴。

又一次，我总算得知某位妇人坚决表示不会在北极点冰泳。高山流水啊！相见恨晚。我说："就是嘛，君子不立危墙之下。咱们有共识。"

那妇人迟疑着说："其实，我还是蛮想下水的。只是我孩子不让，说什么也不同意。"

我说："您那孩子真懂事，孝顺。"

她继续没来由地踌躇，最后凑近我，低声说："主要是我有癌症，中晚期，手术后虽说恢复得不错，还是要多注意……"

我看到她脸上浮起沧桑笑容，是那种年轻时历经险阻，中年又遭逢波折，经受无限劳累与辛苦，然而老年终是心满意足的女人之自然流露。

我无地自容。

七嘴八舌莫衷一是时，“50 年胜利号”抵近北极点，最后到达北极点。众人屹立北极点浮冰之上，完成一系列规定仪式。之后解散，自由行动。蓄势待发的冰泳参与者们，一窝蜂向船艉跑去。

为什么泳场选在船艉?

此地海冰呈铁壁合围之势，破冰船驶过的航路，留有百多米宽冰裂，可见水波荡漾，尚未再次凝冻。探险队事先做好勘测，将一块与流动水面相邻的冰区，划为游泳准备区。一溜小红旗，醒目标出安全范围。绿色纤维地毯铺就通往“跳台”的小径。所谓“跳台”，是一架铁扶梯，半截扎入冰水中，半截倚靠在海冰上。当然，你若是有本领有信心有本钱……关键是有勇气，可以从冰块上直接跳进冰海。如果含糊，可顺着扶梯走下去，游几米远，就算大功告成。有人更是 1 米都不游，倚着扶梯，浸湿泳衣，照个相，赶紧上岸，算是完成“到此一游”的壮举。船方再三告诫，北极点冰水，一般人入水绝不能超过三分钟。如超时，人体急遽失温，性命堪忧。最佳策略是在水中浸泡少于 40 秒，以确保安全。冰泳还有一特殊规定，为了防止牙齿矫正器冻结嘴中，下水前，取下金属牙箍。

船方在冰泳区配了摄影师，给大家留下难得泳装照，作为日后给勇士们发证书的凭据。此外还摆放必不可少的助推剂——正宗的伏特加。当然，最重要的步骤，是探险队教练给冰泳者系上牢固安全带。万一谁被冻僵了，教练就直接把他从冰水中拽出来。

我原以为伏特加是下水前喝的。咱古老传说中的好汉，都是饮几口烈酒下水。北极点的规矩却是下水前不能喝，酒是留着上岸后喝的。我不解，心想这不是“马后炮”吗！打探原因，原来是怕有些人不胜酒力，却为了驱寒，不管不顾地先喝了再说。万一醉晕冰水中，弄巧成拙，易出危险。既然公家的酒规矩大，有好酒量的人，多提前做了准备，自带烈酒。一哥们儿仰脖喝了几大口二锅头，飞身鱼跃冰海。

“怎么样？是不是有点效用？”事后我充满仰慕地问他。

那哥们儿说：“不知道。裸着胳膊腿站在岸边时，非常非常冷。后悔啊！逞能啊！不过众目睽睽，没有回头路可走，唯有猛灌酒，深呼吸，一闭眼，入海！北极点的海水很咸，我劈头灌了一大口。准确地讲，是灌了一大鼻子。深呼吸，鼻孔张得太大。霎时间，冰水如万把钢刀，齐刷刷扎将过来。全身就像摔入满布玻璃碴的罐笼。难以忍受的痛楚，让我颇为慌乱。等到身体完全没入冰水后，直接转麻木。没有冷的感觉，也没有疼痛感觉，猛烈致命的麻木，我以为要死在北极点了……”

我听着都猛打哆嗦。

说时迟那时快，勇敢者前赴后继，一个挨一个，扑通通跳下冰水。泳程最远的游了10多米，最近的就用冰水蘸一下肢体，赶紧上岸。曲向东先生对后面这类冰泳，有一个很形象的比喻，叫作——涮拖把式。

我对所有敢在北极点冰晶中遨游的同胞，抱以崇高敬意。我对所有敢在北极点冰晶中游泳的人，即使不是同胞，也抱以崇高敬意。

为何这么说？

每天按时按点给我家打扫房屋的俄罗斯大妈，也来到冰泳现场。我悄声问老芦：“她是不是刚到这船做杂务？如果是老工人，这热闹按说看过多次了，不会再来凑热闹。”

老芦道：“估计不是光看热闹那么简单。你没看她开始脱外套了吗？”

冰泳处并无更衣室，船上广播要求所有拟入水者，都在船舱内换好泳装，到时卸下外衣，直接入水。泳后，船方备有浴巾浴袍。泳者大致揩干身体后，须用自家外衣裹住湿淋淋的泳装，跑几百米回船内更衣沐浴。这段路程，北风频吹（此地所有的风都是北风），砭骨刺寒。船方备下的后发制人的伏特加，帮上了大忙。

这当儿，服务员大妈已将外套脱完，不过里面并不是泳衣，而是一套家常秋衣裤。我正讶然——她不会就这样下水吧？她就已然这样下水了。

实事求是地说，她老人家的泳，游得相当好。一般人也就蛙泳几下，有的简直就是狗刨式乱扑腾一番，她是正宗自由泳。埋头双臂轮番划水，不时换气，姿势正规，泳速甚快。在我驻岸观泳这段时间内，连男带女老老少少，数她游程最远泳姿最美。

最后是探险队队员怕老妇人有闪失，强行拉她上岸。大妈意犹未尽地登岸，第一个动作是赶紧从同伴手里拿过手机，忙着给自己来了个自拍。

那一刻，我心中涌起感动。

这老女人，原本没想在北极点冰泳吧？不然，她会带上泳衣，而不是裹着在冰水中变得如半熟洋葱皮一般略带透明的家常内衣。

她也挺佩服自己吧？不然凛冽寒风中为什么不赶紧披上外套，而是自拍，留下这一刻弥足珍贵的纪念？估计一等到船驶入有信号地域，就赶紧发朋友圈。

俄罗斯大妈的泳姿非常优美

上岸后大妈拿过手机，来了个自拍

我与服务员大妈的合影

她小时候，上过很正规的游泳训练班吧？童子功在身，才让她如此高龄，还能在北极点的冰晶中酣畅游弋。

第二天，我们在舱房狭窄的走廊中相遇。她抱着一大摞换洗下来的被单，侧身让路。我冲她先做了一个划水姿势，然后竖起大拇指点赞。她偏头羞涩一笑，完全没有了那天冰水中的飒爽英姿。我与她合了一张影，大家瞅瞅，和她冰泳的身姿，能否联系起来？

我不知道她叫什么名字，也不知道她的身世。此刻停下笔，惆怅地望着电脑后的墙壁想，今生今世，很可能再也不会见到她。她一定不知道，自己水中的身影，曾这样深深感动过素昧平生的外国老人。她已鲜活地存入我的记忆锦囊，在我以后生命中，某个困厄难熬的夜晚，会想起她在蓝白色冰海中劈波斩浪的矫健身姿，涌动醒悟和激励。这正是旅行的魅力之一，不断有令人惊喜诧异的片刻，汇入我们的精神仓库。它们化成心灵的黄金储备，匮乏时提出来变现，一展为韧性和勇气。

极友庄红丽女士，是冰泳勇士之一，得到了船方正式颁发的北极点冰泳证书。

我翻过来调过去端详着这张纸说：“很多人，会想看看这张难得的证书。”

她爽朗一笑道：“我借给你用。”

我说：“太好啦！我替读者朋友们谢谢你！为保护隐私，会隐去你的名字。”

她说：“不用。就印出我的名字吧，我愿意和大家分享。”

让我们一起谢谢庄红丽！

归来后，我同一位养生专家谈起冰泳一事。他说：“当时的海水多少摄氏度？”

我说：“零下 1.8 至 2 摄氏度。”

养生专家说：“冰泳对人体是一个强烈的有害刺激，交感神经处于高度兴奋状态，瞬间血压升高，心率加快，血糖升高。”

我说：“偶尔为之，可能也并无大碍吧。冰泳过后，很多人都非常兴奋。”

专家说：“这个可以解释。在如此猛烈的强刺激下，人体进入应激状态，大脑内产生大量内啡肽，之后会使人伴随欣快感甚至是成就感。不过，此举请慎行。尤其是未婚未育的女孩子，不可进行这项活动。”

我不解，问：“为何？”

专家说：“寒冰将彻骨冰寒逼入她们体内，潜入后寒凝全身，胞宫受冻，会有后患。这种寒凉与一般感冒的体表受寒相比，要严重得多。”

我吓了一跳，说：“不要讲得这般可怕，好像 40 秒会定夺一生。”

专家说：“北方原阴寒，水的属性也属阴。古人称‘水曰润下’，水具有滋润和向下的特性，水能克火。极北之地的冰水，更为幽冥。寒凉、冷润、向下运行……几个因素相互叠加，其害倍增。故少年女子不宜冰泳。”

一家之言，仅供参考。

离开北极点返航途中，有位女极友说，我也要申请一张冰泳证书。

凡参加冰泳的名单，都已登在《极地日报》上。称她冰友吧。

我笑说：“官方的冰泳池里没见你啊！莫非你自己找了个冰窟窿，一咬牙跳进去了吗？”

后面这句，纯属玩笑。

没想到女冰友很郑重地回答：“我就是掉冰窟窿里了，不过不是自愿的。”

POSEIDON EXPEDITIONS

POLAR PLUNGE

CERTIFICATE

NORTH POLE

Let it be solemnly acknowledged and publicly announced that the Brave Polar Explorer,

ZHUANG HONGLI

valiantly and showing dauntless courage, took an icy plunge into the frigid waters of the Arctic Ocean while visiting the Geographic North Pole aboard the nuclear-powered icebreaker «50 Let Pobedy», and therefore has become an official member in good standing of the exclusive Polar Plunge Club.

Expedition Leader

Captain «50 Let Pobedy»

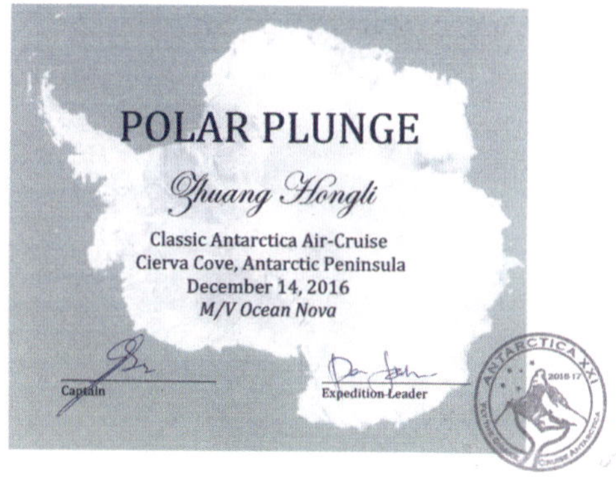

POLAR PLUNGE

Zhuang Hongli

Classic Antarctica Air-Cruise
Cierva Cove, Antarctic Peninsula
December 14, 2016
M/V Ocean Nova

Captain

Expedition Leader

ANTARCTICA XXI

庄红丽的北极点冰泳证书正面、反面

我吓得几乎跳脚："啊！有人把你推进冰窟窿？"

冰友详述过程。

北极点冰面，会有局部融池。什么叫"融池"？就是极昼期间日光持续照耀，冰层表面会出现大约 20 厘米深的融水，蓝汪汪清澈透亮，名曰融池。人站在融池中留影，图片不单美丽，且有不可思议之感。周围皑皑冰雪，一片微波荡漾的淡蓝水面，赏心悦目。人在水中，却不会沉下去。冰水镜面般映照出清晰倒影，无论男女，一概如凌波仙子。在北极发烧友的摄影图册中，常见此类影像，可谓极区特产。人是易于模仿的动物，凡见识过此类照片的人，无不想给自己也留下魔幻影像一张。

"50 年胜利号"的锚链下就有这样一个融池。

我站进冰水里，对老芦说："请给我照一张。"

"不行，这太危险了。"老芦断然拒绝。

我说："表层浅水之下，依然是坚固冰层。放心吧。"

老芦说："不成。你怎能确定之下没有冰裂？！"

微波荡漾的淡蓝融池，十分赏心悦目

我说："这种冰水，你看着悬，其实很安全。探险队用专门器械探测过了，凡不安全区域，都插上了小红旗警示，严禁靠近。这个融池附近不见小红旗，说明很安全。"

老芦不为所动，说："你就死了这条心吧，我不会给你照的。"

我拗不过他，只好说："那我就站在冰与水洼的边缘处，意思一下可好？"

老芦这才很不情愿地给我照了一张，之后再也不肯做类似尝试。

冰友也是为了照这样一张像，让她丈夫站在一旁，举起相机。她轻轻把脚探入融池，正待做出微笑状，突然脚底踏空，陷了进去。整个人顺着裂洞，穿透融池底部，直接向下坠落。冰水瞬间灌入她的防寒服，人变得极为沉重。断裂处的冰晶，锋利地切到她脖颈处……

千钧一发。如果沉入冰海，人就会无可控制地随海流漂移。一旦错过融池这个裂口，她纵有千钧之力，也无法向上顶开铁盖般的冰层，随波逐流 40 秒之后……

北极点冰野，看似柔和美丽，实有深邃敌意隐藏其下。

老芦极其不情愿地给我照了一张在融池边上的照片，再也不肯做类似尝试

幸好该女子少年习泳，技艺甚高。再加她学理工科出身，头脑清晰性格坚毅，危急时刻，并无慌乱。她不断踩着水，以保证头颅不陷入冰海之中。她丈夫不会水，站在融池边，惊骇不已，不知如何施救。女冰友有条不紊地自救，先是踩水至冰面与水交界处，举起穿着防寒服的手臂，轻攀冰层边缘。接着引身向上，尽量将身体平行于冰面，连续侧滚翻。这样一部分身体攀上冰面，再向远处相对坚固的冰层缓缓爬行，始终让局部冰层承受的压力不要过大，以防再次垮塌……她丈夫也赶紧伸出援手，终把她从冰水中搭救出来。

尽管该女子此刻淡定地坐在我面前，以一个理科生的缜密思维和逻辑性，平稳有序地述说那个过程，我依然屏住呼吸心脏狂跳。

“你可踩到了……底？”我问。如果冰层下面还是冰层，只在中间夹了一层水，虽冰水泡身饱受惊吓，结局还不至于太坏。

“没有。冰层踩漏之后，下面并不是另外的冰层。从我衣服透水的速度来看，应该是海流。”冰友镇定回答。

一时间，我们缄默。如果是个不会游泳的极友，如果没有这女子的临危不乱和精湛技术，或者冰水一下子没了她的头，涌动的暗流将她瞬间裹挟推走，如果她冻僵的手脚开始抽筋，如果这个透亮的融池整个塌陷……

不敢继续想象下去。

稍打个岔。若问你，海冰结实还是河冰结实，估计大多数人都会说：“当然海冰结实了，多广大啊，多厚啊。”

其实，海冰不如淡水冰密度大。一般情况下，海冰的坚固程度，约为淡水冰的 75%。也就是说，人若在 7.5 厘米厚的河冰上就可以安全行走，那么在海冰上面，安全的厚度则须有 10 厘米。

海冰在形成和增厚过程中，海水中的盐卤会不断析出。重力作用下盐卤下流，形成了一个个流通道，此通道呈网状结构。所以，看起来整齐划一的海冰，内里像块发酵的面包，千疮百孔。再加上北极冰层在变薄，海冰内部，危机四伏。

冰友和丈夫，带着可爱的小女儿同游北极点。上四年级的小姑娘也目睹了母亲陷落冰水奋勇自救的场面，把这个经历写成纪实文章，登在了《极地日报》上。

文章结尾处，小姑娘俏皮地说，如果我妈妈有尾巴，她从冰水里爬出来的时候，尾巴上可能会挂着三条鱼。

举重若轻富有想象力的小姑娘！

冰友说，她陷落的那个融池，周围并没有插警戒红旗。而且，在附近的探险队队员，目睹险情并未施救。

冰友说：“对这一点，我能理解。融池是在不断变化中，冰裂也无可预测。我们出发前，是签了生死状的。极地探险中的规则，是在极端情况发生时，其他人并没有施救义务。所以，我非常感谢我先生，不顾危险出手全力救我。在此诚挚呼吁所有今后到北极点一游的人，不要在浅层冰水中留影了。海冰不可捉摸，让我们以敬重之心，远离暗藏杀机的绝美融池。”

14 右手持枪，左手持陶土小熊

船上的外籍探险队，由多个国家人员组成，博学多能身手不凡，且身兼数职。

讲解浮冰和鲸类知识的比特女士，是德国研究生物学的博士。她讲课的风格是不疾不徐，没多少激情，理论严谨，信息量很大。总体来说，听着吃力，不太吸引人。她可不是躲在象牙塔里的书呆子，而是经常深入一线，和珍稀动物打交道，第一手资料颇丰。2014 年冬，德国北部有许多鲸鱼在海岸搁浅死亡，她立刻赶去参与解剖，以判断鲸鱼死亡的确切原因。

课堂上，比特博士打出一张图片。一屠宰工，身穿水淋淋的橡胶长围裙，脚套黑漆漆高靿长胶靴，面对一堵高墙，张牙舞爪地挥舞钢锯……

比特用激光笔上的红点，聚焦那人的鼻尖说："这就是我。"

吓了一跳，此刻斯文雅致的女博士，彼时完全像肉联厂屠户。

"这是已经死去的鲸鱼。"比特女士语调哀伤。

我们这才看清，那堵锃光瓦亮闪着幽蓝色泽的光滑立面，并非墙壁，而是鲸鱼肉身。整鲸体积那叫一个大，相当于两辆大通道公共汽车叠垒一处，抵近观察，见头不见尾。比特博士一张张图片鱼贯打出，随着她的电锯插入，鲸鱼腹部被切割开来，如同搬动了一扇极厚重的乳白色木门……

"这是鲸脂。像这样大的鲸鱼，一共死了 12 条。"比特博士惋惜叹道。

"死亡原因是什么？"人们恐慌追问。

"解剖了鲸鱼的胃，发现它们的食物不健康，肚肠里有塑料袋和渔网。最直接的致死原因，估计是气候变化导致海洋洋流方向的改变，鲸群找不到它们平常洄游的路线。更确切地说，鲸群迷路了，悲惨地误入了浅水区。”比特博士详解。

接下来比特博士给大家播放了各种鲸在海中发出的声音，并对白鲸的歌声击节赞赏，说是非常好听。这是我第一次听到鲸之歌唱，坦率地说，近乎轻噪声。被力捧的歌者白鲸的歌声，我并不觉多么悦耳，至多算不难听的无调嘶鸣。不知比特博士搜寻到的这位白鲸演唱家，是男高音还是女高音。播放鲸歌时，比特博士半眯着眼摇头晃脑甚为陶醉，我想她对鲸的爱，已近走火入魔。

还有一位探险队队员叫迪马，身材极为魁梧。祭海神那天隆重扮演波塞冬的，我怀疑就是他。他年纪虽轻，历险却已是家常便饭。某天傍晚，他独自在俄罗斯东部的山野中行走，突然看到泥土上留有新鲜的陌生痕迹。他想：这是哪种型号的摩托车啊？轮胎花纹真够特别的。这样走着想着，很快就有了答案。奇怪的叫声在他身旁响起，他愣了一下，直觉这得是多么大的一只猫啊，才能发出如此响亮的声音。念头闪过，猛然间一只毛茸茸的动物，从距离他不到两米的地方跳将出来，瞪着铜铃大的眼睛直盯盯打量他……迪马这才极为震惊地认出来——老虎！还是母虎！此刻，如果母老虎发起攻击，迪马将顷刻毙命。奇怪的是母老虎狠狠地扫视了他一番，并未张开血盆大口，而是转身一个虎步，跳将回密林。迪马循着它遁去的身影一望，这才发现，树丛中还藏着一只嗷嗷待哺的小老虎……

一般说来，哺乳期的雌虎异常凶悍，迪马真是命大啊！

“50 年胜利号”酒吧里，有个帅哥调酒师，名叫米辰。他是这条航线上的常客，跑过很多次了，各色人等也见识多多。我私下揣摩：这活儿干得久了，会不会感到无聊？望窗外，是一成不变的银色冰封海洋；望窗内，是五颜六色的空酒瓶子和一帮半醺的客人。米辰说，能帮人选酒，是件让他很高兴的事儿。“很有成就感哦。初次见面，就能迅速判断出客人的喜好，帮他选出适合他口味的酒，客人很开心，我也就随之开心。”他接着说，“我最大的爱好，就是看到别人开心。”（我有点不恭敬地想，处处想让别人开心，这是不是童年养成的讨好习惯？警觉自己犯了心理学家的职业病，赶紧打住。）在一般人眼里，选酒似乎很简单，从一大排酒瓶子里，随手拈来就是，而米辰认为，选酒是一种文化，大有值得深入研究的学问。

人们问他："既然这条航线你也跑过很多趟了，是否已经对景色无动于衷？"他接下来以一个现代酒保身份说出来的话，让我刮目相看。

米辰说："这条北极点航线的景致之壮丽，在世界上无可匹敌。我身为调酒师，当然希望酒吧生意红火，来喝酒的人越多时间越长越好（我私心估摸按照销量应该有提成）。不过对那些一天到晚泡在酒吧的客人，我为他们深深遗憾。多难得啊！好不容易来一次北极点，80% 的时间把自己喝得醉醺醺，视物不清，真是暴殄天物。"

"你晚上最忙吧？"有人问。

"晚上忙，白天也忙。有些客人一大早就候在酒吧，等着 10 点钟一开张就买酒喝。有时这样的人太多，都排起队来。"米辰惆怅地眨眨眼，替那些人深表惋惜。

"依你的经验，哪里的人最爱泡酒吧？"人们好奇，接着问。

米辰想了一下说："以我个人有限的见闻来看，属英国来的客人最乐意喝酒。"

我原以为是俄罗斯人最爱喝酒。后来一想，"50 年胜利号"所开的夏季北极航线，包船基本上都给了俄国以外的人，所以无从比较。

探险队的科瑞先生，本职工作是建筑师，业务是在国家公园里设计景观桥、观光台和索道（看来主要是为国企服务）。他十分得意地说，刚刚完成一个项目，是在意大利罗马附近的国家公园里，建了一座长 100 多米的桥。

我稍腹诽，公园里建个百多米的桥，作为资深设计师，也犯不上这么得意扬扬啊。

科瑞先生说："构思图纸的时候，我专门设计了一种能让桥面摆动的装置。桥建好后，游客们一走上去，桥就晃个不停，人们吓得大声尖叫……"

说到这里，科瑞先生开心地笑起来。恶作剧得逞，设计师达到了吓唬客人的目的，很有成就感。他反问："能在公共场合和大家伙开个玩笑，是不是很有趣？当然啦，桥的安全性完全没有问题。"

科瑞设计师自以为得意的晃桥方案，我不敢觉得有趣。我晕船晕车，对一切晃动噤若寒蝉。想想看，一座醉鬼般踉踉跄跄的桥，吓人。估计能成为噱头，会有人蜂拥而至，享受新鲜刺激。很多人喜欢体验不一般的感受，以打破无聊。愿这座桥成为巨型摇篮，祝该公园人流如织。

某天，《极地日报》登出日程安排——学做陶土小北极熊，一时很想尝试。看看笨手笨脚的我，能不能像古代农妇一般，做个简陋陶器。授课时间快到了，从船舱一路飞奔经外甲板“寒路”，进到船艉课堂。慌里慌张，没来得及穿外套，全身冻抖，手指冷凝得打不过弯。

幸好没迟到。俄罗斯雕塑家米哈伊先生，正拿着一盒盒精装陶土，分发给众学员，预备开始授课。

米哈伊身高足有1米9，手也特大。雕塑这种身长不过七八厘米的小北极熊，真是屈才。他应该在宏伟的广场上，制作北极熊青铜雕。

陶土原料很精致，呈深粉色饼干状，好像有香喷喷的点心味道散发出来。米哈伊老师说，陶土是他事先准备好，特地带上船的。粉末经过了特殊程序过滤，很细腻，不会开裂。学员们每人分得一块，捏在手里，软而韧，有软黏的摩擦感。工具是类似不锈钢餐刀的雕塑刀。

请把你手中的陶土，揉成一个长条，然后，均分成三部分。米哈伊老师开始传授捏陶土小北极熊的要领。

我三下两下揉搓好陶土条，手起刀落，把长条状陶土分成三等份。同桌老芦，那叫一个慢。先把陶土条揉了又揉，好像准备做陶土饺子的剂子。然后眯缝着眼，左右端详了半天，再稳稳下刀，切成三部分。

“真够磨蹭的。”我笑话他。

“你虽快，但这三等份不怎么均匀，大的大来小的小。”他挑剔我。

我说：“又不是做算术，哪里用这么精确。”

米哈伊老师说：“北极熊的身体由三部分组成。一是它的头和脖子，二是它的身体，三是它的四条腿。比例大致相仿，这就是我们要把陶土分成三等份的原因，每块陶土，都将成为北极熊身体的一部分。”

我笑话老芦：“怎么样？大自然中的生物，奇形怪状的有的是，没那么标准。”

不同于温带的圆脑袋瓜熊猫，北极熊的脑袋尖尖的

老芦不为我所动，继续精雕细刻分匀他那三等份陶土。

老师紧接着传授北极熊三部分身体的具体形状。大致说来，头和脖子这块就像倒三角形。身体呢，像一个卵圆形。腿呢，就像四根小柱子。把这几部分完成之后，就是组装了。

我学着米哈伊老师的样子，开始捏北极熊的脑袋和脖子。一边捏一边琢磨，是喽，它的脑袋相比庞大的躯干和修长的脖子来说，比较尖翘。看惯了熊猫的圆脑袋瓜，对北极熊的尖脑袋一时有点不习惯。熊猫生活在温带，自然不需要那么长的脖子并装备同样长的气管，来给冷空气加热。北极熊则不同，靠着小脑袋长脖子的配置，才不会让北极的寒气伤了肺窝子。头部完成后，我把自己分不匀的最大的一块，做成了北极熊的四肢。你想啊，北极熊能在冰原上健步如飞，在冰海中俯仰自如，没有强健的四肢哪能行！相对比较小的那块陶土，成了北极熊的躯干。

陶土变得有点干，黏性不够。我毫不吝啬地往上面涂水，不料太慷慨的水让北极熊变得软塌塌，好像得了痨病。再加上我在四条腿上用料过多，和相对瘦弱的身体不匹配。勉强搭在一处，如果不看那个还算形似的头和脖子，我捏的这只北极熊，有点像小板凳。

我偷瞧了一下同桌，老芦的北极熊后来居上，身形矫健，四腿匀称，昂首挺胸，很有几分模样了。他正用雕塑刀在北极熊的爪子上勾勒，边刻着脚趾，边问老师：“北极熊有几根脚指头呢？”

“5 根。和人类一样，只是指甲非常尖锐，那是它的武器。”米哈伊老师站在一旁，看着老芦的成品，相当满意。一眼瞅到我那个弯腰塌背摇摇欲坠的北极熊，赶紧出手相助，大刀阔斧地调整了身形比例，我自造的这只苦命北极熊，好歹能立住了。我拿着完工的北极熊和米哈伊老师合了一个影。如果你觉得我的陶土小熊还不错，那要归功于米哈伊老师的起死回生之功。如果你觉得比较拙劣，那就是我前期工作太差劲，以致老师也回天乏力。

细心的老芦给他的北极熊抹上一点点水，进一步修光，然后又用雕塑刀这里刮刮，那里削削。挑一挑，抹一抹，力求尽善尽美。

米哈伊老师很会鼓励人，尽管我的小北极熊相当拙劣，他还是竖起了大拇指

米哈伊老师很会鼓励人，尽管我的小北极熊相当拙劣，他还是竖起了大拇指。他在大家的工作台边转来转去，看到先天不良后天失养甚至病入膏肓的小熊，马上耐心指导出手相救，以挽救熊命。有时，看到学员的小熊实在生命垂危，索性大手张开，将不成嘴脸的小熊放在手心，毁去一部分，增添一部分，三捏两摆弄，小熊就起死回生，陡然立在他的手掌心，形神俱佳。

两天后，“50 年胜利号”抵达北极点。我下船踏冰，完成集体仪式后，向远方走去，想找一个完全无人的背景，照一张相。只有我和无尽的冰雪，至简至白。走着走着，我被人拦下了。他手持钢枪，很严肃地说：“你停步。不能继续向前走了。”

米哈伊老师妙手回春，拯救了不少不成嘴脸的小熊

雕塑家米哈伊老师现在是防北极熊的工作人员，
大家看他是不是有 1 米 9 那么高

不远处有一汪融池，蓝幽幽的，好像上天坠落凡世的魅眼。我说："我就往前走几步，到那里照张相就回来。"

"不行。那里已经超出了我们踏勘过的安全范围。"

高大威猛的汉子，脾气还不错，苦口婆心地解释。

这声音十分耳熟，定睛一看，果然啊，熟人！原来是米哈伊老师。

我用几乎冻僵的手，做了一个捏北极熊的动作，说："您不是雕塑家吗？"

他温和一笑，向上方挥挥手中长枪，说："我现在是防北极熊的工作队员。"

我说："不是说北极点从没见过北极熊吗？干吗如临大敌？"

米哈伊老师说："以防万一！"

于是，我只好放弃到不远处空无一人的融池边留影的企图，改成和米哈伊老师合了一张影。现在，把这两张照片都发出来，请大家看看米哈伊老师是不是有 1 米 9 那么高（备注：我身高是 168.5 厘米）？

我用厚厚的防寒棉袄做保护层，裹着我的陶土小熊，让它安全迁徙我家。此刻它正站在我的书架上，萌萌地看着我。老芦塑的那只熊，比我这只威武形象多了，可惜在路上被野蛮装卸摔碎，只得丢弃。我有时想，是不是我当时在胶泥上抹水较多，陶土粒们黏合得更牢固一些呢？祸福相倚。不管怎么说，在我和米哈伊老师共同努力下，这只小北极熊才在北冰洋冰海之上，从一团点心似的陶泥中脱颖而出，跋涉万水千山，从此与我做伴，有了新家。

这根其貌不扬的金属筒就是“时间胶囊”

许愿瓶里的秘密

在“50年胜利号”之旅中，除了登岛和坐直升机巡航，再就是北极点上的狂欢。百十个客人左顾右盼，有大把空闲时间可用来消磨。让游人们觉得生动丰富不虚此行，每天都有所收获，也并非易事。波塞冬公司和极之美公司，都是很有经验的旅行机构，安排了若干有趣活动，将旅人们的时间填充得像高级饭店的羽绒枕头，鼓鼓囊囊。每天在期待中醒来，在满足中睡去。唯一让人不习惯的是，醒来也是白天，睡去也是白天。不过这是老天爷馈赠的北极礼，你必得收下。

奢侈，有时不再是积攒各类罕见物品，而是能够自由支配无华的时间。

船上图书馆，有根貌似不锈钢材质的直筒。约 1.1 米长，直径 10 厘米左右。分为上下两截，中间有螺丝扣，可拧开再旋上。它静矗一边，以至于相当长一段时间，我都没有留意到它的存在，以为是船方无关紧要的小设备。

某天，一位秀丽而优雅的中年女士对我说：“您知道吗？它是时间胶囊。”

这船上的女士（恕除我外），几乎都是美丽的，举止合范，进退有度。细端详之下，其中天生丽质的比例，也和一般人群差不多，端丽多半来自她们的后天修为。一来经济上宽裕多时，衣食无忧，不必为柴米酱醋盐忧心忡忡，眉宇间便少了贫困拧折的皱纹。二来她们多喜好旅行，言谈间见多识广，有历练积累之醇厚，呈宁静丰足之相。再加上习瑜伽信佛法等，诸多修炼养成，如橡木桶中典藏至正好的清澈红酒。

船客相逢聚谈，通常友善。大而不傲慢，老而不骄矜，小而不卑弱，弱而不羞惭。

不过我依然确信，每一个面露幸福的女子，生命也曾有过千疮百孔，不过是善于巧手织补罢了，方得此安乐欢喜。每一个豁达睿智的男人，必有他殚精竭虑百折不挠的奋斗史，只是未曾言说，显现给众人看的是沉稳泰然。

我是医生出身，一听“胶囊”二字，就有遇到故知的熟络感。记得当年求学时，药理老师问过：“知道某些药品为什么要制成胶囊剂型吗？”

我们回答，口型一致——苦。

老师说：“这算一个理由，有些药品确实口感不良。此外，还有……”

大家道：“好看。”

老师皱眉：“这个勉强算吧。不过，只要不是小孩子，一般人对药品的外貌，并没有特别要求。”

有人小声说：“有些药对胃肠黏膜刺激性太大，有了胶囊，多了保护层。”

老师点点头，这个成立。

之后，众学员就无语了，想不出胶囊这厮有何更多存在的理由。

老师自己把问题答完整：“胶囊可用特殊材料制成，安全经过胃，入肠道再融化，缓缓释出内容物，起到相应疗效，定时定量……”

那天课堂上获得的最终印象是——胶囊如负有使命的特工，任重道远。对胶囊的好印象持续到知晓鞋底子能制成胶囊的那一刻，敬意变成惊悚。

就称那位秀丽的女士为“白茶”吧。这是我在五颜六色的茶（黑茶、红茶、绿茶、青茶……）当中，最喜欢的一种。

我问白茶：“时间胶囊？把时间装在不锈钢里面吗？”

白茶答：“不是把时间装进去，是把我们要对几百万年后的人说的话，写在纸上，装在合金罐里，沉入北冰洋海底。”

我打量银桶说：“叫它‘胶囊’，有点屈才。改叫‘炮筒’比较相宜。”

白茶道：“这是船上装核材料的外包装。现在是废物利用，材质极好。”

我问：“任谁都可以写留言吗？”

白茶说：“是。每人写完后，都装进胶囊。船上会举行一个仪式，把胶囊沉入 4000 多米的北冰洋底。不知它什么时候会被打捞上来，也许地球毁灭之时，它飞向外太空，被其他星系上的智慧生命捕捉到，打开一看，就知道今天地球上的人想了些什么……这是写给云端的信……这是写往彗星的信……这是……"

白茶微笑，笑容甜暖。感谢她颇富诗意的解释，我大致明白了来龙去脉。

我问："确切否？"

白茶一笑："暂时还是小道消息。不过，很快就会正式宣布这个计划，我要提早琢磨写点什么好。"

回到舱房，我和老芦说起这事儿。老芦闻之正色道："这事儿得问问总工程师。"

我不解："此事儿与总工何干？"

老芦说："就算核材料取出来藏进了反应堆，外包装也有放射性啊！包装筒岂能随随便便丢进北冰洋？跟日本福岛核电站似的，污染全世界的海水啊！"

我自愧完全不曾意识到这个高度。

老芦说到做到，斗胆咨询了"50年胜利号"总工，回来后向我转述人家的明确回复。

第一，"50年胜利号"绝对不可能把核材料的外包装物挪作他用。

第二，总工程师本人从未见过这个所谓的"时间胶囊"。

第三，总工程师认为，船上的任何零件都不可能抵御几百万年时间和海水的破坏侵蚀。

老芦为他取得的第一手资料沾沾自喜，甚至可说扬扬得意。感谢他严谨的科学精神，生生把一个象征性的环保活动，搞成冤假错案。

我问他："既知真相，你还会写字条填进时间胶囊吗？"

他断然道："我才不写。"

我说："就算是个游戏，我也写。"

"时间胶囊"创意广而告之后，经常看到来来往往的人们，走进图书馆，掏出自己写的纸片，略带鬼祟地拧开亮闪闪的巨型胶囊盖子，不动声色塞进去。

我苦思冥想写好一纸，叠起它往外走。老芦问："你干什么去？"

我说："在装过核材料的筒子里，放入我的祝愿词。"

老芦说："稍等，我也去。"

我翻白眼："你又没写，为什么还去？"

老芦道："不写归不写，热闹还是要看的。"

我们漫步至图书馆，拧开"时间胶囊"。哟！几天未看，筒内已满满当当。我说："船上拢共百多客人，工作人员见怪不怪，估计不会参加。你这种人，跟未来无话可说，也不写。按说不该填堵成这样啊……看来我是全船最后一个写信的人了。"

老芦道："据我所知，你并不是最后的人。筒里这般拥挤，是因为之前有人写足一大张纸，像大字报。还有人把自己的一幅画卷起来，整个塞进去。所以，纸满为患。"

好在我的纸片十分薄，把筒子上下颠晃，摇出个小腔隙，耐心塞了进去。

激动人心的时刻到来。广播里说让大家穿暖和，速到前甲板——"时间胶囊"就要潜入海了！

众人聚集在寒风呼啸的船艏，阳队长搂着那个寒光四射的合金筒，沿金属梯登上高处平台。

"女士们先生们，时间到了。我要在大家的见证下，把这个时间胶囊，投入此处的北冰洋底。让我们一起期待这个庄严的时刻！"阳队长豪情万丈地说完，挺直身躯，双臂过头，高高举起合金筒，正要以一条优美的弧线将此物抛入北冰洋，突然一男子从船舱门里趺趺撞撞而出，边跑边喊："慢着……等一等……"

人们屏住呼吸，原本静等着自己的心愿沉入冰海，期盼它在亿万年后重见天日，却不想还未入水便陡生波折。一时愕然，不知出了什么状况。

阳队长一个急停，踉跄着收回前扑的爆发力，差点没栽出栏杆。

"我……刚刚写完……还来得及……吗……"该男子上气不接下气地说。

大家长出一口气，以为出了什么惊天大事，原来这哥们儿要赶"时间胶囊"的末班车。

阳队长好脾气地接过这最后一封写给未来的信，装入"时间胶囊"。大伙无声地等待着，估计有人对后来者腹诽：您有什么要说的话，早干什么去了？非得拖拖拉拉到最后一秒！

阳队长重整旗鼓，说："让我们一块儿来倒计时。"

9——8——7——6——5……1……

阳队长高尔夫球技当属上乘，一个矫健身姿，被人们寄予无限期望的“时间胶囊”飞脱他的掌心，在灰蓝色的天际活泼地翻滚出曲线，一往无前地坠向船前方的冰海。

人们恋恋不舍地扒着甲板边缘向下窥探，目送“时间胶囊”入海。突然发现它并未如期落水，而是连着弹跳几下，扑跌坚冰之上。船体高大，向下俯瞰，“时间胶囊”十分细窄，如同一枚银色大头针。众人哗然：“这可如何是好？”如果“时间胶囊”随浮冰漂走，顺着洋流迁徙，一个月之后，它有可能抵达加拿大海滨。

遗憾的目光聚向阳队长。阳队长胸有成竹地点点头说：“它在我们的船艏方向，很快破冰船就会将那里的浮冰击碎，它会如约沉入北冰洋底……”

阳队长把“时间胶囊”投入北冰洋

果然，“50 年胜利号”昂首破冰，接承“时间胶囊”的冰层断裂粉碎，蔚蓝色的波涛从冰层下涌上，瞬间卷走了“时间胶囊”闪着金属光泽的身影……

极端静寂降临，笼罩所有人。好像每个人生命的一部分，随之下潜并有了一个安放的圣地。人们再无兴致交谈聊天，缄默着散去。

我猜，大家在这个瞬间，共同的思绪是——我的愿望，何时会被人展读？当胶囊重见天日时，书写它的脆弱肉身早已化为烟缕，唯有不灭的祝愿，尚在天地间飞翔。

回舱，我沉浸在莫名感动之中。老芦自语道：“从阳队长再次打开‘时间胶囊’补放字条的过程来看，金属筒的密封程度相当差。我本以为即使不会焊接锁闭，起码也得用胶体或是某种防水材料粘堵一番。结果，什么都没有。像用普通螺丝螺母那般随意紧固了一下，就完事儿了。”

他说的乃实情。“那又怎样？”我问，不知他何意。

“后果显而易见。这个脆弱的‘时间胶囊’，根本等不到什么几千几万年后的什么人来看。几分钟之后它就会进水。”老芦笃定地说。

“然后呢？”我还是猜不透他到底想说什么。

“金属筒里，不过是些普通纸片。海水涌进后迅速化成纸浆，一切烟消云散。”老芦不顾我痛惜的神色，推进他的冷血逻辑。

“之后呢……”我既是问他，也是自问。

“没什么再然后了。就算那个金属筒子还有点分量，也完全不可能沉入4000 米之下的北冰洋底。海水有盐，浮力很大，水压也很大。这个空心筒会被压扁，然后漂走，不知所终……”

老芦说的有道理，不过，不要细究了吧。

猛然间想起毛主席老人家的名言“一万年太久，只争朝夕”。为什么要等那么久远？不能现在就把愿望公布于世？我和优雅的白茶女士聊到这个话题，她说：“有道理。不过要回答‘时间胶囊’里到底写了什么，先要知道大家为什么要到北极点来。也就是说，上船的动机是什么。这两个问题，环环相套。”

白茶女士不辞劳苦地搜集来了大家乘坐“50 年胜利号”探寻北极点的动机，我一边看，一边在心中点评。

刘小朋友：好玩，想看北极熊！（该小朋友已达目的。）

刘先生：人总想看看不容易看到的东西，希望探求未知。主要也是为孩子着想，孩子已经去过很多地方了，但北冰洋、北极点是很难抵达的地方。全世界七大洲四大洋，都要走走。此外还能长知识，与同行的人交流也是学习。（估计刘先生是刘小朋友的爸爸。）

代先生：探索世界的极点，把世界踩在脚下。那里人迹罕至，一般人难以到达。北极对每个人都有吸引力。（说出了大家的心里话。）

唐女士：走南闯北是一句俗话。我已经去过南极了，于是想要再来北极，走遍世界两极，这多好，圆满。（该女士可以再到赤道看看。）

程女士：想挑战一下自己，没去过的地方都想去，对世界充满好奇。（世界很大，要去的地方很多。一生很短，要抓紧哦。）

木先生：主要是为了躲避债主催债的电话，去一个没有信号的地方啊。（开玩笑了。真要还债，就把船票卖了吧。）

常女士：我也是去过南极了，再来一趟北极，就穿过这个地球了。（还可以如针线般多穿几个来回。）

吴先生：休假这件事儿，要去一个带点探险精神的地方。回去好吹牛啊。能让自己铭记到底要做什么，成为一个怎样的人。不忘初心。（休假即探险，提法有创意。胆小者勿休假。）

任女士：就是从心里喜欢北极。喜欢北极的雪啊，天气啊，动物什么的。（我深有同感，酷爱漫天皆白。）

王先生：好奇是人的天性，主要是对人迹罕至的北极好奇。（人迹罕至，看来是北极关键词，爱好孤独。）

范先生：对未知的东西好奇，渴望探险。（好奇这个词出现的频率很高。）

乔女士：为了净化心灵啊。平时工作忙碌，压力很大，放松一下。（干净的地方，心灵容易得到清洁。我想，也不一定吧。）

许女士：世界这么大，想要多走走多看看。已经走过了几十个国家，抵达两极是梦想。去过了北极，知道人生到底能走多远。（人生到底能走多远呢？不到停步那一天，我们不会知道。）

马女士：和儿子一起看看这个世界有多大。（我也特别喜欢和亲人一起旅行。）

……

白茶说："您看了以后，觉得怎样？"

我说："我们以为自己与别人有很大不同，其实大家都差不多。"

白茶说："这就可以回答您的问题了。您想知道大家在'时间胶囊'的许愿瓶里都写了什么，从大家为什么上船来看——都差不多。"

我说："明白啦！您的推断很正确，可举一反三。不过，我还是很想亲口听大家说出自己在许愿瓶里都写了什么。"

白茶思忖着说："您要问别人在许愿瓶里写了什么，会不会有涉及隐私之嫌？"

我说："您说得很对，是涉及隐私。"

白茶说："那人家不告诉您，怎么办？"

我说："一点办法也没有。不过我想，既然我们的想法都不怕将来让素不相识的人甚至外星人知道，为什么现在就不能说呢？谁不愿意说，我也没法逼着他说。不说就算了呗，胡乱说也可以。反正谁也不可能把'时间胶囊'从北冰洋底捞上来核对。"

说到这儿，想起老芦乌鸦嘴的铁口直断。几天过去，筒子里头的纸早泡糟了，就算捞起来看，也是枉然。

白茶说："祝您与众人探索成功。"

之后的日子，我积极投入行动。先和极友们聊点鸡零狗碎的琐事儿，然后瞅准时机，假装轻描淡写地问："我有一个问题，不知道当问不当问。如果您不愿意回答，完全可以不理我，岔开说别的话就成。"

对方一般会很客气地说："您只管讲。倘若我知道，一定告诉您。"

我说："这答案，您是一定知道的，就是不知您敢不敢回答。"

这时，极友的好奇心就被激发起来。要知道这条船上的人，纵有千般不同，但好奇心重是通病。极友此刻显得比我还急，忙问："快请说。"

我欲擒故纵，拖延道："如果有所唐突，请原谅。"

极友简直急不可耐了，说："您说，您直说。"

我尽量轻声细语地问："想知道您在那天抛入大海的许愿瓶中，写了什么。"

极友一愣。估计除我以外，这船上的人，没有这样没眼色招人讨厌的。几天来，大家都不谈论此事儿，好像"时间胶囊"成了一个忌讳。

我说："您不必为难，完全不用理会。您是一到摩尔曼斯克，就直接回莫斯科吗？"

我给对方一个台阶。

但是，对方会在短暂的沉默之后说："我可以告诉您。不过，请您保密。因为，这似乎是只能让未来的人知道的事儿。"

我点点头，表明一定为这被泄露的天机严守秘密。

"我写的是，祝我的家人安康幸福，祝天下太平！"

"我写的是，世界和平，人间美满！"

"我写的是，愿永远没有战争，众生安好！我所有的亲人喜乐平安！"

"我写的是，父母长寿，孩子茁壮成长。世界人民大团结万岁。"

"我写的是，祝自己身体健康！祝我爱的人岁月静好。"

"我写的是……"

亲爱的读者，您看到这儿是不是有轻微的失望？如果有，那咱们算是同伙，或者说英雄所见略同。就这些个呀？太普通太平凡太一般太不足挂齿啦！这有什么需要保密的？哪里算得上是隐私呢？如果不像老芦预判的那般悲观，"时间胶囊"完好无缺地保存下来，亿万年后真有什么人翻看这些祈愿，会不会觉得大同小异、毫无创见、枯燥刻板呢？！浏览几张过后，会不会就感到索然无味丢手再不看了呢？

不知道。

在我听到的回答中，唯有一个男子比较特殊。

"我写给了一个女人。"他说。

"哦。"我尽量压抑住自己的惊讶——总算遇到一个差样的了，赶紧假装平静，怕面容陡变，把他吓回去。

"我祈求她的原谅。我回去之后，就会和她分手。我把对她的祝福，沉在北冰洋里了。"

他说完，把目光转向甲板远方的冰天雪地。

我不知说什么好，第一次觉得自己唐突和冒犯。某些祝福，还是留给当事人独自心心念念为好。

一个人的知觉，对其他人来说，如同死海。人们匆匆漂浮其上，只有埋头的你，知道水的剧咸。

在我们的船报上，登出了这样一封写给未来的信。在征得作者同意之后，我略做删节，抄录在下面。

给未来人的一封信

很难想象谁会读到这封信。但是写这样一封给陌生人或许是未来人的信，却是一件非常有意义的事情。我是 2016 年 7 月 27 日乘俄罗斯“50 年胜利号”破冰船到达地球最北端的一个幸运者。之所以称为幸运，是因为到目前为止，全世界登陆北纬 90 度的人还不到 25000 人。听说这封信将被放进一个同放置核物质装置同样材料的筒子，并沉入 4000 多米深的北冰洋。或许它再次露出水面的时候，会是几百万年之后。一想到这些就会激动不已，这是一封写给未来世界的信！

希望那个时候地球还是很好。我知道我们现在对地球生态的破坏有多大，目前北极浮冰锐减。虽然我们清楚地知道南北极浮冰融化后对地球和人类的危害，可是商业利益仍然会使一些人神往。这是多么令人悲哀的事情。我们所处的世界，就是这样一个充满竞争的现状。各个国家只关注短期、眼前的利益，没有人能够改变这种状况。如果这种状况持续下去，会给你们带来很多意想不到的伤害。如果真是如此，请接受我这个先人的道歉，为我不能阻止这样的破坏而道歉。衷心希望在我们这代人到你们之间，能有一些英雄出现，能够做出一些重大的改变，能够让地球的生态更加健康，人类文明可以持续更久。当这封信随着筒子落入北冰洋的时候，我也向海神给出自己的誓言：我会尽自己的力量保护北极、保护地球生态，让更多的后代，仍然能够目睹地球美丽的自然风光！

白茶前不久告诉我，她将建一个保护北极的网站。

有一些优雅的女人，如同珍稀的香料，磨得越细碎，香气就越浓。

终年被冰层覆盖的法兰士约瑟夫地群岛

16

偷黄油的死者之墓

法兰士约瑟夫地群岛上，曾留下一位美籍探险队队员的爷爷的足迹。归程抵近这个岛屿时，年过半百的孙女，激动地为我们讲述过去的一切。

1872年，奥匈帝国的军官尤利乌斯·派尔和卡尔·魏普雷希特率领的探险队，乘一艘名为“捷列特霍夫号”的船进行北极探险。他们被冻结在新地岛西北海面上，随冰漂流了372天（比一年还久）。1873年8月30日，他们发现了一块石头山地，登岛后把这一片海域的岛屿，命名为法兰士约瑟夫地群岛。

它位于东半球最北端，是从陆地抵达北极点的最后跳板。东西跨度是375千米，南北跨度是234千米。冬天最低气温可达零下50摄氏度，夏季的平均气温是1.7摄氏度。它酷爱白色，冬装从每年9月披上身，一直完整地穿到来年4月。当地球低纬度地区早已进入春天时，此地95%的海面还被冰层覆盖。每年要到6月份，海冰才姗姗融化。

一路上所看到的岛屿，基本上总是被大雾包绕。探险队老师说，地球南边吹来的空气，从北冰洋湿冷冰面扫过，就产生了黏滞而持久的浓雾。这个群岛的生态条件非常严酷，风蚀强烈，地表除了厚厚的积雪陈冰，全是巨大的岩石和破裂的碎石，植被极为稀疏。据说在北纬75度以北，所有种类的植物加起来，不超过80种。只有地衣和苔藓，挣扎在岩石缝隙中，呈点状分布，令人心疼。偶尔可在布满冰碛砾石的土壤上，看到极地罂粟倔强地迎风摇摆。顺便说一句，极地罂粟不含罂粟碱，无毒。

我在法兰士约瑟夫地群岛

群岛为何得名？

故事的开头，像一个童话。1848 年 12 月 2 日，他在维也纳登位，只有 18 岁。他血统高贵，是有着 600 年历史的哈布斯堡家族的嫡系传人。年轻英俊的帝王，统治着欧洲第二大帝国。他记忆力非凡，办事儿严谨，异常勤奋，每天勤政达 12 小时以上。他从小被按照军人的要求严格培养，终生穿军服。他坚持每天洗冷水澡，睡行军床。他能熟练运用辽阔辖区内子民们所使用的 8 种语言。他的皇后异常美丽……天之贵胄洪福齐天。

赞美完，再说说他的不足之处。

他并不运筹帷幄，也不卓越杰出。执政虽勤奋，但没有大智慧。再加天时不利，

迎风摇摆的极地罂粟。虽然名为罂粟，但它并不含罂粟碱，无毒

复杂政治角逐中，常出纰漏。他于 1914 年 7 月发出最后通牒，导致第一次世界大战爆发。他在位 68 年，命运多舛。弟弟在墨西哥被枪决，皇后在日内瓦被意大利人刺死，皇储刚过 30 岁就自杀身亡，他亲自选定的继承人又被暗杀……他为之奋斗一生的帝国，自此摇摇欲坠。他的一生，成为一个强大帝国漫长而痛苦的衰落及崩溃过程的缩影。

这个人，就是奥匈帝国的悲剧皇帝法兰士·约瑟夫一世。

啰里啰唆说了这半天，你可能还是觉得此皇帝面目模糊。那么，我换一种说法，或许简明扼要。

这个世界上最北方的群岛，是以茜茜公主丈夫之名命名的。

噢!

法兰士·约瑟夫是奥地利皇帝及匈牙利国王，还拥有一长串王冠王号。如：受上帝护佑的奥地利皇帝；匈牙利和波希米亚、达尔马提亚、克罗地亚、斯洛文尼亚、加里西亚和罗多莫里亚、伊利里亚、伦巴第和威尼斯的国王；耶路撒冷国王；奥地利公爵；托斯卡纳和克拉科夫大公；洛林、萨尔茨堡、施蒂利亚、克恩滕、卡尼鄂拉和布克维纳公爵；尼伯龙根大侯爵；摩拉维亚伯爵；上、下西里西亚，摩德纳，帕尔马，皮亚琴察，拉古扎和萨拉公爵……

吓人!

美丽活泼的茜茜公主，生在巴伐利亚贵族家庭，从小经常跟爱玩耍的公爵父亲上山打猎，在秀美的湖光山色中“放养”长成。茜茜妈妈的姐姐——奥地利皇太后苏菲，打算让儿子与茜茜的姐姐——海伦公主订婚。皇太后邀请妹妹一家人去参加儿子的生日庆典。

茜茜以打酱油身份来到奥地利。一次偷溜出去钓鱼，邂逅年轻的法兰士。王子刚刚加冕为皇帝，儒雅谦和、风度翩翩。他没能认出自己的表妹，被她的美丽开朗吸引，一见钟情。在订婚宴会上，法兰士惊喜地见到茜茜，违背母亲旨意，将一大束红玫瑰送给茜茜，宣布她为未来的皇后。茜茜自然满心欢喜，但也觉得自己坏了姐姐的好事儿，心怀内疚。关键是苏菲皇太后对儿子的选择不满意，要把这个尚未成年的活泼姑娘教导成仪态万方的皇后，实在艰巨。好在姐姐原谅了茜茜，茜茜终于成为奥地利皇后。

茜茜公主的画像

茜茜身高 172 厘米，体重 50 千克（真够瘦的），栗色头发，浅褐色的眼睛，魅力非凡，会说德语、英语、匈牙利语、古代希腊语及现代希腊语、法语、意大利语、捷克语等，深受民众喜爱。茜茜千般好，有个小缺陷，满口黄牙。不过，今天的人们看不出这个瑕疵。茜茜会藏拙，终生不曾留下一张露着牙齿的肖像或照片。

成为伊丽莎白皇后的茜茜，尽享荣耀富贵，却并不开心，她不愿做传统的妻子、母亲、皇后，以及一个庞大帝国的形象代言人，而是向往自由轻松。她连生了三个孩子，和婆婆关系一直不好。

茜茜食欲不佳，身体状况一团糟。医生诊断她得了“奔马痨”，这是当时人们对恶化极快的肺结核的称呼。茜茜病重，在没有特效药的那个时代里，基本只能等死。医生开出的药方是晒日光浴，多吃蔬菜水果，寄希望于微渺奇迹。

生命力极强的茜茜，终于战胜了病魔，重返健康。但她无力战胜命运，1889 年 1 月 30 日，在离维也纳 24 千米的迈耶林，有人发现了茜茜的儿子鲁道夫王储和他的情妇玛丽 · 费采拉的尸体——鲁道夫是先杀了情妇然后自杀。

茜茜哀伤过度，根本就不能去出事地点查看。直到王子下葬时，她才对着棺材，发出无比痛惜和不解的长叹。此后，她几乎将所有彩色衣服和首饰，都送给别人，只给自己留下黑衣，一如“悲伤的圣母”。她心灰意冷，寄情于作诗、骑马，常年带着几个随从，周游世界各国，足迹遍及亚洲及非洲大陆。她和丈夫不经常见面，据说法兰士 · 约瑟夫身边始终有情妇相伴。

1898 年 9 月 10 日下午，茜茜走出瑞士日内瓦的旅馆，仆人带好行李，身边还有宫廷命妇陪着，大家一道缓步向码头走去，预备乘船离开这座美丽城市。一个意大利的无政府主义者，为了“一鸣惊人”，选定了奥地利皇后做他的靶子。该男子尾随其后，猛然间拔出锥子，对准茜茜的胸部戳了过去。锥尖又利又细，以至于茜茜当时都没有感觉到疼痛。她下意识地说：“想干什么？想要我的手表？”人们一时没有发现她所受的致命创伤，她自己也没有意识到死亡已经迫近。她从地上爬起来，自己走到船上。可是，刚一上船，她就不行了，扑倒在地。女仆连忙解开她的衣襟，看到胸口上有一个很小的血点。船长立刻命令船掉头回岸，人们用担架将茜茜抬回旅馆。当医生匆匆赶来时，能做的事儿只有宣布茜茜的去世了。

据说法兰士·约瑟夫皇帝悲痛欲绝，在下葬前剪下她的一绺头发保存起来，从此带在胸前，一刻也不离身……直至法兰士生命的最后一刻，嘴里还喃喃呼唤着："我的天使茜茜。"

茜茜很有个性，随便说个细节可见一斑。她肩上的文身图案是三叉戟，就是咱们前头说过的那个力大无穷汹涌澎湃的海神波塞冬的兵器。她给自己的宠物狗起名叫柏拉图，自己的马呢，起名叫虚无主义者。

荒凉冷寂的北极岛屿，如何与奥地利皇帝挂上钩？

前面提到过群岛的发现者是奥匈帝国探险队。具体说起来，早在 1857 年，奥匈帝国海军上尉魏普雷希特，建议在北极地区建立多个考察站，配备必要的仪器，以便同时进行综合而连续的观测。此人并非纸上谈兵，一马当先开始实践。从 1871 年起，他和奥匈帝国陆军上尉派尔一道，驾驶蒸汽船，连续两次向北极挺进。

首航到了新地岛的北边。再次出航，船被海冰牢牢冻住，动弹不得，海军和陆军上尉只好弃船而去。他们在冰上跋涉，于 1873 年发现了陆地，这就是法兰士约瑟夫地群岛。当然，那时的群岛没有名字。他们于 1874 年遇到俄国渔船获救，遂以奥匈帝国皇帝的名字命名了这片群岛——法兰士约瑟夫地群岛。

魏普雷希特海军上尉的建议，终于得以实施。1882 年到 1883 年，被宣布为第一个"国际极地年"，并举行大会。可惜很有远见卓识的上尉本人，未能亲身到会。他已经在这之前死于他心心念念的北极探险。

不知爱好运动和旅游的茜茜公主，在生前可知晓这个无比遥远和荒凉并以她丈夫名字命名的群岛。也许，当人们淡忘旧帝国种种往事时，唯有这个群岛冷硬的存在，提示不朽的历史。

某天，船上课表打出——探险队中美国艺术家海迪女士，讲述其祖父当年在法兰士约瑟夫地群岛的探险经历。

第一个感觉是不搭界。艺术家的祖父怎么是个探险家？探险家的孙女怎么成了艺术家？其中必有故事。

两天前，我还跟海迪女士学画北极熊呢。

我自卑地对老师说："对不起，我完全没有绘画基础。"

我和海迪女士的合影

海迪多皱而温存的脸上现出笑容，说：“我就喜欢教从没有艺术基础，生平第一次拿起画笔的人。”

海迪在启动普通人艺术细胞方面颇有造诣，能让对方完全不觉紧张和自惭形秽，敢于随手涂抹。过了一会儿，她看我总是一遍遍描画北极熊的轮廓（细部不知如何下笔，正打算一根根添上熊鬃。亏她拦住我，不然这熊会像个黑毛猪），说：“你可以干脆把它做成剪纸。”

最后展示成果，同窗们拿出的都是绘画作业，唯有我，摆了个纯白纸剪成的北极熊充数。不过，海迪老师还是微笑着鼓励我这个手笨的老太婆。

现在，艺术家海迪女士开讲北极探险史，怎能不争先恐后地前去！

我画出的白熊轮廓

海迪毕业于哈佛大学艺术系，现在耶鲁大学艺术系任教。她此次参加探险队，把主业艺术教育变成了副业，主要目的是寻找祖父的脚印。

海迪某日在自家祖屋的阁楼上，发现了一包旧照片，拍摄日期是一个世纪之前。对美国这个拢共只有 200 多年历史的国家来说，真是很有沧桑感的古物。试想如果您在家中翻出了唐朝旧物，难道不惊喜万分吗？

打开细看，是海迪的祖父在 20 世纪初当医生时，跟随一支探险队进入北极的写真记录，共计几百张照片。1888 年，美国柯达公司生产出新型感光材料，制出柔软可卷绕的“胶卷”，又发明了世界上第一台安装胶卷的可携式方箱照相机。

探险队 1903 年出发，向北极驶去。随船的摄影师携带了当时最先进的照相器材，留下珍贵图片，几乎被当成科学家一般敬着。可惜这次探险，并没有如期到达北极点，基本上只是在法兰士约瑟夫地群岛周围打转（此地离着北极点还有大约 1000 千米呢）。在基本上以成败论英雄的探险界，事迹湮灭，默默无闻。

海迪老师说，她非常想追随祖父的脚步，在他老人家留下照片图像的这些岛屿走一走，以同样角度再次摄影，看看时隔 100 多年了，这些地方可有什么变化，以影像资料，向历史上的探险家致敬。

我从资料得知，当年赞助海迪祖父这拨人探险的，是个白手起家的百万富翁，名叫齐格勒。他是德国裔美国人，生于 1843 年，3 岁时父亲去世，身世很苦。

当过学徒，卖过药，后来成了烘焙业的商人，慢慢积累起财富。他只活到1905年，享年62岁。

15世纪至19世纪期间，探险家们踏遍了世界上的所有温带和热带地域。到了19世纪80年代，唯有极地地区（以及一些荒僻的丛林、沙漠和难以逾越的高山）还未留下探险家的足迹。

1901年，富起来的齐格勒先生，对北极探险产生了浓烈兴趣。虽不能亲身前往北极，但他有钱啊，于是拿出大部分家产，赞助北极探险事业。他是个有浪漫情怀的人，居然还曾构思过一部小说，名字就叫《冲向极地》。

在他去世的当天，《纽约时报》有如下报道：

> 1905年5月25日，今天早上6：45，威廉·齐格勒于康涅狄格州达里恩大岛的消暑别墅中病逝，死亡的直接原因是中风。自去年10月一次交通事故受伤以来，他始终没有完全康复，加上6周前他的养子遭遇了一次严重的事故，导致病情急剧恶化，直到周一晚上，他的主治医生艾佛利先生宣布放弃治疗。他13岁的儿子因为伤势严重无法参加葬礼，家属已经通过电报通知了还在挪威的他的秘书。秘书目前正在那里安排一支探险队6月初进入北极地区。威廉·齐格勒先生，曾独立资助过三次大的探险活动。他对北极探险事业的投入，比世界上其他所有人都要多。他最早不过是个打字社的小学徒，现在总资产超过100万美元……

那时候的上百万美元，不是一个小数字。这位有情怀的苦出身富豪，热忱地希望美国能成为世界上第一个抵达北极点的国家。他坚信，要去北极点，选择法兰士约瑟夫地群岛路线，比从格陵兰走更适宜。

您还别说，他的这两点预言，都被历史证明无比正确。他生前一共赞助了三次北极探险。其中第一和第二次，就是海迪老师祖父参与的探险，均无功而返。而第三次赞助的探险，成了取得辉煌成功的前奏。那次的船长是美国人皮尔里。1909年4月6日，皮尔里和助手到达北极点。返回后，皮尔里发现，他以前的另一名助手，弗里德利希·阿尔伯特·科克，宣称自己已于1908年到达了北极点，于是两人发生了激烈争论。时至今日，大多数地理学家已承认皮尔里是最先到达北极点的人。1911年，为了表彰他的功绩，皮尔里被任命为美国海军少将。

英国政府曾悬红，对第一个到达北极点的人有赏，但那是事成之后的奖励，并非事先赞助。齐格勒先生不同，他屡败屡战，功不可没。

海迪女士重走祖父路的主意虽好，然花费甚大，她也没祖父的好运气，暂时未有齐格勒这样的财团赞助寻根之旅，只能自力更生。她说，参加有关北极的探险旅游项目，完成教学任务，就能以半工半游方式，完成夙愿。

我听后颇感动。海迪年过半百，怀揣如此梦想，砥砺前行。遥远的北极点，咱来一趟都不易，她却要来N次。看来她虽主攻艺术，脉管中却依然沸腾着祖父酷爱探险的血液。

海迪老师一一展示祖父藏在阁楼上的照片。给我最深刻的印象是：一个多世纪之前法兰士约瑟夫地群岛的冰雪，比现在多多了！那时的船舶，真够简陋的，狭小到似乎不堪一击……这两个条件结合一处，让我对那个年代的探险精神，有触手可及的感受。多冷啊！危险多大啊！前途多渺茫啊！他们就义无反顾地出发了，等待他们的却是无尽的失败，是无声无息的湮灭和再也无人提起的荒凉。连唯一的记录，都在阁楼上蒙满灰尘待了100年，幸而等到了海迪。

有一张照片令我记忆深刻。图中一堆乱石和一个十字架，组成简陋的荒冢。留下的记录是：1905年，在一次被困的探险中，他悲惨地死于运输事故。

“这里埋着我祖父探险队的一名遇难队员。”海迪讲解。

有探险就会有牺牲，北极冰雪无情。这一点，身临其境后颇易理解。别说百多年前，纵是现在，此地死个把人，也非不可思议。

“这是我祖父探险队在探险过程中死的唯一一人。”海迪介绍道。

听课的我等不由得猜想，病死的？冻死的？饿死的？被北极熊害死的？得坏血病营养缺乏而死的？……此处，有100种以上可以随时置人于死地的理由。

转念想：拢共只死了一个人，说明此次探险过程还算风平浪静。估计这与他们并未深入到北极腹地有关，故此没什么成就，也未见重大损失。

海迪老师接着说：“这个人，是被探险队其他人杀死的。”

海迪的口气慢条斯理，逐句翻译后，悬念陡起。极地探险队，有点像同船之旅。

本是患难与共的人，闹到刀兵相见的地步，还出了血腥人命，究竟发生了什么？内讧？哗变？派系纷争？阴谋陷害？

海迪为百多年前的杀人案揭开谜底。她说：“埋在墓里的这个人，偷吃了另外一个人的黄油。那人一怒之下，就把偷黄油者杀了。这是死者的坟墓。我上次跟随探险队经岛时，找到了这个坟墓。它和 100 多年前相比，几乎没有变化……”

为区区一块黄油，血溅极地。可见那时探险队的供应相当困难，人的神经焦灼易断……

在北极腹地，只要不被北极熊打扰，坟墓便安然无恙。北极熊不吃腐肉，吃腐肉的北极狐等小动物，掘不开冰冷土地。这个偷黄油而死的探险者，应该容颜宛在，安卧于北极永冻土层之内吧！

听完课，我对老芦说：“记着啊，咱这次若能登临这小岛，我要在坟前照个相。先打个招呼，省得到时候你不肯照，说晦气什么的。”

老芦说：“想不通。为什么要和屈死鬼合影呢？他既不是英雄也不是著名人物，多不吉利。”

我说：“墓碑上写的是死去，真相则是被杀，这就是历史。区区一块黄油，就能出人命，是北极探险艰难的证明。”

原计划里，有登临这个岛的项目。不过计划多变，只能看天下菜碟，全无定数。到了海迪祖父曾驻扎过的小岛附近，大雾毫不留情地粉碎了计划，“50 年胜利号”与岛擦肩而过。这种时刻变更的登岸计划，官方正式表述是：行程表只是原则上的路线，如何执行，要视当时的具体情况而定。我们探访的是少有人到达的地域，最终决定权在船长、探险队队长以及专业人士。

这一趟旅行，没有看到偷黄油的死者之墓，遗憾。我问海迪老师：“您还会再来北极吗？”

她稍带苦笑说：“当然会再来。每一个航次，只能走一小部分。积累得多了，我就能走遍祖父曾经走过的地方。”

拍品展示现场设在会议厅，一圈沙发围成了展台。我看中了拍卖会上的一本书

破冰北极点

17

地球最北端的拍卖会

旧书卷有气味，并非芬芳，而是略带陈旧感的朽木香。闻着这气味，如同走近一位密室中智慧长者的床榻，瞻仰他枯槁的容颜。人老珠黄发落齿摇都敌不过睿智眼神，组成值得尊敬的特征。

在“50 年胜利号”举行的拍卖会上，我看中了这样一本书。

在这本书的后方，是一幅船画。

什么叫船画？是船上画的画，还是画船的画？若你答的是后者，恭喜，答对了。

大航海时代开启之后，欧洲人对各式各样的船蓄满了感情。最初还没有发明照相术，热爱扩张的人们，无法留住对这些出生入死开疆拓土的船舶之喜爱，只得由它们凋零，甚为遗憾。18 世纪中叶，一些水彩画画家，尝试用精致色彩记录下形态各异的帆船样貌，船画由此诞生。它始见于意大利的港口，一批年轻的水手，把画船当作业余爱好，渐成时髦风气。随着海运鼎盛，订购和展示这类船画，演变成了贵族们的新时尚。

最初的船画比较简单，用水彩颜料在纸上涂涂抹抹即告完成。后来与时俱进，升级换代成用颜料在麻布上绘画。那时在伦敦、涅瓦波尔、阿姆斯特丹、罗斯托夫这些重要港口地区，活跃着一批画船画的人。他们基本上是当街挥毫作画，类乎小表演，艺术性并不很高。

我看中的书的后方，是一幅船画。
你知道什么叫船画吗？

船画后来有了固定客户。也就是说，有了定制的买家，预购船画。谁呀？想想就能明白，当然是船长们。个中理由不难理解，船长和船最有感情，视自己曾经和正要驾驶的船为生死伴侣，期望能为船只留下精准“肖像”，如同把恋人最美丽的倩影靓照当作永久纪念。此外，船画还有一个好去处，就是陈列在海事和地方志博物馆、私人俱乐部、世袭的海运之家等尊贵地方，威严悬挂高墙之上，富丽堂皇鸟瞰众生。身价高了，绘画的标准也随之提升，要求严格起来。画上要有船只的整体外貌，对船只的建造特点也要有充分完整的体现。旗帜标志要非常明晰，船体各部分重要结构的所有部件，甚至连索具的细节，都要一一绘制，不容差池。有的船画，还要求添加相关船舶的信息缩编语。油画和框架上，要标出船只类型、制造年代、长度、宽度、吃水量、排水量及造价等详尽数据。对船画的要求，不仅要神似，更要形似，简直相当于船舶的一册历史档案。船画上除了主角船，还得有背景。画家便有机会加入一点旖旎风光，以中和此画正襟危坐一丝不苟的严谨，海岸独特的景色、目的地的风土人情、灯塔、堡垒等便成绝佳陪衬。这两大因素相辅相成，刚柔兼济，让船画成了颇有历史价值的绘画珍品。

下到冰面时，曾见一位老画家在弥漫的雪雾中支起画架，不断哈着手，一笔笔画起了船画。画的主体自然是“50 年胜利号”破冰船，背景就是北极点苍蓝的海冰。

所有见过此景的人都在想——画家牛！作画的地点更牛！

这幅尚未完成的油画，与我看中的古书比肩，现身于“50 年胜利号”为拯救濒危动物北极熊举办的慈善拍卖会上。

除古书和油画外，还有各式各样拍品，等待包了这个航次的中国乘客们，将他们的爱心和捐款留给北极熊。

老芦见我死盯着那本旧书，悄声问：“你会买吗？”

我点头道：“我想买。”

老芦说：“提醒你。这船上富豪林立，你肯定拼不过人家。一些父母会带着孩子参加慈善义卖，这是好事儿，培养爱心传承嘛！你想想，如果孩子看上某件拍品，家长不愿让孩子失望，肯定会不惜代价出手购入。竞买场面必很激烈，形成志在必得之势。你一个老太太，和小孩子们争抢，实不相宜。咱的经济实力自己有数，请量力而行。你回家好好写写北极熊，就是你奉献爱心的实际行动。我建议你打一开始就收起参与竞拍之心，静神观察整个拍卖过程。意下如何？”

铁的逻辑面前，我缴械投降，做一个心无旁骛的吃瓜群众。

拍品展示现场，设在船艉会议厅，也是将要举行拍卖的会场。主席台左侧，一圈沙发临时围起来，成了放置拍品的展台。一些玻璃制拍品在灯光照耀下，熠熠生辉。

一个比巴掌略大的玻璃北极熊雕像，晶莹剔透煞是可爱。刚想拿起来细端详一下，被工作人员及时制止。一想，极是。虽说它看起来不过是个工艺品，但一会儿拍卖起来，不知会飙升至何种价格。若是不小心将它磕碰了，人家让你赔，是按照工艺品本身的价格罚你，还是按照可能的成交价让你承担呢？为了避免不必要的麻烦，赶紧缩回手，敬而远之为好。

拍品中北极熊制品多多。陶土捏的、白瓷烧的、毛绒裹的……琳琅满目，彰显拍卖会主旨。

还摆着酒瓶、酒杯、帽子、毡靴、油画、邮票、海图、手工舵钟、铃铛等。乍一看像个杂货摊，细一琢磨，都和北极、船、航海紧密相关。

我看中的那本古书，精装布套封面，颜色暗黑。它到底古老到哪个时代，写什么的，什么人写的，均未知。不让翻开瞅瞅，也不标说明。安心等着拍卖会上听故事吧。

既然不参加角逐，我便在会场侧面后端找了个阴暗角落坐下。别人不易看到我，我基本可通观全场。

波塞冬探险队阳队长客串拍卖师。他身穿印有北极熊标志的红色抓绒衣，像一颗大红枣蹦上台。

“朋友们！此刻，面临生存危机的北极熊，正在焦虑并充满希望地等待着我们这场拍卖会的结果。因为所有捐款，都将捐给与北极熊有关的救助事业。”

阳队长不愧语言大师叠加表演天才，一席话引爆全场气氛。大家立马群情高昂，一些人两手开始不由自主地摩挲。

拍卖从小物件开始，最初的拍品是一枚北极熊冰箱贴。几轮竞拍后，这枚在船上小卖部卖几美元的塑料小物，以 10 美元拍出。

船上的小卖部，是个撩人去处。售货员由外方探险队员兼职，每日只在午饭后开张几小时。所售物品多为带标志的 T 恤衫、抓绒衣、防寒服等。明信片很有特色，价钱不菲，4 ~ 5 美元一张。我买了一些与“50 年胜利号”相关的纪念品，过这个村就没这个店了。船上的图书馆，放置各种航船纪念章，供游客盖在明信片上，留作纪念，颇有“煮豆燃萁”的意思。

拍卖会继续推进。

接下来的每件拍品，基本都以超过起拍价 5 ~ 10 倍的价格拍出，会场气氛越来越“炽烈”。

阳队长在发动群众煽动人心方面，实乃高手。判断准确，精确打击。他一眼就能扫到看客们谁的眼神对拍品感兴趣，随即手托那物件，径直走向这位潜在拍主，模拟拍品的口气说：“嗨！把我带走吧，好吗？”

我的天！有几个人能扛得住众目睽睽下的压力！买卖遂立时成交，皆大欢喜。

阳队长独辟蹊径，不按常理出牌，肆意创造。我想细看却终未捞着端详的那只玻璃北极熊，在阳队长的拍卖介绍中，被口头升级为水晶北极熊。在欧洲人的传统中，好的玻璃制品是可以被称为人造水晶的。所以，也算如实描述。小熊以 50 美元起拍。阳队长喊价升幅很大，一见有人应拍，他便将价格直接跳到 200 美元，有人举牌（对不起，没有牌，是举手），阳队长又一个跟头直接蹦至 300 美元。见又有人举牌，阳队长陡然升至 500 美元。举牌人前赴后继，阳队长干脆蹿至 700 美元……野火烧不尽，有人继续跟进，阳队长毫不心慈手软，跃升至 900 美元。这一回，连喊几次，鸦雀无声。阳队长审时度势，箭步到 700 美元拍主跟前，捧着玻璃熊，笑眯眯地说：“哦，它是你的啦！”

最激烈的争夺，聚焦于一幅海图。它约宽 50 厘米，长 100 厘米，纸质，其上印刷内容为北冰洋海域。图本身并无特殊，当今工业产品，不具备特别收藏意义。宝贵之处在于，这张图上有“50 年胜利号”此次航行的手绘轨迹。它精细勾勒出了这艘当今世界上最大的核动力破冰船每一时刻所走过的经纬度，包括最终抵达北极点的记录。对船上乘客来说，极具纪念意义。严格说来，它尚未完成。“50 年胜利号”仍在返航途中，航程正在继续。最终拍得海图的藏家，

阳队长以 700 美元的高价卖出了玻璃小熊

手绘海图最后以 3 万美元的高价被拍卖出去

不能当场将它带走。要等船安全返回军港后，画家在海图上标下最后一笔，本图才大功告成。手绘海图此航次仅此一张，孤舰重冰的航迹永不重复。简言之，此海图前无古人后无来者，绝对孤本。

此宝拍卖尚未开始，就有人立起来说："我去过南极了，拍到了我乘坐的那条船的南极航行海图。今天这张北极点航海图，我志在必得。烦请让一让，大家就不要和我争了。"

招呼是打了，究竟有没有效果呢？拭目以待。海图起拍价 1000 美元，很快飙升到 2 万美元。人们此起彼伏地叫着价，口下并不留情。最终，打招呼的人径直喊出 3 万美元，终将海图收入囊中。

我曾觊觎的那本书，阳队长介绍它的全名——《奥匈帝国北极探险录》，为 1876 年出版的古德文原版书，当时只印刷了一百册。内容是记录 1873 年奥匈帝国探险队北极探险的全过程。

阳队长也是喜欢书的人，手捧这本书，从台子上走到众人中间，好像一个唱流行歌曲的明星。他翻开书皮，啧啧叹道，真正古董！初版书，存世量非常有限。书的品貌很好，像新的一样。打开闻一闻它的味道……

他夸张地俯脸凑书，抽动硕大鼻翼，沉醉地说："历史的味道啊……"

独乐乐不如众乐乐。阳队长身体力行，边说边深入群众，将平展打开的书页探到众人鼻子前，开启闻书之旅。刚才我还为挑中的偏僻座位沾沾自喜，现在十分懊恼，无法分享书味。

书最后以高出起拍价约 5 倍的价格拍出。散会之后，我走到书的最终买家那儿，说："能不能让我闻闻这本书？"

新主人慷慨将书递我，让我只管闻个够。

轻微霉味扑面而来。远观书尚新，近看充满岁月磨痕。原主人把书保管得不错，烫金的封面，笔画中的金粉大部分残存。内里纸张韧而轻薄，平整有力。书的装订也很好，打开任意一页，哪怕是很偏前或是靠后的部分，都能稳当平摊，宠辱不惊。不像现代出品的某些号称精装的书，打开后书页趔趄东倒西歪，十分仓皇。过往的书籍，带着属于老手艺人的安定感。

再说那张船画。

它和最传统的船画，已有所区别。更准确地说，它是画家在船上动笔，关键部分在北极点完成的画。破冰船一路颠簸不已，执笔画画多么不易！到过北极点的人原本稀落，画家更为罕见吧？此画，便有了足够的稀缺性与传说感。

阳队长把老画家请到了台子上，煽情地对大家说：“请看看他的手吧。”

画家有些不好意思地把手轻举起来，手上沾满了五颜六色的画料。他 50 多岁，蓄着马克思一样的大胡子，目光清澈，让人顿生好感。阳队长介绍说画家在俄罗斯很有名，世界上若干知名博物馆都收藏他的画。

这话烈火烹油，让原本就有意问鼎此画的人心驰神往，顿起毕其功于一役的壮心。

画作 1000 美元起拍。报价风起云涌，价位火箭上升。片刻后，突破 1 万美元，有人退出。

会后某天，我找了个当儿，低声问退出的极友：“我看出您非常喜欢那幅船画，刚开始报价时咬得很紧，后来为何收兵？”

极友答：“我有个心理价位，就是 1 万美元。在那个节点之前，我踊跃出价，希望别人看到我决心这么大，兴许就放弃了。却不想，有人决心比我更大。超过节点，我就主动退出。”

我说：“那天在北极点，看到您一直守在老画家身边，盯着他在风雪中一笔笔作画，我很感动。既感动于画家，也感动于您这样的观者。这幅画，几乎是您看着它逐渐成形的。将来放在家里，意义不一样。那天拍卖，过了 1 万之后，跟的人少多了。您再坚持一下，这幅画就是您的了。1 万之后再多几千美元，对您来说，并非不能承受。停步是否后悔？”

极友思谋了一下回答：“我是个学理工出身的人。”

我说：“这和文理学科有什么关系吗？”

极友说：“凡事儿我喜欢科学精神，不愿头脑发热，盲目冲动。做任何决定，我事先都会给自己画一条底线，绝不逾越。那天，就是触碰到了我的红线，所以我的理智立马叫停。”

我说：“您的意思是，这不仅仅是金钱的问题，而是您的一个原则，不可破坏？”

阳队长向大家展示德文原版书

老画家被阳队长请到台上展示自己的双手

极友说："是的。"

我说："我还是为您遗憾。说到底，再多不过几千美元，为何不搏一下？"

谈话就此收束。我深知自己多么讨人嫌，往人家的伤口上撒盐。但又一想，伤口上撒了盐，就不容易感染，也算变相善意之一种。

那幅画，最终以 15000 美元成交，约合人民币 10 万元。

拍卖会如火如荼推进，近旁有一青年才俊，双手抱肘，默不作声注视着这一切。从他的身体语言，加上他所选的僻远座位，我猜他不准备出手，只拟当看客。

那厢阳队长摇唇鼓舌轮番叫价，这厢我抽个空子问青年才俊："你那么有钱，为什么不打算出手？"

往日交谈中，我已知他年轻有为，资产数亿。

才俊谦虚一笑，说："我那点小钱，在这个富豪成堆的地方，不值一提。"

我追问："买个小拍品，应该完全不成问题。"

才俊避开我的话头，反击道："您为何不出手？"

我坦言相告："囊中羞涩。"

才俊说："好吧，那我就告知您我不出手的原因。此刻现场气氛热烈，情绪容易互相感染，人们易做出冲动决定。我如果买了拍品，带回家，老婆定会问我多少钱。我要如实禀报，她会说完全不值这个价，两人就闹不愉快。当然了，我可以选择不说实话，但夫妻之间应该真诚相见，您说对吧？"

我答："那是。请问您妻子是做什么工作的？"

才俊道："她在投行。"

我说："这个……可以理解。"

彼此拷问一番后，转入相对轻松的问题。

"您觉得今天最有意思的拍品是什么？"才俊问。

我刚要张口回答，突然想到一个主意，就说："这样吧，咱俩各写出三样觉得最有趣的拍品，然后交换答案，看看差异度如何？"

才俊答："好！"

我们如坏学生考场打小抄，在阳队长口吐莲花拍卖接近尾声的空隙，各自写下心仪的拍品名称，然后交换纸片。看完之后，一时间都发傻，不知说什么好。

才俊写的是：

船长的帽子
“50年胜利号”的油画
探险的书

我写的是：

19世纪的德文原版书
船长的帽子
完成于北极点的油画

两份答案，居然完全一致。虽然在具体排列顺序上稍有不同，但因事先并没有约定排名先后，大体应算“所见略同”。这一刻，不由想起“人生得一知己足矣”之类的古话。

各位读者看到这里恐怕要说，既然不约而同提到“船长的帽子”，可上面并没有提到啊。

别急。我下一章专门说这事儿。

就在我们私开小会的当儿，所有拍品悉数成功拍出，无一流拍。阳队长高调宣布：“这场地球最北端的拍卖会，至此圆满结束。凡拍到藏品的客人，请留下，速办确认手续，支付相关费用。”

大家会心一笑，阳队长滴水不漏。地球最北端的拍卖会？细一琢磨，果然是！此时航船离开北极点不远，大致在北纬87度，周围都是海冰，没有陆地也没有岛屿，除了这艘孤独游走的破冰船，再无他者（也许水底下有潜艇，我们不知。但潜艇没有拍卖会）。于是，“最北”实至名归。

北极熊们！劳烦你们等啊等，等到一个好消息。

18

“女船长”莅临破冰船

“船长”是拉丁语中源自罗马帝国时代的一个词，指“船上最高权威的贵族”。现在，贵族这个词不大用了，那么船长就是“船上拥有航行执照的人当中最高阶的航海指挥官”。

在船长见面会上，有人问船长不愿回答的问题。船长的手在桌边轻微拂动了一下，好像那是他的舵轮。然后，沉默，完全置之不理。

这就是船长的风度。没有解释，你不必知道。

人们对船长，必须完全放心。

船长的职责在于维护全船的安全及有效的运作。当船长要有执照，就像当医生或是律师。按照美国规定，持有商船航行执照或证书（3000吨以上）的船长，允许其操作所有水域及总吨位的船舶，称为无限制执照。

我不知俄罗斯的相关规定，相信“50年胜利号”上的船长，一定持有该国航海领域最高等级的执照。该船所航行的区域，是世界上最寒冷的所在之一。它所使用的燃料，是普天下最危险的物质。它遇到的海况，可能无比复杂。它面对的艰难，可能比任何航线都峻烈。

说起来，普通人对船长的印象，多来自电影。他们常常是独眼，戴着黑漆漆的眼罩，有的甚至再加上独腿……完整的船长比较少，多身有残疾。如此惨烈的外形似乎昭告着，想当一个船长，没有出生入死的冒险经历，没有熬受过常人难以忍耐的痛苦，你就甭想得此称号。

“50 年胜利号”筹办的拯救北极熊拍卖会上，有一件拍品——深海蓝到近乎黑色的大盖帽，上缀金色丝锚的标志，威风凛凛，很有质感，内衬上有船长的签名。

给这顶帽子充当帽架的，是一瓶伏特加，晶莹透亮。

我一时没搞明白，这算是几件拍品？伏特加算一种，帽子算一种，共计两种？还是拍下伏特加送一顶帽子？抑或拍下帽子送一瓶伏特加？

所有拍品都未提前设展示期，亦不能手执观察，文字和口头告知皆无。人们满肚子的疑问，拥塞到拍卖会开始。

阳队长告知，这是两件不同的拍品，分别出价。

伏特加从临时客串的帽架中脱身，独立成章。不过它也并不孤单，有配套的 3 只小酒杯环伺。此四物共起价 100 美元，最后以 500 美元成交。

现在，轮到那顶帽子了。阳队长手托帽子，夸张地耸动眉毛，前探身体，绘声绘色地说：“哈！瞧这里！船长的帽子！”

帽子威风凛凛，锚绣金光闪闪，让人想起《天工开物·锤锻第十·锚》中的一段话：“凡舟行遇风难泊，则全身系命于锚。”

阳队长继续强调说：“这上面有船长的亲笔签名。”

这当然是一个强有力的辅助项，让帽子有了某种嫡传孤本的意味。不过“50 年胜利号”的船长不畏辛劳，这几天在大家的明信片上签了若干名，故也不算特别稀有。

老芦在我耳边悄声道：“你判断一下这顶帽子是新是旧。”

坐得偏，看不大真切。我沉吟一会儿说：“新的。丝线非常明亮，如果是旧的，哪能保持这般鲜艳。”

老芦说：“估计每个航次都有拍卖会，船长都会贡献出一顶帽子。所以说它是新的旧帽子，或者说是旧的新帽子。船长曾戴在头上示意过，水过地皮湿。”

我暗笑，同意此判断。之前我看过以往极友写的相关攻略，在北极点航次中，船长的帽子，都是拍卖重头戏。不过老芦并没有看到相关材料，纯属臆断。

老芦说：“起拍价 300 美元，合人民币差不多 2000 块钱。这帽子的成本，至多也就 200 块。”

我说：“还有慈善的价值，北极熊在等着呢！”

老芦缄口不言，专心看拍卖过程。

拍卖会上，有一件拍品是船长的帽子，一瓶晶莹透亮的伏特加充当了它的帽架

《天工开物 · 锤锻第十 · 锚》中说“凡舟行遇风难泊，则全身系命于锚”，我便与“50 年胜利号”的大锚合拍了一张

阳队长接着说:“过一会儿，我将宣布谁拍下了这顶帽子，有神秘礼物相送。”

竞拍掀起小小高潮，礼物加上神秘二字，颇有吸引力。不过，相比刚才拍出的其他物品，比如北极邮票、普希金的童话书等，帽子的争夺战并不太激烈。

大家眼巴巴等着阳队长揭晓神秘礼物，但阳队长卖关子，迟迟不宣布，以期把众人的胃口吊得更高。我觉得阳队长在把握这件拍品的节奏上，稍有闪失。估计他凭借以往接待欧美客人的经验，以为人们对和航海有关的事物，都有用之不竭的兴趣。殊不知中华民族素以农耕为主，安土重迁，对出海远航这码事儿，基本敬而远之。本土船长给人的印象，是脚趾分叉抓吸船板、手挽稀洞渔网的船老大，面庞精瘦，皮肤黧黑，形象算不了高大上。说起与船长相关的英雄人物，就是三宝太监郑和。总之，对这顶帽子的争夺，并非鲜花着锦烈火烹油。

眼看帽子遇冷，阳队长赶紧祭出了“撒手锏”，宣布买一送一的神秘礼物——谁拍得帽子，附赠10分钟当船长的机会。也就是说，拍得者在10分钟内，亲自操纵这艘世界上最大的核动力破冰船，在冰海上纵横驰骋。

遗憾的是场上并未掀起相应的争抢热潮。最初摩拳擦掌的买家先已退出，拨动心弦的时机被悄然错过。剩下的几人，出价并不踊跃。阳队长纵然使出浑身解数煽风点火，也无法再现对海图那般激烈角逐的场面。最后，船长的帽子，以3500美元成交。

面庞和海军上将高尔察克有一拼的真船长，拍卖会开始后悄悄进来，就坐在我们后面，和夫人一道旁观。我似乎瞟到，真船长脸上掠过一丝落寞。我想这很可能是我的错觉，他经历过无数顿挫曲折，现在价位已近起拍价的12倍了，还算不错。

最后拍得“船长帽子附赠10分钟当船长的机会”这一拍品的，是一位清俊女士。

我原以为当船长的机会，会在以后航行的某一时段择机而行，却不想当日吃罢晚饭，广播里响起号令，请大家马上到驾驶舱，看临时船长操纵破冰船。

我和老芦一溜烟奔向驾驶舱。想想吧，一个来自异国都市的娇小玲珑女子，执掌这艘世界上最大的破冰船舵轮，发号施令指挥庞然大物，多么激动人心的时刻!

我们抵达船艏驾驶舱时，“女船长”已经就位。她头戴绣有金色船锚的船长帽，英姿飒爽。不知是否有意为之，穿了一套藏蓝色裙装，和帽子非常搭，很像一套真正的海员制服。

“女船长”端坐驾驶台上，纤细的手指盘着直径大约 30 厘米的舵轮，很有运筹帷幄的大将风度。当然了，真正的船长站在她侧边，负责保驾护航。

“我是想开到哪里，就能开到哪里吗？”美女“船长”问。

“是的，你是船长啊。你可以按照你的想法打舵轮，只是不能打得太急、角度太猛。毕竟，破冰船非常庞大，转弯不易。”一旁的技术人员作答。

几乎全船极友都紧张簇拥在临时船长周边。现在，船只完全在美女纤纤素手之下，大家伙性命攸关啊。

“你们说，咱们开向哪里？”美女“船长”四顾，征求群众意见。

“我们现在是往哪里开着呢？”大家问。

美女“船长”转头探询工作人员。工作人员以回答一个真正船长的姿态，毕恭毕敬地回答：“向南开。目标摩尔曼斯克方向。”

我们眺望窗外，冰原茫茫。虽说已是晚上，但无垠冰面明晃晃反射灿烂天光，橙黑相间的“50 年胜利号”，如同不倦甲虫，在冰天雪地中顽强前行。

大家兴奋地嚷着：“开回去！开回去！重新回到北极点吧！”

这似乎和美女“船长”的心意不谋而合。她侧头问船方技术人员：“我可以掉头吗？”

船方人员回答：“是的。船长，如果您决定掉头，我们这艘船就掉头，重新朝北极点方向驶去。”

大家欢呼起来。

美女“船长”又看了真正的船长一眼，真船长不易察觉地轻轻点了点头。

船方技术人员开始指挥美女“船长”轻轻拨动舵轮，打着轻微但持之以恒的弧度，“50 年胜利号”乖乖摆动身躯，以缓慢而优雅的线条，完成了华丽的转身。

现在，破冰船的航迹大转弯，掉转方向，径直向北纬 90 度的北极点方向开去，层层浮冰在船艏重压下，忙不迭向两侧避让。不识时务的冰块，蚍蜉撼树般抵挡破冰船看起来并不锋利的船头，等待它们的是粉身碎骨。庞大船体在俊美“女船长”的镇定指挥下，昂首挺胸重新出发……

我等围观群众，不顾驾驶舱应该保持肃静的禁令，发出惊呼和一阵雷鸣般的掌声。

10 分钟到了，美女“船长”意犹未尽地下岗，人们恋恋不舍地散去。

之后，私下里，我问美女“船长”：“‘50 年胜利号’的舵轮重吗？”

美女“船长”说：“我也以为很重，其实一点都不重。很轻快很灵活。”

我说：“你这件拍品真是太有意义了。”

美女“船长”说：“我也没想到它能落到我手里，价钱并不贵。它其实包含着两个部分，一是船长的帽子，上面有船长的亲笔签名，这已是非常宝贵的纪念物。我回家后，一定把它珍藏起来。第二部分，是10分钟当船长的机会。它是无形的，可是，更加难得！这么大的船，而且是世界上最大的核动力破冰船。历次拍卖会上，还从没有女子拍得过这项拍品，也就是说，我是破冰船上第一个女船长……”

她俊美的脸庞上，浮现出豪迈。

再一日，我和青年才俊在酒吧聊天。他说：“您可知那天的世界最北端拍卖会，拍卖款项一共是多少钱？”

我说：“那天我有个大致记录，等我加起来算一下。”

才俊说：“您不用麻烦，我已经算出来了。近6万美元，约合人民币40万元。”

想起那天看着不起眼的一堆零散物件，不想含金量这么高，当时人家不让触摸真不是多虑。我说：“这个结果和历次拍卖会的成交额相比，处在一个什么样的水平？”

才俊说：“基本上都创了历史新高。比如那张航海图，以往最高的成交价是2万欧元，咱这次是3万美元。那幅油画，之前的最高成交价是8000美元，咱们是15000美元。还有那本旧书，我估计是从欧洲的旧货摊上敛来的，以往也就几百美元，咱们这回是1300美元。”

我说：“你这情报够细的，估计波塞冬方面也没想到能有这么好的成绩。”

青年才俊说：“也有比历次拍卖成交价低的拍品。”

我说：“哪一件？”

才俊说：“就是船长的帽子。”

我说：“那天拍卖节奏有点小问题，战线拉得太长，噱头出得太晚，也没讲清楚10分钟船长到底是怎么回事儿，一般人以为就是走马观花体验一下，却不想是真枪实弹地操作破冰船。我这两天听参加拍卖会的人说，最懊悔的就是没有拼命争夺这件拍品。”

才俊点点头说："我这两天在想，拍没拍那天咱们不约而同选中的几样拍品，是鉴定一个人到底有没有探险精神的试金石。"

我吓一跳，说："上纲上线？"

才俊说："您想啊，一个真正有探险精神的人，如果有经济实力，当然应该拍下那本19世纪的初版探险书了。不单这个记录很有价值，这本书本身也是文物。再有那张油画，多么有故事！北极点当场画的，谁人能比！你就算能复制出一模一样的画，但你不能复制出那个时间点，复制出作画时扑打在纸上的风雪。总之，北极点当场画的，这是所有价值的重中之重。再有就是船长的帽子，就算你没拍到帽子，也应该到现场去看一看。所以，我觉得那天不去看临时船长驾船的人，也不是真正具有探险精神的人。此帽，乃试金石啊。"

青年才俊慷慨激昂，我不由将手指竖在嘴巴上，示意他小声点。

才俊说："我再给您透露点小道消息。您如果想要那幅油画，当然不是在北极点画的那幅，不过内容画风大同小异。当然也没有捐给北极熊的附加慈善意义，就是纯粹一幅画，找画家商量着买，在几百到1000美元可成交。"

我说："这个可属实？"

才俊说："完全真实。您若是想要，就得赶紧下手。本来也没几幅，去晚了，就没了。"

我恍然大悟道："终于明白你为什么年纪轻轻，也没有显赫背景后台，事业竟做得风生水起了。"

他好奇说："为什么？您发现了什么？"

我说："您信息特别灵通，头脑清晰决断有方，所以早早就财务自由了。"

他说："极友里，若干人是在中国富豪榜上排名靠前的大鳄，我不过是小鱼。"

一笑。

此次旅行，我给自己加了个小任务，要完成5000个汉字的手写版。说白了，先手写汉字，然后用电脑扫描，留下字库存档。平常因为忙，一直抽不出时间做这件枯燥事儿。这回在破冰船上可丁可卯待十来天，除了船方安排外，基本上都是游手好闲的时间。把写字这活儿带上船，正相宜。

出发时，带上特制稿纸和笔，外加一瓶墨水。纸笔好说，墨水的携带费了心思，弄不好，行李箱整个染蓝。我和老芦专门商量了一番，先用塑料布里外三层裹严实，再放入预备吃泡面的饭盒，缝隙填上纸巾，严丝合缝盖上盖。只要不被野蛮装卸，就能平安上船。

运气不错，纸笔墨均完好。船只起航之后，开始动笔。

立马发现打错了算盘。无论怎样努力控制纸笔，在破冰船行进方式的冲撞下，字体都无法横平竖直。那种轻微的震颤感，波涛在后冰在前，给每一笔画上，都留下不可磨灭的颤抖印痕。

我撂了笔，长叹："写不成了。"

老芦说："嗐！人家比你年龄更大的，手哆里哆嗦的还能写呢，你就将就写吧。"

我说："这字也太难看了。"

专心写我的"北冰洋体"

老芦说：“意思到了就成呗。你也不是写得多么好，万古流芳那种，也不准备给谁当标准字帖，无非是给自己留个念想。我倒觉得，能在北冰洋上完成这套字库，挺有意义。”

想想，他说的也有道理。闲着也是闲着，不妨留个特殊纪念吧。

一路写下来，勉强成篇。我几乎能从每一字里，识别出我当时写下它们时所受的颠簸。我哀叹道：“这是破冰体。”

老芦说：“‘破冰’这个词有点大，且语意不明。不如就叫‘北冰洋体’。”

我撇嘴道：“北冰洋就不大了吗？”

老芦说：“北冰洋是大了点。要不，你叫‘原子体’怎么样？”

我识别出他的不良用心，忙说不妥，让人想起原子弹核武器什么的。

老芦说：“几害相权取其轻。北冰洋虽大，不过我记得有种冰棍叫‘北冰洋’，有种汽水也叫这名字。它们既然叫得，你似乎也能叫得。”

好吧。就把这年老力衰的病人版字体，叫作“北冰洋体”吧，和汽水冰棍比肩。

5000 汉字，跌跌撞撞一路写来，让我吃尽苦头。不过和挥笔作画的俄罗斯油画家相比，不足挂齿。

苍茫极昼中，一粒橙红色的甲虫，倔强地爬上地球冰冷的银色之冠。我们乘坐的核动力破冰船——50年胜利号，2016年7月，留下锲而不舍的孤独轨迹。

毕淑敏
2016.7.27于北极点

草草写就的“北冰洋体”

同行的小伙子买下最后一幅船画，老画家问他："可要在画上添什么景致？"画家一边说着，一边扶着自己的腰，表情痛苦。我们见状忙问："您这是怎么啦？"

老画家叹气答："腰病犯了。"

这和他在颠簸中一直执笔作画，腰部负荷过重脱不了干系。小伙子关切地说："您身体不舒服，我就不在画上添什么了。"

老画家道："没关系，我还可以坚持。请您一定告诉我，喜欢再加点什么呢？"

小伙子向老画家道谢，转头问我："您看在画上添点什么好？"

我说："这要看你将把这幅画挂在哪里。"

小伙子说："挂在哪儿，我也不知道。"

我说："那就请赶快定夺。一幅画要添加什么，和它将来悬挂的位置有关，这样才能更好地成为环境的有机部分。"

小伙子说："之所以说不准悬挂的地方，是因为我要把它送给朋友。"

我问："男朋友还是女朋友？"

小伙子说："男朋友，他也在船上。那天他曾努力竞拍船画，终是败下阵来，心存遗憾。这幅画和那幅被拍卖的画近似，过几天正好他过生日，我把这画当作礼物送给他。"

我为这份情谊感动，不揣冒昧道："画一只北极熊可好？一来，画上若没有对比物，显不出'50 年胜利号'的魁伟壮观。二来，漫天冰雪，如果没有北极熊，人们一下子不容易判断出这到底是哪儿，没准以为是南极。三来，我记得你这位朋友拍摄过一幅非常棒的北极熊一跃而起的照片。请把那个充满了爆发力的北极熊画上吧，让你朋友的摄影杰作，在油画上再一次复活。"

小伙子和老画家说了这个意思，画家扶腰点头。

办妥此事儿，我们沿扶梯缓缓向上，小伙子说，老画家告诉他，下一趟船期，他就不再上船了，因为太辛苦啦。

哦！"50 年胜利号"上的北极点船画，有可能成为绝唱，太遗憾了。

年轻时，我曾对万千遗憾耿耿于怀。年华渐长，我已能比较心平气和地接受缺憾，承认不是所有的结局都无懈可击。有一些美好，终将逝去，唯有珍藏眼前胜景，浇灌记忆长青。

我们船上的“大灰机”！

19

独角鲸，你是白鲸的哥哥

乘舰载直升机巡航，是极友们非常期盼的事儿。起飞之前是这样，飞了一次之后更是这样。你有一种好似从外太空鸟瞰地球的视角，冰海苍茫，渺无人迹。你犹如仙人，凌空飞旋，翱翔天宇。

登直升机的过程组织严密。5 人一组，按照规定行走路线上机，座位也按顺序坐，不得随意调整。好在驾驶员善解人意，相同的路线，会角度不同飞两次，让左右窗位的人都有机会观景照相。从空中鸟瞰“50 年胜利号”破冰，极具震撼力。说句不厚道的话，此时若有重冰阻路，可就更好看了。硕大舰船如灵物一般，不断变换航线。前进、后退、再前进、再后退……直到重剑无锋的船头下冰面受到剧烈挤压，裂开长长冰纹，射线般刺向远方。船身两侧涌动海水，冰海开肠破肚，巨大浮冰咆哮而起，在船侧和船艉航道里狰狞挣扎，你由衷惊叹核动力一往无前的强悍威力。

北冰洋上乘直升机巡航，会成瘾。面对大家望眼欲穿的期盼，阳队长的回答是：“何时能再飞？我完全信任直升机飞行员的判断。他们说能飞，咱们就飞。他们说不能飞，就坚决不飞。哪怕已经准备开始飞了，他们认为天气转坏，毫无疑问立刻停飞。”

从此人们对两位膀大腰圆的俄罗斯飞行员，敬若天神。

我和老芦在米 -2 战斗机上

这天，破冰船在法兰士约瑟夫地群岛间的奥地利水道游弋，希望找到可以登陆的天气窗口。低云阴沉笼罩，像幽怨弃妇，围着婆家门不肯散去。一直等到午夜时分，徘徊的云朵终是忍不住了，缱绻离开，天空微展缝隙。阳队长在广播中高兴地通知：“快快！做好乘机巡航准备。”

这一次，我所在的 1 组排为最后登机。我和老芦全副武装，套防水裤，罩防寒服，踏防水靴，捂皮帽子，戴防水手套……脖子也像投缳自尽似的，用围巾勒个死严……狗熊般吃力地挪到登机坪附近，却被探险队队员拦下，告知由于云层瞬间厚暗，我们这组暂时不能登机了，且回各舱待命。

低云阴沉笼罩，如幽怨弃妇

船舱里有暖气，这套行头显然穿不住。手忙脚乱刚刚脱换完，广播里召唤又可去登机坪候机。再次披挂，蹒跚到集合地点，得到最新指示：云层转为黑重，不利飞行，计划暂缓。何时飞空，酌情再定，请静候通知。若干极友不堪反复折返，索性不回舱室，原地待命，老芦属于这一流派，我转身便走。

老芦说："笨！甭来回跑了，老实待着等吧。"

我说："还真是不来回跑了。"

老芦迷惑："那你还走什么？"

我说："不去了。"

当医生的记忆蹦出来提醒我——《黄帝内经》说："早睡晚起，必待日光。"现在可倒好，时时刻刻都有日光。这不成啊！人也得每天带点月光星光或是漆黑暗夜才好。

想想看，此刻半夜三更，相当于咱中国的子时。这当口，乘一架外国大胡子开的轰鸣机器，在半空中飘来荡去……往好里说，堪比列子的御风而行；往惨里形容，只有鬼魅才在这个时辰癫狂空中。我决定辞别这趟巡航了。

老芦见说不动我，独自继续等候，盼望乘机巡视冰雪覆盖的群岛。我回到房间，凭窗而立。

"50年胜利号"有个非常人性化的设计，舷窗大到不必探出头就可以一览辽阔的冰海水域。远处暗白色林立冰原，近处银色海冰和深蓝海水交错织就洋面……突然，有一尖锐长刺，在海浪中流畅滑行。

我断定一定眼花了。使劲揉眼眶，几乎用了可能引发角膜炎的力度，却依旧看到这个影像。前俯后仰的冰块中，怎么会有物体露头移动呢？我甚至想到，极有可能是某个潜艇的瞭望装置。不过，它离"50年胜利号"庞大船体的距离，也忒近了点。若是人造兵器，如此抵近，就不怕危险碰撞擦枪走火吗？！

我紧贴舷窗，拿起蔡司望远镜，仔细盯看那物体。它粗细不均，初探出水面的地方较厚实，有七八岁小孩胳膊样，直径约有10厘米。后来从海面波涛中升起，逐渐呈尖锐箭镞状。它高约150厘米（周围没有参照物，不一定准），似乎有螺旋状的扭曲。别的不敢说死，但几乎可以肯定它不是一个人造物件。

只有天然形成的东西，才会有这种不规则不光滑的扭曲。一瞬间，我的记忆回到早年间读过的故事《小英雄雨来》。其中某段说，水性极好的男孩雨来，潜在水中靠一根芦苇管露出水面换气，能不动声色地泅水很长距离……可是，此地乃滴水成冰的北冰洋海域，什么动物会用这么狡猾的方法在水下潜行？北极熊在水中游动时，大张旗鼓手舞足蹈，完全无所顾忌。再说，冰天雪地，怎么会有芦苇？退一万步讲，芦苇也不会这么粗壮，也不会拐着弯像螺丝钉一样长啊？疑窦丛生。

看着它背后留下的蜿蜒水痕，我有点惊慌地想：它会不会是外星生物，正在观察我船？

午夜阳光从窗外游走入室，铅白色滞重，带着神秘的残酷，笼罩我身。

突然记起前几天上过的课——北极鲸。老师是动物专家，对鲸类很有研究。她说，北极地区最大的鲸当属格陵兰鲸，身长 20 多米，体重可达 150 吨。母鲸刚生出来的小鲸，体长有三四米，体重约两吨，要算世界上最壮硕的婴儿了。

从容不迫的白鲸有点像大号的海豚

白鲸的额头向上隆起，又圆又光滑，似白瓷制成

某天广播中，阳队长急促招呼大家去船艏左舷看白鲸。我紧赶慢赶，看到尾声。白鲸游动时从容自在，不像别的鲸匆匆忙忙，仿佛在逃难。它们一共有 4 头，不停跃出水面，像大号海豚。

白鲸喷水时，景象瑰丽清奇。它额头向上隆起，又圆又光滑，似白瓷制成。身体也呈现不可思议的乳白色，如浪花雕出的精灵。

说到白鲸，不能不让人想起小说《白鲸》。19 世纪美国小说家赫尔曼 · 梅尔维尔，于 1851 年发表了这篇小说，写的是亚哈船长追逐并杀死白鲸莫比 · 迪克的故事。最后船长与白鲸同归于尽，让人唏嘘。不过彼白鲸不是此白鲸，他书中所写的其实是白色抹香鲸。北极白鲸个头绝没有那么大，性情也没那么凶猛。北极白鲸有个优美诗意的名字，叫“海金丝雀”。它也并不在全世界游荡，基本上就认准了北极海域这一方圣水。它叫声多变，还能做出丰富的面部表情。只是我们离得远，又是从背面观看，瞧不到白鲸表情。

这一串看似不着边际的联想，实则有用。面对冰海上这犄角一样的高耸凸起物，我终于意识到——水下游动着一只独角鲸！

此鲸还有一名字，叫“一角鲸”，意思差不多，说的都是它有独一无二的“角”。恕我孤陋寡闻，在上这堂鲸课之前，我从不知道世界上还有长成这副尊容的鲸。它们仅存活于北极，相貌怪诞。体长 4 ～ 5 米，重量大约 1 吨，这在鲸界，要算袖珍版。它傲立鲸界，另有资本，它奇特的长角把自己变成了不朽传奇。它的角，大约有 2 米长。本来鲸鱼长角就够奇特的了，这角还偏居一隅，只长在脑袋一侧，不可思议。当地的因纽特人，给它起了个诨名，叫“独角兽”。不过细究起来，独角并非是真正的“角”，而是一根异乎寻常的大牙。所以，科学家严肃地称它为“一齿鲸”。

独角鲸为什么长成这副模样？人们十分好奇，对它进行了长达百年的研究，直到现在，说法纷呈，莫衷一是。给我们授课的俄罗斯北极国家公园工作人员说，有人研究认为独角是它的冰凿，用于打破北冰洋坚冰；也有人认为独角是雄鲸的第二性征，用以展示其魅力和强大的攻击性；还有人说它是雄鲸“声音决斗”的工具……工作人员说：“我们现在唯一确切知道的是，独角鲸的长牙绝不是武器，我们从来没有发现过独角鲸用长牙相互格斗。”

工作人员这一番说辞，没使人们明白独角鲸长牙的作用，反倒更糊涂了。

授课中教授还告诉我们，独角鲸没有背鳍，脖子和椎骨的连接方式比一般的鲸更像哺乳动物。它的腹部呈白色，背部生有许多深褐色或黑色斑点。小鲸刚出生时颜色很深，随着年龄增长，皮肤越来越白。到了性成熟期，腹部会出现很多白色斑块。继续长大，独角鲸通体变成近乎纯白色，有时甚至可能与白鲸混淆。独角鲸头上伸出的长牙，相当于人类的犬齿，不是无序生长，而是从左上颌突出唇外，最长的能长到 3 米，以至于牙长能占到独角鲸体长的一半。想象一下，若某人身高 1.75 米，左腮帮子向外突起一根 0.87 米长的犬齿，何等骇然！不过在独角鲸世界，牙的长度和年龄成正比，是尊贵的标志。牙齿越长、越粗，在鲸群中的地位就越高。

鲸的家族说起来庞大，本质上就两大类。有牙的叫齿鲸，没牙的叫须鲸。白鲸和独角鲸属齿鲸，是一角鲸科中仅有的两个物种。我一厢情愿地把白鲸比作妹妹，独角鲸就是哥哥。

独角鲸还有个好听的名字，叫冰鲸，因为它总是与冰原共进退。它还擅长深潜，能在深海的各个层面觅食。它有一手绝活，能以近乎垂直的角度，在海中迅速下潜 900 米，吃饱后再浮升起来。此君每天不厌其烦地重复这令人咋舌的动作，就能吃到它最喜欢的主食。厚冰下的比目鱼、北极鳕鱼等，都是它的上好点心。

一边忆着老师传授，一边呆看独角鲸露出水面的独牙，几乎怀疑这是幻觉。记得老师当时说，独角鲸是俄罗斯北极国家公园的标志物，存世数量非常少，我们这次很可能看不到它。

我本没指望看到它，却在这里不期而遇。它以无声无息的平凡姿态，安静地出现在距我不过几十米之远的海中。我用望远镜跟踪它，这让我有轻微的眩晕。我不敢期待它能露出头部，但也不愿放弃任何一丝可能性。

突然，那根棍子似的长牙往上蹿了一下，一个钢灰色流线型的身体露出水面，头不像白鲸那样大而圆，而是呈半圆。从我这个角度看过去，它的嘴巴很小，面无表情。眼珠似乎斜视了一下“50 年胜利号”，然后急速下潜，那根标志性的长牙，瞬间消失。

相貌怪诞的独角鲸

我把望远镜放下，敲了敲舷窗下的木窗台，靠着熟悉的梆梆声，以确认刚才不是幻视。

我睡下了。老芦何时乘坐米 -2 巡航回来，完全不晓得。早上起来，老芦说昨天晚上（准确地讲应是今日黎明）的巡航多么动人心弦，群岛上万古不化的寒冰何等雄奇……等到他兴致勃勃讲完，我静静地说："我看到了独角鲸。"

老芦也悉数听了有关北极鲸的课，愣怔半晌，缓过气来说："你……独角鲸……什么时候？"

我说："就是你在天上飞的时候。"

老芦猛烈晃头道："不可能。独角鲸非常稀少，你怎么能看到！"

我说："是啊，我也这么想。可真的是独角鲸，我看到了它的长牙。"

老芦不再理我，估计认定我是梦到了独角鲸。午饭后他出外聊天，回来后对我说："耶！你看到的真是独角鲸。听探险队队员说，独角鲸的确出现了，正是你说的那个时间段。"

我点点头，很欢喜这个确认。

独角鲸的繁殖率很低，一般要 3 年才产一崽，孕期 15 个月，哺乳 20 个月。独角鲸在胚胎期，有 16 枚牙齿，一切正常。到了出生时，多数牙齿都退化以至消失了，只有上颌的两枚犬齿保留下来。长牙几乎是雄独角鲸的专利，雌独角鲸的牙齿也会露出来，但比较短。两枚牙中，又只有雄鲸左上颌的那枚牙会破唇而出，如不安分的旗杆，招摇嘴外。

罕见的独角鲸牙，于是成了遗世而立的神秘物件。近乎绝无仅有的稀缺性，给独角鲸带来了灭顶之灾。北欧海盗首先将这种奇异长牙带到了欧洲本土。海盗们只炫耀长牙，但视牙的产地和来源为绝密，绝不泄露。奇特与罕见，让欧洲贵族从中世纪起，就把独角鲸牙视为珍宝，着了魔似的把此物作为显赫地位的标志。王室成员甚至把独角鲸牙当成驱魔与解毒的工具。据说用鲸牙做成酒杯食器，就能检验出酒或食物中是否含毒。如果有毒，酒或是食物的颜色就会顷刻变黑。独角鲸牙除了能验毒，还能解毒。遇到毒物，它会发出噗噗声，毒力应声消遁。还有人说它是灵丹妙药，能治疟疾和鼠疫，外加羊角风。后者就是医学上所说的癫痫，当时为绝症。后来，独角鲸牙被越传越神，成了包治百病的仙药。再后来，更神了，喝下独角鲸牙磨成的粉末，能长生不老。

据说罗马帝国原本欠别国一笔巨大债务，赠了对方两只独角鲸的“角”，巨账一笔勾销。16 世纪中期，凯瑟琳公主与法兰西皇太子结婚时，公主的叔叔克蒙特七世教皇送给公主的厚礼，就是用独角鲸的“角”制成的头饰。奥地利君主为了得到两只独角鲸的长牙，曾倾其所有，以致国库出现巨额亏空。俄罗斯伊凡雷帝的手杖、欧洲最古老的哈布斯堡王室至高无上的皇权节杖，都是用独角鲸长牙制成。丹麦国王更是用独角鲸牙制成宝座的腿、扶手和底座，供加冕典礼使用。

可以想见，在种种耸人听闻的传说之下，独角鲸牙变得多么昂贵。独角鲸遭到大肆猎捕，数量大减，濒临灭绝。然而那长长的螺旋状牙齿究竟是干什么用的？它们在绝望中抛给人类的巨大问号，依然凌空高悬。

好在近年研究总算有了一些进展。填写答卷的不是动物学家，而是牙医。他们从长牙构造入手，找到了一些线索。

独角鲸超长的牙，不仅非常强健，还非常灵活。注意这个词——灵活！强健可以理解，灵活可从来不曾用于形容牙齿。独角鲸牙长达 2 米以上，表面看来坚硬无比，人们以为将它强行弯曲，肯定会折断。其实不然，独角鲸牙如同柔韧度极好的金属，可以朝任何方向弯曲超过 30 厘米！

牙医们还精彩阐释了独角鲸牙齿上为什么有螺旋状的花纹，它可使牙齿断裂的风险降到最低。

独角鲸牙除了具有非凡弹性，还能吸收震动能量。如此构造，让它在急速深潜时，能够从容抵抗惊人的水压。

独角鲸就这样把自己的长牙打造成既柔韧又结实的利器，以适应北冰洋的冷海怒涛。

相比之下，人类的牙齿就相当退化。人的牙管通常会穿上一层牙釉质当外衣，以防对冷热环境过分敏感。独角鲸的牙齿却反其道而行之，牙管位于牙的最外层，直接暴露在外界，赤裸裸地感受北极的冰寒。你可能会想，独角鲸这不是自找罪受吗？非也。独角鲸把自己的长牙表面变成十分敏感的探测器，牙管内所含体液，可以在几英里外就感觉到海水细微变化。具体说，独角鲸牙密布神经系统，如异常活跃的情报系统，不断收集周围海洋中的各种信息，感受温度、压力、运动和污染等变化。从盐和水的比例，就能得知附近是否有食物存在。甚至还可能具有触觉功能，能和同类交流。这枚奇特的牙，保障了独角鲸在北冰洋恶劣条件下自在生存。

我简直生出也长一根此类长牙的愿望。

对北极土著因纽特人来说，真正有实用价值的不是鲸牙，而是独角鲸的皮肉。此鲸躯体有 5 ～ 10 厘米厚的脂肪，可提炼鲸油——既是优等食物，也能当燃料取暖。独角鲸鱼皮中含有丰富维生素 C，这可是人体不可缺少而又不能合成的宝贝。每 100 克鲸皮中，含 31.8 毫克维生素 C，一个成年人每天的正常需求量是 50 毫克。也就是说，人只要每天吃三两独角鲸皮，就能确保不得可怕的坏血病。

在世界各民族的古代传说中，都镶嵌着一个独角兽神话。这神兽颜色多变，从象牙般纯白到檀黑甚至彩虹色的都有。形状呢，像马像羊又像鹿，有时还能像鸟一样拥有飞翼。不过，无论在哪里，有一点是相似的——独角兽都代表高贵纯洁和公平正义。当然了，不变的还有它额前一定长着一只充满魔力的独角，这个角还有螺旋状的花纹。对其最早的文字记录是希伯来文，说它是由大海的滔天白浪孕育出来的美丽生灵。

看到这里，你可能会说：“独角兽是不是独角鲸啊？”

聪明！

人们一直致力在现实世界中寻找独角兽的原型。找来找去，动物中有独角的，犀牛算一个。不过它颜值较低，和冰清玉洁的独角兽似乎不搭界。独角鲸或许和这个神话动物有着最亲近的血缘关系。你或许疑问，它的相貌和传说中的优美高雅神物也有些距离。请不要忘了，独角鲸生活在北极深海中，一般人难以窥见其形，便用想象去补充，美化较多。比如美人鱼，它的生物原型是儒艮或海牛，和绝世美女也相差甚远。

人们对于大海的想象力，无际无涯。

中国神话中，独角兽也长盛不衰。它的头顶正中长有一只单角，主司吉祥。和欧洲独角兽能在少女的裙摆上睡觉的浪漫性格有所不同，中国独角兽耿直不阿，兼任检察官和法官，时不时还亲自担当警官。它亲执律法，象征公平、公正、正义。传说中它怒目圆睁，能分善恶，明辨忠奸。见到贪官污吏，它就会冲上去，用角抵倒，然后囫囵吞下。人们发生矛盾争执，它就会用角指向理亏的一方。如果是奸诈小人，它会毫不留情地将他抵死。

我们需要独角鲸。我们需要独角兽。

这就是《极地日报》的主编，饰演过人鱼公主

20

最丰厚的稿费

据说平常日子，人想养成一良好习惯，最少需 21 天时间。北冰洋上的事情，与众不同。当你在北极点的标志下，用几十秒转个圈，就算环球 360 度了。此地一分钟，世上已万里。

时光特区，养成新习惯，只需两天。

早上醒来后推开门，发现舱门外挂着的储物文件袋里，插着几张 A4 纸。拿起一看，原来是一份名叫《极地日报》的小印刷品，诱你阅读。

北极点附近地区，泥牛入海音讯皆无。从军港摩尔曼斯克开船之后 5 分钟，手机就断片了，什么信号都没有。你若想和家中有所联系，要到船上特殊通信室，租用船方的卫星电话，1 分钟十几元。有位贤妻良母型女士告诉我，航行 7 天之后，她实在熬不住对家中的惦念，到通信室拨了电话。

“怎么样？”我关切。

“通话挺清楚的。”该女士回答，我叫她莉莉。

我说：“我问你家里怎么样。”

莉莉说：“家里人说挺好的，就是挂念我。我一听，眼泪唰唰往下掉。赶紧叮嘱了几句，立马放了电话。不是怕说长了多花钱，是怕家人听出我哭了。打完电话，心就安定了许多。我决定今后每三天给家里打个电话。也不图什么，就是听听家里人的声音。不是让他们对我放心，是让我对他们放心。”

我说："地老天荒的北极点，本是容易出意外的地方。家里人呢，平常按部就班的日子，应当平稳。"

莉莉答："话是这么说，可平常日子，谁一天不和家里通几次电话啊。这冷不丁地打不成电话了，心里空落落的。"

有位事业成功人士，全家都上船赶赴极点。我琢磨他家该没什么惦念吧。他的说法很有趣，说自打记事儿以来，从没有过这种猪一样的日子。

我好奇，说："怎么这就'猪'了？船上的日子很充实啊。"

成功人士说："一天吃饱了就睡，睡足了就吃，什么事儿也不操心。你想操心也操心不上，你什么都不知道。世界在飞速变化，这儿以不变应万变，这还不猪吗？"

我点点头。如果这就算猪，那我情愿猪下去，永远猪。

一下扯了这么多，只图说明船上十几天，人们过着与尘世隔绝的日子，如入仙班。在凡间，大家伙看不看报，我不知道。就算不看纸质报刊，各种网络和微信信息，也是躲不掉。上船后，我们与外界的联系，全靠《极地日报》了。看过第一天小报后，第二夜我失眠，过了两点还没睡着，估摸着差不多了，起身推门，看门上有没有插着新的《极地日报》。它还没来。过了半小时，我又到外面看看，它还是没到。躺在床上瞅着表，再过 30 分钟后，一开门，嗨！它来了！迫不及待展读，又怕影响老芦安眠，我躲到卫生间关着门读报。直到把《极地日报》通篇看完，心才放下，立马睡着。

两天过后，习惯养成。自第三天开始，人们早起第一件事儿，就是到门口取《极地日报》，先睹为快。

您可能要问：《极地日报》上都登了什么消息，有如此多拥趸？

我把《极地日报》征稿启事录在下面，您得此第一手资料，就能做出基本判断。

极地日报

7/24/2016

Unforgettable Present

Sparklers were lit and saxophones sounded as we got ready to depart on July 22nd. What better way to celebrate a birthday than with our departure to the North Pole? My adventure into the world began 23 years ago. Now, I begin another adventure into the unknown!

—吴婕莹

妈妈的生日祝福

征 稿

极地编辑部现举办《极地日报》活动，所有投稿者可获得神秘礼物~

要求：

1. 本编辑部对投稿者年龄、语言、字数没有任何限制，只要您愿意表达，我们就强烈欢迎！
2. 内容可以是本次行程的所见所闻，也可以是以往的心情感言，甚至是新闻热点、娱乐八卦、船上发生的小故事。
3. 可手写，以图片形式投稿也可先手写，再交由极地小编们转换成电子格式真心期待极友们踊跃投稿，让我们的北极之旅变得 更加多姿多彩！

1

极地日报

法兰士约瑟夫地群岛

法兰士约瑟夫地群岛位于东半球的最北端，它距离北极点仅 900km，距欧洲大陆最近的点也仅仅 750km。法兰士约瑟夫地群岛由 191 个岛屿组成，它们散布在北纬 79°46'到北纬 81°52'，东经 44°52' 到东经 65°25'之间，跨度东西 375 km，南北 234km。的天气受到岛上的冰川和海冰影响。法兰士约瑟夫地群岛在 9 月下旬或十月上旬左右，群岛周边的海水开始结冰。结冰的过程将在来年 3 月或者 4 月上旬达到最大。在这个期间，95%的海面都会被冰覆盖着。6 月份的时候海冰开始融化。群岛的天气主要有两种形式。一种是受洋流影响的东北风多云天气，另外一种是受高压影响的微风少云天气。冬季时法兰士约瑟夫地群岛温度最低能达到零下 40 摄氏度，而夏季则相对凉爽，最高温度在 5 摄氏度，年降雨量在 100-300 毫米。

同时夏季风速强劲、风向多变且多雾天，雾是因为南方吹来的湿冷空气慢慢的从冰面和冰冷的海面吹过而形成。冰川是法兰克约瑟夫群岛常见的，平均厚度也达到 180 米深，相当于 2500 立方米水。如果这些冰川全部融化可以让整个海平面上升 6 毫米。

韩佳诺小朋友的日记

2

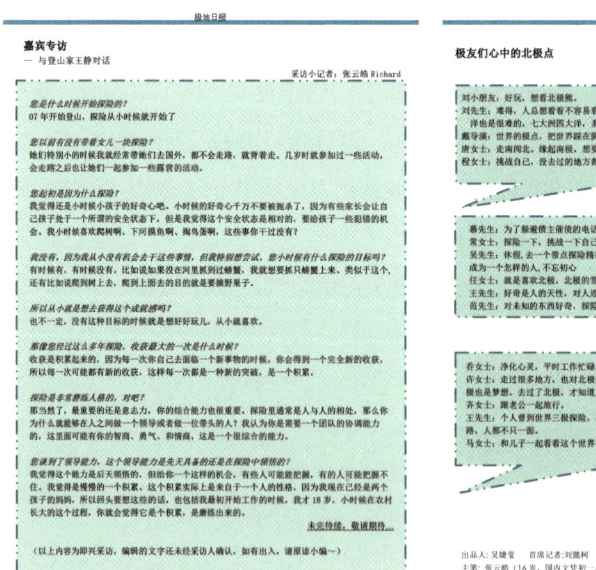

极地日报

嘉宾专访

—— 与登山家王静对话

采访小记者：张云皓 Richard

您是什么时候开始探险的？

07 年开始登山，探险从小时候就开始了

您以前有没有带着女儿一块探险？

她们特别小的时候我就经常带她们去国外，都不会走路，就背着走。几岁时就参加过一些活动，会走路之后也让她们一起参加一些露营的活动。

您起初是因为什么探险？

我觉得还是小时候小孩子的好奇心吧。小时候的好奇心千万不要被扼杀了，因为有些家长会让自己孩子处于一个所谓的安全状态下，但是我觉得这个安全状态是相对的，要给孩子一些犯错的机会。我小时候喜欢爬树啊、下河摸鱼啊、掏鸟蛋啊，这些事你干过没有？

我没有，因为我从小没有机会去干这些事情，但我特别想尝试。您小时候有什么探险的目标吗？

有时候有，有时候没有。比如说如果没在河里抓到过螃蟹，我就想要抓只螃蟹上来。类似于这个，还有比如说爬到树上去，爬到上面去的目的就是要摘野果子。

所以从小就是想去获得这个成就感吗？

也不一定，没有这种目标的时候就是想好好玩儿，从小就喜欢。

那像您经过这么多年探险，收获最大的一次是什么时候？

收获是积累起来的，因为每一次你自己去面临一个新事物的时候，你会得到一个完全新的收获，所以每一次可能都有新的收获，这样每一次都是一种新的突破，是一个积累。

探险是非常磨练人格的，对吧？

那当然了，最重要的还是意志力，你的综合能力也很重要，探险里通常是人与人的相处，那么你为什么就能够在人之间做一个领导或者做一位带头的人？我认为你是需要一个团队的协调能力的，这里面可能有你的智商、勇气、和情商，这是一个很综合的能力。

您谈到了领导能力，这个领导能力是先天具备的还是在探险中领悟的？

我觉得这个能力是后天领悟的，但给你一个这样的机会，有些人可能能把握，有的人可能把握不住。我觉得是慢慢的一个积累，这个积累实际上是来自于一个人的性格，因为我现在已经是两个孩子的妈妈，所以回头要想这些的话，也包括我最初开始工作的时候，我才 18 岁，小时候在农村长大的这个过程，你就会觉得它是个积累，是磨练出来的。

未完待续，敬请期待...

（以上内容为即兴采访，编辑的文字还未经采访人确认，如有出入，请原谅小编～）

3

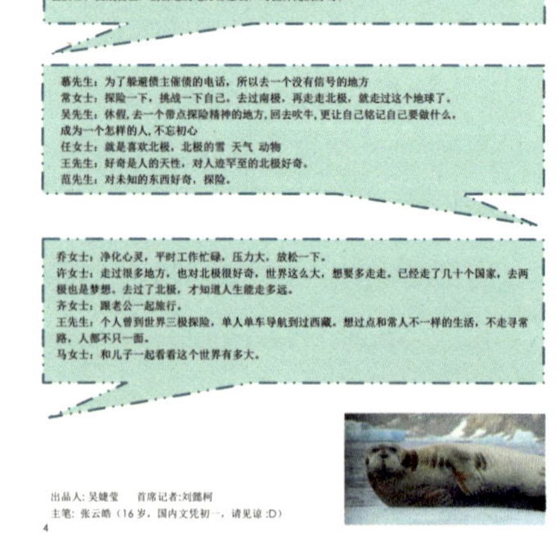

极地日报

极友们心中的北极点

小记者：刘懿柯

刘小朋友：好玩，想看北极熊。
刘先生：难得，人总想看看不容易看到的东西，探求未知。也是带孩子，孩子也去过很多地方，北冰洋也是很难的，七大洲四大洋，多走走。行程的知识，同行的人。
戴导演：世界的极点，把世界踩在脚下，人迹罕至，难以到达。北极的吸引力，会让每个人感兴趣。
唐女士：走南闯北，缘起南极，想要再去北极，走遍世界两极。
程女士：挑战自己，没去过的地方都想去，对世界充满好奇。

慕先生：为了躲避债主催债的电话，所以去一个没有信号的地方
常女士：探险一下，挑战一下自己。去过南极，再走走北极，就走过这个地球了。
吴先生：休假，去一个带点探险精神的地方，回去吹牛，更让自己铭记自己要做什么，成为一个怎样的人，不忘初心
任女士：就是喜欢北极，北极的雪 天气 动物
王先生：好奇是人的天性，对人迹罕至的北极好奇。
范先生：对未知的东西好奇，探险。

乔女士：净化心灵，平时工作忙碌，压力大，放松一下。
许女士：走过很多地方，也对北极很好奇，世界这么大，想要多走走。已经走了几十个国家，去两极也是梦想。去过了北极，才知道人生能走多远。
齐女士：跟老公一起旅行。
王先生：个人曾到世界三极探险，单人单车导航到过西藏。想过点和常人不一样的生活，不走寻常路，人都不只一面。
马女士：和儿子一起看看这个世界有多大。

出品人：吴婕莹　首席记者：刘懿柯
主笔：张云皓（16 岁，国内文凭初一，请见谅 :D）

4

为了呈现小记者们辛劳之作的原貌，在此特意截图以供概览，
请细心的读者们不要细究其上的文字

怎么样？挺牛吧。《极地日报》麻雀虽小五脏俱全，门户大开，每天图文并茂。报上经常有写生画出现，比如北极熊、海象、海狮等，像模像样的，都是极友即兴创作。

报上刊出的文章，包罗万象。有对旅游的思考，人生的哲理，景物描写，忆苦思甜，等等。肺腑之言，言之有物。还不断刊出极地小知识，以及对“50年胜利号”上各种文体活动的报道。比如我这个从不爱运动的老媪，就是从报上知道乒乓球赛男女冠亚军都是何许人也，还知道奖品是限量版球服。还晓得男子冠军在获得奖品后，把球服转送给了因打球而手指受伤的小朋友，以表彰他勇敢乐观的精神。您说说，要是没有《极地日报》，我打哪儿能知道这些秘闻啊。

《极地日报》的重头戏，是人物专访。采访探险队阳队长，连着两期才刊完，浓墨重彩。我挺惊奇的，日理万机的阳队长多忙啊、多牛啊，如何就乖乖接受了小报的采访。

极之美的领队告诉我，先是《极地日报》的记者和编辑们提出了采访策划议题，上报到中方领导这儿。领导一看挺有意思，就和阳队长联系，阳队长就同意了。“就这么简单。”领队说。

我知道这事儿说起来容易，做起来却并不简单。首先要策划出这个很有意义的选题。就算有人能琢磨出好点子，最终将这事儿联系成功，也费周折。细看《极地日报》记者所提问题，挺有水平，基本上都是大家想问的话，可谓众望所归。最后还得及时准确地把记录稿整理、修改、编排、印制出来……那天半夜两点半，《极地日报》还渺无踪迹，3 点陡然出现，说明报纸编辑们加班加点，直到深夜（或者说是黎明）还在赶工。

《极地日报》也挺创新，比如登出交友征婚广告。这是某小伙子为他的同宿舍朋友登的。

“我开创了极地第一呢。”小伙子兴奋地说。

我问：“什么第一？”

小伙子说：“这算不算世界上最北的征友广告？而且是付费的。”

我说：“最北广告能想明白，付费是怎么回事儿？”

小伙子说："我室友人很不错，就是直到现在还没有可心的女朋友。我想让大家知道这个信息，就草拟了征友广告。我付给了《极地日报》100 美元广告费。这可是历次《极地日报》都没有过的先例。"

我说："主意正！人以群分物以类聚，咱们这船是到北极点的，船上多意气相投之人。大家得知此信息，群策群力，或许就能帮你室友找到志同道合的女生。祝福早日成功！"

说了这么多《极地日报》的赞美词，回来后我考大家，猜猜编辑是些什么人。

"这艘船上的客人，腰缠万贯藏龙卧虎。作为《极地日报》的主编，应该很有身份吧？"一位朋友这样回答。

还有人说："估计是资深的媒体人。"

还有人说："博导吧？教授吧？"

人们猜得辛苦，索性直言相告。三位编辑中，一位是少年，才 16 岁。剩下的两位也不大，一位 18 岁，主编也不过 23 岁。

大家默不作声，估计想起一句话——自古英雄出少年。

"凡是投稿的人，会得到神秘礼物。"主编对我说，"用意是约稿。"

我说："这个神秘礼物，就相当于稿费了吧？"

主编说："稿费是稿费，礼物是礼物。"

我说："哦，还是双份的。那么，可以事先知道是什么吗？"

主编完全不为所动，说："您先投了稿，自然就会知道。"

于是，我苦思冥想给《极地日报》写什么稿子好，然后郑重其事地反复修改……最后登出来了。主编找到我，说："您挑一挑吧。"

我说："挑什么？"

主编说："挑稿费啊。"

我吃一惊，从业多年，也拿过若干笔稿费了，从来没机会跟挑杂货似的挑过稿费。什么状况？

主编是个美丽的女孩，加拿大籍，马上要到美国读博士，专业是"医学机器人"，让人顿生敬意。主编很严肃地说："现在可供挑选的稿费不是太多了，最开始投稿的人，选择余地大一些。您这稿子算是晚期了，赶紧吧。您要是手慢，

稿费的余地就会更小。”说着，她展开手中的文件夹子。

这就是秘不示人的稿费——各色旅游纪念章。

为了挑选纪念章稿费，我和老芦起了争执。我选北极熊的，老芦挑了另外种类。我不能领双份稿费，也不好意思当着主编的面和老芦鱼死网破，只好妥协。于是老芦兴高采烈地领走了我的稿费——卡通版的“50 年胜利号”纪念章。

我对此耿耿于怀。稿子是我写的，关老芦什么事儿啊！巧取豪夺。

我以为这就是投稿的全部回报，却不想好事连连。凡给《极地日报》写过稿子的人，都有一份奖品。发奖那天，我正好有事儿，没得闲去会场。老芦越俎代庖，一个箭步跳上台，替我领了奖品。

“去晚了很可能就没了。”老芦表功，神秘兮兮地从兜里掏出礼物。一个大约 50 毫升的小玻璃瓶，内装清澈无比的水。

“你知道这是什么吗？”老芦还没等我回答，自答道，“这是北纬 90 度的海冰融化的水。你说这水是咸的还是淡的？”

我说：“当然是淡的。我在北极点当场尝过这种水。你考不住我。”

老芦说：“我请教过专家了。权威说法是：北极点最表层的海冰是淡的。靠近下部，和海水有接触的海冰，还是有一点咸。不信，你尝尝看。”

他说着，就要动手拔开小瓶密封塞。我赶紧拦阻道：“我信权威就是。此刻，纬度已经降到 70 多点。越往南走，这水就越发宝贵。你可不能说喝就喝了。”

老芦说：“我不过是吓你，怎么会真喝！看看，这瓶上还有船长的签名呢！”

船长优美的花体字，在瓶身上闪烁。船长的签名并不十分罕见，但签在北纬 90 度海冰融化之水的瓶子上，真是限量版。

我叹道：“这是我自爬格子以来，收到的最丰厚的稿费。”

您可能要说，既然这么宝贵，一定要好好保存哦！我原来也是这么考虑的，但它现已不在我手边。到了莫斯科，与当地好朋友会面。刚从冰天雪地归来，没有拿得出手的像样礼物，东睃西望，打起北极点之水的主意。

老芦说：“你朋友常驻俄罗斯，他们或许有机会到北极点。”

那意思我明白，分明舍不得。

我说：“他去是他去，这是我的心意。你不是也从北极点取了海冰化了点水装瓶了吗？咱们已经有了纪念物。”

老芦说：“我私存的这水，就灌在普通矿泉水瓶里，再说也没有船长的签名，哪有这一瓶定制水体面！”

我说：“宝贵的是水，签名只是锦上添花。”

我把水送给莫斯科的朋友。朋友是大型企业高管，事业风生水起。得了北极点的水，果真很高兴，说：“我也要找机会去北极点看看。常驻俄罗斯，总觉得时间还有，机会很多，反倒不曾抓紧去北极点看看。”

我说：“只要条件允许，还是尽快满足自己未了的心愿吧。”

临分手时，极友们正好参观红场归来，我把莫斯科的朋友介绍给大家。朋友看着极友们的身影，若有所思。

“这些人……怎么这么年轻啊！”他沉吟。

我说：“是啊。像我这样的老年人，在船上屈指可数。比我和老芦年长的人，全船不超过 3 个吧。”

朋友说：“我本来以为有闲有钱的都是老年人，亲眼一看，却不然。”

我说：“中国国情和其他国家有所不同，现今最富有的人，多是中年人和某些年轻人。走一趟北极点的确不便宜，但中国现在出得起这个钱的人，绝不在少数，只是每个人投放金钱的侧重点有所不同。”

朋友说：“我以前总觉得年轻应该努力奋斗，把自己所有的时间都投入工作才是正途。旅游休闲什么的，于心不忍，甚至觉得是浪费和罪过。”

我说：“中国人勤奋，实乃好品质好传统。不过，劳动者并不等于不休息，休息有各种各样的方式。到远方去，看看这个美丽世界，是最好的休养生息的方式之一。等你休息好了，再意气风发地投入工作，事半功倍。所以，即使是从纯粹讨论工作效率的角度出发，旅游也是值得的。”

朋友还沉浸在自己的思维中，叹息道：“极友们，真年轻啊！”

21

做一个客人应该做的事儿

这本书不是旅游攻略，但说点“50 年胜利号”上的琐碎事儿，给有心要去北极点的朋友们做个参考。

整个航行期间，船舱里都供应暖气，这在盛夏时分，实在出人意料。平常在船舱内走动，一点不冷，不用穿大棉袄大棉裤，抓绒衣冲锋衣足以应对。你若是喜欢时不时地上甲板瞭望风景，看个北极熊跳跃鲸鱼吐水暴雪鹱展翅什么的，要提前做好防寒准备。冷不丁冲出去，易受风寒。我个人经验是因地制宜，不要嫌麻烦，该穿就穿，该脱就脱，提前做好相应衣着准备。不逞强，周到，爱惜自己。

临出发前，极之美告知，按照西方人的习惯，在开船和抵达北极点的庆祝仪式上，都有酒会。女士须着晚装，男士要礼服。

老芦说：“我要带一套西服吗？咱箱里就算有地方，行李也会超重。再说，西服得配正装皮鞋，两只鞋一塞进去，半个箱子就满了。”

我说：“你可以穿中式衣服。我这就在淘宝上给你置办。届时让你风光体面，不会出丑。”

老芦质疑：“人家明说了要礼服。”

我说：“礼仪惯例中，民族服装也算礼服。”

老芦说：“你说了不算。到时就我一个人穿得和老地主似的，怎么办？”

我说：“这套做法，经过了‘非洲之傲’那种正宗维多利亚时代风格的严格检验，证明无碍。所以，你不必担心失礼。再者，中式服装不一定非得那么复古，新唐装保你不像土豪劣绅。”

老芦的服装问题解决了，我又为自己操心。最后还是决定带轻薄丝绸服装，不占地方和分量。怕着凉，再带个厚实点的披肩。组合之下，蒙混过关。

人上了年纪，会比较关心医生啊药品啊这类保健事宜。

船上配有外方探险队医生，名为弗拉基米尔博士，有设备齐全的医务室。

我一下子就记住了他的名字，但久久不习惯。印象中，弗拉基米尔……是专属列宁同志的名字（不过普京也叫这个名字）。它在俄文中的意思是“世界征服者”。

医生弗拉基米尔博士长得和列宁一点也不像，白净脸，没胡子，也不严厉，对工作非常认真负责。我由于旅途劳顿，倒时差加上乘红眼航班无法入睡，导致血压升高。博士给我量了血压，第一遍怕便携式电子血压计不准，又换了臂式汞柱血压计复测。看着异常结果，他思索了一下，问：“您服的是什么降压药？”

我告诉他。

博士说：“您还得告诉我它的英文名字。”

我又告诉了他。

博士想了想说：“你吃的剂量已经足够大了……把血压降下来这件事儿，我这儿有很多种药都能达到目的。但是在茫茫北极，我们可能会十几天看不到陆地，这些药你以前没吃过，一旦改了药，怕出意外。为稳妥起见，我还是不给你换药了。你继续吃你原来的药，再加大一点剂量。每天要两次到我这儿量血压。不要吃太咸的菜和汤，上下楼梯不要跑，对了，你干脆直接坐电梯，不要徒步登楼。再者，一定要补充足够的水分，睡好觉……”

弗拉基米尔博士很有经验，尤其是在这种情况下坚持不换药，处理得当。我非常信任他。最后几天，我的血压已趋平稳，就不大到医务室去麻烦他了。每当在走廊或是餐厅碰到弗拉基米尔博士，他都正式提醒我到医务室复查，绝不姑息我的懈怠。最后一两天，他忙起来，顾不上我了。船上一位俄罗斯水手突发脑出血，病情危笃。“50 年胜利号”快马加鞭，提前抵达港口，将病人送到陆地，急转医院救治。

也不知那病人最后恢复了没有，万幸的是当他发病时，“50 年胜利号”已在返程途中。如果在北极腹地病重，真是境遇叵测。不知调动直升机是否可救他出险境。

有人问我：“你这次到北极点可有什么遗憾？”

“有啊！”我立刻回答。

最大的遗憾，是我没能看到北极星。

北极星就悬挂在北极点的正上方。很多年前，我在西藏的高山之上，经常眺望这颗星。我没有想到这辈子可以亲临它的下方，仰起头，就可直直凝望它。在整个航程中，我没有看到过一次北极星。我知道它就在那里，明朗地俯视着我们，可我们看不到它。极昼期，所有星辰都隐没在太阳的光环之下，是我最大的遗憾。

旅行的遗憾，有的以后有机会弥补，更多的是永远没有机会弥补。细看这个“憾”字，可理解为是一种属于心的感觉（横也有“心”，竖也有“心”）。心病还须心药医，接纳就是了，明白人生有穷期。

北极点乃世界尽头。

记忆中，走过若干个犄角旮旯之地。

国内的“天涯海角”和“天尽头”，有崖刻为证。估摸每个到过三亚和胶东荣成的人，都留有与崖刻合影的照片。听说“天尽头”现改成“天无尽头”了，图个吉利。

非洲大陆南端的好望角，一边是余温尚存的印度洋，一边是冰冷森严的大西洋，两股洋流在此相撞，激起惊涛骇浪。我去南非时，当地导游严肃告知，世人有两点印象需要更正。

第一，好望角原本叫“风暴角”，非常形象。后来葡萄牙探险家迪亚士在这周围绕了一圈，1488 年回国后向葡王汇报此行见闻。葡王觉得绕过这个海角，就有希望到达印度，能发大财，遂授意改名“好望角”。另外一种说法是，1499 年，葡萄牙的航海家达·伽马成功打通航线，自印度满载而归，葡王大悦，将风暴角易名好望角。虽时间差着 11 年，探险主人公也不同，但不管怎么说都是葡王命名的。当地导游说：“这儿有什么好望的？还是叫风暴角更贴切。”

我知道自己就在北极星的正下方。怎奈极昼期的星辰
隐没在太阳的光环之下，我们看不到它

北极——世界尽头的冷酷仙境

导游要做的第二点更正——许多人认为好望角是非洲最南端，不对。在它东南约 150 千米处，有个厄加勒斯角，才是真正的非洲最南端。感谢一脸络腮胡子的当地导游帮我纠偏，让我明白自己孤陋寡闻。

南美洲的天涯海角是“合恩角”，是南美大陆的最南端。东边是大西洋，西边是太平洋，又是两洋交汇，又是涛声如雷。1520 年，麦哲伦的船队沿南美大陆东岸南下，风大浪高，海流乱窜，险象环生。麦哲伦穿越此海峡时，看到南侧岛屿上有土著燃起的篝火，随口给这个岛屿起名“火地岛”，合恩角就在火地岛南边。

欧洲大陆的最西端，是里斯本城西边的卫星城辛特拉的“罗卡角”，意思是“岩石”。有“葡萄牙屈原”之称的诗人卡蒙斯，有一名句形容此地——“陆止于此，海始于斯”。

大地尽头，多孤独探伸于洋流狰狞交恶之处。北极点这个超级洪荒之地，倒是一派静谧祥和大智若愚之态。没有丝毫风浪溅起，所有的水都被冻住了。也没有陆地尽头之感，陆地早已成幻影。只觉一己渺小，只觉人生短暂，只觉

沧海一粟，来去虚无缥缈。每个人都自以为是主人，其实都是地球的匆匆过客。

既知道了自己是客人，就要有客人的规矩。

如果地球是主人，我们如何做个受主人欢迎的知趣客人呢？

我们只是地球的匆匆过客

参考通常的做客之道。

第 1 条——要有约在先。我们什么时候拜访主人，要提前让人家知道。不要太早，让主人匆忙应对，也不要太晚，让主人苦等。

这一条，亲爱的地球主人啊，请恕我们做不到。我们的出生，由不得我们。我们何时来，我们不知道。我们何时走，我们也不知道。我们唯一可以做到的——当客人的这段时间，尽量少打扰主人。.

第 2 条——上门有礼。到主人家做客的时候，见面要问好，备一些小礼物。礼物要在进门时就送上，以示感谢和善意。

亲爱的地球主人啊，这一条，抱歉还是做不到。哪个人，不是赤身裸体两手空空地出现在地球上呢？我们未曾给地球带来一丝一毫的礼物，穷其一生，都是在无休止地索取。

有个纪录片，美国拍摄的，名叫《美国人一生的消费》。具体说就是给美国人算了笔账，把一个美国人一辈子的吃穿用度拉了个清单。账目如下：

1. 牛奶 6 吨

比较好理解，不赘。

2. 牛肉 2.5 吨

指的是净肉，不是指连皮带毛称的活牛。一般牛的净宰率为 45% 左右，也就是说，如果牛是 500 千克，宰杀后就能剔出 225 千克左右的纯牛肉。那么可以计算一下——2.5 吨牛肉，相当于此人一生吃掉 11 头大型肉牛。

3. 猪肉 1.7 吨

一般 100 千克的生猪出栏宰杀，可出脊排 10 千克、肋排 7.5 千克、大骨头 5 千克、前后腿肉 22.5 千克、五花肉 12.5 千克、里脊肉 10 千克。因为纪录片中的统计数字很明确地说是猪肉，不包括骨头。计算下来，猪的净出肉率（把里脊、前后腿肉、五花肉都加在一起，100 千克的猪，净出肉数大约是 45 千克）为 45%，和牛的净出肉率差不多。1.7 吨猪肉，约合 100 千克的肉猪 37 头半。

4.1423 只鸡

不赘。

5. 鸡蛋 19826 枚

这数字可能让很多人大吃一惊。人一生吃将近 2 万个鸡蛋，太多了吧？按活到 70 岁计算，几乎每天都要吃蛋。后来想了想，美国人的平均寿命超过 70 岁，再说这个统计不仅包括全蛋，还包含鸡蛋制品，比如蛋糕、饼干所使用的蛋类。姑且信之。

6. 香蕉 5067 根

7. 橙子 12888 个

8. 饮料 43371 听

9. 啤酒 13248 杯

10. 红酒 942 瓶

11. 洗衣机 7 台

12. 冰箱 5 台

13. 空调 7 台

14. 微波炉 8 台

15. 电视 10 台

16. 电脑 15 台

17. 汽车 12 辆

18. 建筑材料 55.1 万吨

19. 全美国每年要报废扔掉的手机 1.25 亿部

20. 全美国每年的报纸用纸，需砍倒 1.9 亿棵树才够用

以上统计尚不完全，比如并没有计算一个人一生会吃掉多少粮食，喝了多少水，呼出多少二氧化碳……那么，一个美国人从生到死，回馈给地球的是什么呢？一生将制造 64 吨垃圾。

这是个什么概念？如果你体重 70 千克，那么你就相当于向地球抛出 900 多个与你体重相当的垃圾。

我没能找到中国人一生消耗物品的相关资料。不过，如果说中国人正在步美国和其他一些发达国家的后尘，大幅度地提升自己消耗账单上的数字，估计绝大多数人都会赞同。比如，你一定用过不止一部手机，你一定浪费过很多粮食，你一定在能够乘坐公共交通工具的时候偷懒打过车……我之所以举这些为例，

是因为我都做过。更不消说，据传中国将成为全球最大的奢侈品消费市场（这个，我真没有）。

有着巨大人口基数的中国，如果照搬美国人的消费方式，有人测算，大概要 5 个地球的资源和面积，才能供应起……

可惜，我们只有一个地球。

作为客人的第 3 条——为客有方。不要随便乱看乱动主人家的东西，行动前要征询主人家的意见。

这一条，说来惭愧，地球上没有几个人做得到。我们把地球改造得面目全非，乱看乱动几乎到了无所不用其极的地步。征询主人的意见？估计从来没有想过要为地球的长治久安设想，只贪图一时一刻的享乐。

第 4 条——要把握好时间分寸，不宜过长。

人类这个物种，是不是已经在地球上生活得太久，到了该告别的时刻？没见人类自己也不断想着到宇宙空间深处寻找适宜生活的星球吗？心底的算盘——等人们把地球糟蹋得没法住的时候，我们就到别的地方去了。有时遐想，等到地球人彻底搬离了地球，地球也许能自我恢复生机吧。

第 5 条——客人在告别的时候，要向主人道谢，感谢对方的招待。

我们曾经感谢过很多人，我们的父母，我们的师长，我们的恩人，我们的亲戚朋友同事上级下级闺密，偶然相遇并帮助过我们的陌生人，甚至仇人……感谢我们的仇人使那么多的苦难降临在我们身上，促使我们不屈，鞭策我们努力，我们才得以成为今天的模样。

可是，有多少人感谢过地球呢？我们以为一切都是天赐良机水到渠成，我们认为地球无知无觉不值得一表谢意。我们民族信奉“受人滴水之恩当涌泉相报”的古训，但对地球无动于衷。我们受它涌泉之恩却滴水不报，自认为理所应当……

不由得想起前些时日，我读过的意大利理论物理学家卡洛·罗韦利所写的《七堂极简物理课》中的一段话。

书前开宗明义：“《七堂极简物理课》是写给那些对现代科学一无所知或知之甚少的朋友们的。”

我松了一口气，知道自己正是此类蒙昧之人。人家科学家提前说了不嫌弃咱，就一口气读下去吧。最后，读这本科普书生生读到潸然泪下。

卡洛·罗韦利说：“我认为，我们这个物种不会延续很久……我们属于一个短命的物种，所有的表亲都已经全部灭绝。而且我们一直在破坏。我们已经造成气候和环境的恶化，恐怕自己也难逃恶果。对地球来说，这只是一个无关紧要的小挫折，但我认为，人类将很难安然无恙地渡过这个难关……在地球上，我们也许是唯一知道我们的个体必将死亡的物种，我害怕在不久的将来我们也会成为唯一一个眼睁睁看着自己末日到来的物种，或至少是见证自己文明灭亡的物种。”

此行亲见原本洁净如仙境的北极多有污染，再想到所有的人包括我自己，对地球从未言谢，甚是羞惭。也许，等待我们这些无良之人的必然结局，就是无以挽救的大毁灭。好在科学家即使在最深沉的苍凉无奈中，也残存一丝微茫的豁达。

卡洛·罗韦利说：“我们的生死如同星辰的生灭，个体如此，全人类也是如此。这就是我们的现实。生命正是因为短暂才宝贵。”

不管怎样，我们今日为客，便请恪守为客之道，尽量少打扰主人的安宁。当我们最终离去时，请充满温情地向主人告别，由衷地感谢地球。

一位宇航员说过：“在空间站的这半年，我一共绕了地球约 3000 圈。我觉得地球是无可替代的故乡。”

我们终于到了北极点，有小雪。雪花且歌且舞，装点舰船四周，如烟似梦

北极点
一分钟的静默

19 世纪的英国诗人威廉·柯珀有很多脍炙人口的诗句，但让我深有同感的是一段家常话。他 6 岁时丧母。在母亲去世 47 年之后，53 岁的柯珀写信给朋友："我真可以说，我没有一个星期（或许可以准确地说，没有一天）不想到她。"

那时我父母尚在，提前被这哀伤的长度惊吓住了，第一次知道时间并非永远行之有效的妙药。丧亲之痛绵延近半个世纪，依然如它刚刚发生时那样新鲜。

我们终于到了北极点，有小雪。雪花且歌且舞，装点舰船四周，如烟似梦。

"无数次畅想过带上冰鞋、球杆、护具等全套装备，在世界的最北端玩一次冰球。"

这是船上一位小朋友告诉我的他对北极点的设想。

我们对所知甚少的事物，有着最丰富的想象。

"50 年胜利号"到达北纬 90 度停下了。放眼望去，北极点和我们之前走过的千万里冰海，没有丝毫不同。天海苍茫，天虽是亮的，但浓雾笼罩，视野受限。简言之，北极点上是一些相互叠加的巨大冰块，不平整不光滑地聚在一起，毫无特色。冰盖上覆着厚厚的积雪，如同银甲。零星散布蓝莹莹的水洼，学名叫"融池"，像冰泊眼眸。若隐若现的冰缝，四通八达，类乎阡陌……

想起当年我在西藏守卫中印边境未定国界，实际控制线两侧并没有丝毫不同。以为一个标志、一个点、一条线就会带来显著改变，非白即黑、景色迥异的思维，不符合大多数情况。

甲板上的漫长等待，让大家在这一刻真正到来的时候欣喜若狂。船方已经准备了香槟酒和葡萄酒，人们纷纷举杯庆贺这个时刻，大声地说着话。重复最多的语句是——

“这就是北极点了！”

“哎呀，真的是！北极点北极点……”

“哈哈！来到了北极点！哈哈！”

“北极点北极点，我来啦！”

……

心中窃笑，这堆话没有任何新意，可人们需要说个不停。告知和重复，需要从别人嘴里听到肯定才确信，一而再再而三地印证不休。

船方的红色葡萄酒和黄色香槟，我各取了一杯。素日滴酒不沾，这次在北极点要有一点新动作，以兹纪念。酒是提前斟好的，工作人员放在托盘里端在手中，亲切地尾随着大家，以备随时取用。我估计酒的数量并不能支撑所有的人各拿双份，那么算我和老芦两人的，相互交换。

我一般对形式主义的东西不太感兴趣，但这个地方很可能再也不能来了，留个特别纪念吧。

“50年胜利号”连续拉响3次汽笛，正式宣告我们的抵达，将气氛推向顶点。再然后，大家合影，留下北极点的全家福纪念照。

北纬90度的这个正宗的北极点，只能船上体验。冰情不允许抛锚，人们不能真正站到这块冰上。大约30分钟后，破冰船又启动了。船方尽可能在北极点周围找一块足够大而坚固的浮冰，让“50年胜利号”在上面停泊，游客得以下船，亲身轻探险。

现在，破冰船随便朝哪个方向开，都是向南。你可以觉察到它在缓慢地兜圈子，好像小心翼翼的巨兽，仔细寻找猎物的洞穴。

寻找“停船场”的过程并不顺利，持续了两个多小时，人们心急如焚，我却安然。到都到了，早一点迟一点又有何妨？大约10点钟，找到了一块适宜停船的地方。

大家以为马上就能下船，脚踏实地……不，是脚踏实冰，亲自感受北极点的韵味，却不想广播中一再告知大家少安毋躁。探险队队员们要先一步下船，勘测周遭冰体是否牢靠。凡存疑处，都要插上小红旗，警示大家绝不可靠近。远处还要部署持枪探险队队员，做好驱赶北极熊的保卫工作。

阳队长曾说过："我从未在北极点附近发现过北极熊。它们到这里来干什么？此地远离大陆，没有海豹海象海狮等活动，等于没有北极熊的食粮。它们很聪明，才不会到一张空桌子上来呢。不过，我们还是要防备它们，这就是探险队队员会持枪械的原因。北极熊喜欢色彩鲜艳的东西……"

我不由自主瞟了眼船上配发给我们的防寒服，正红色，艳丽如火。看来很可能正对北极熊的脾气，它天天看黑、白、蓝永恒三色，估计也审美疲劳。

记得阳队长接着补充道："北极熊还是很有好奇心的……"

想必那北极熊多少年来始终是自己抓那几道食谱，早觉单调寡味。

"总之，你们绝对不能走出探险队队员守卫的这个范围，绝对要听从探险队队员的指挥。"阳队长收起笑容，连用了两个"绝对"。

备降过程相当漫长，大约持续了 3 小时。我趴在舷窗口眼巴巴瞧着窗外，看探险队队员们四处勘测，划定安全活动范围，将有冰洞的地方用小红旗标记出来。在冰面戳下代表北极点的红色标杆，围建冰泳场地，准备食物饮料和桌椅……游客们摩拳擦掌，恨不能翻一个跟头蹦到冰面上。中午 12 点，终于得到通知，可以下船。

人们迫不及待地站在冰面上，深深呼吸一口北极点的空气，冰冷清冽，凛然本真。从高高的"50 年胜利号"甲板看冰面，似乎很平坦，真走上去，凹凸不平，冰冷湿滑，积雪绊人，深一脚、浅一脚蹒跚前行。

按规定，大家要先做完集体仪式，才能散开来自由活动。

阳队长指示大家，先是绕北纬 90 度标杆围成一个大圈子。然后每个人侧转身，把自己的手臂搭在前一个人肩上，整个队伍就像一列行进中的火车，在冰面上开始缓缓蠕动，反复绕行两圈。活动有双重意义，一是在短时间内，大家都环游了地球两圈；二是让站在甲板上的摄影师，留下冰原上最美好的集体照片。此程序完成后，总指挥让大家放下双手，面朝北极点标杆，安静地站好，然后……静默一分钟。

大家组成一个大圈子，甲板上的摄影师拍下了这美好的瞬间

古往今来，人们创造了多少仪式啊！生命如同一根竹，需要仪式感划分阶段。

这一分钟，像一颗钻，在我记忆的星空熠熠闪光。每当人家问起，你的北极点之行最深刻的印象是什么，我都会想起这面对苍白虚空的一分钟。

浓雾滚滚，漫天皆白。我的记忆也如这周天寒彻的冰海，单纯而分不清任何方向。我好像什么也没想，所有的记忆都化作白茫茫的雾气，不料我清晰地看到了父母的面容，在北极点的空中出现，粲然微笑……

他们逝去的季节都是在冬天。所以，我对寒冷，有痛彻心扉的感知。平日我出外旅行的时候，会带着父母的照片，一是我想时刻和他们在一起，二是我觉得他们也愿意看看这个丰富多彩的世界。但这一次，我没有带他们的照片。我想他们大约不喜欢极地的寒冷，不喜欢冬天。却没想到，他们温暖慈祥的面容，出现在这万里冰封的云霭中，笑容盈盈。

在北纬 90 度标杆旁拍照留念

我在那一刻恍然明白，他们其实是时刻与我在一起的，不在乎我带或是不带他们的照片。我不曾想起他们，是因为我从未离开过他们。我的基因来自他们，他们与我本是一体。害怕冬季，是我的创伤，而他们早已永恒，不惧任何冰雪严寒了。我望着他们，悲伤像酒一样，已经储存很多年，越发深入骨髓。父亲已经离去 24 年，母亲也已经走了 11 年。我未有一天不思念他们，这绵密的情感突然在这里迸放。地球的极点，一定是离天国最近的地方，所以我才将他们的面容看得如此清晰如此真切……我很想同他们说几句话，可他们只是微笑，并不说话。我想，他们一定觉得这个时刻是集体的静默，所以就不说了。他们一定觉得所有要说的话，我都知道，所以不必说。

我多么希望静默的时间更长啊，我就可以和我的父母在地球极点相会，我就可以更仔细地端详他们，和他们共度更长的时光……但是，时间到了。

这一分钟的感受非常奇特，从此，我不再害怕冬天，不再害怕寒冷。因为大自然以它的力量，医治了我的悲伤。我的父母能在如此寒冷的地方安然出现，说明他们对此无所畏惧，证明他们也希望我能走出冰冷刺骨的哀伤。

人类是唯一一种能够觉察到自己死之将至的动物，知道自己有朝一日会化为烟尘，碎为土壤，完成从动物到植物或是无生命体的转化。我们不畏惧死亡的方式，就是逐一放弃对身外之物的依恋，包括悲伤。对单个生命的过分悲痛，就是对神圣生命的轻慢。

旅行的神秘就在于你会猝不及防地遭遇深沉的触动，你会在不知不觉中修改自己的心境，对炎凉世界多一分微明的期许。

静默之后，众人解散，自由活动。大家在冰面上各创不同形式的纪念。各种组合的拍照，外加跳舞、打坐、放风筝、就地卧倒、放肆旋转……唱歌的、奏音乐的、拉横幅的……勇士们成群结伙去冰泳，更有一窈窕女子，身着游泳衣，以“50 年胜利号”庞大的钢铁船体为背景，侧卧在雪地上，多个角度留影，仿佛美人鱼从北极点海底钻了出来，一展绰约风姿。

我对极点的冰和雪感兴趣。先拨开表面的积雪，从底下捏了一小撮净雪渣，伸出舌头尝了尝。北极雪颗粒很大，不粘，粒粒分明且有嚼劲，好似半透明的冰小米。嘴巴里咔嚓嚓响，有一种属于动物的凶悍涌动舌尖。我又找了一块被

在北极点招招手

在北极点蹬蹬腿

破冰船犁开，如蓝宝石一样的海冰。它足有一个大衣柜的体积，若真是蓝宝石，富可敌国。我先用手指轻轻试探了一下，怕贸然用舌头去舔，把舌皮粘掉一块。发现并没有冷到可怕，便小心翼翼战战兢兢舔了一口。咦，完全没有海水的咸涩，如清泉一般甘甜。据说靠近底部的海冰是微咸的，我因为没有实地品尝，不敢印证。

我在北极点标杆下留了个照。一看，北极点与北京，距离为 5550 千米，好像也不是太远。

我想起据说是仓央嘉措的一句诗：这佛光闪闪的高原，三步两步也是天堂，却总有些人，因心事过重而走不动。

将高原改成冰原，此诗句也可成立。想想也不很恰切，眼见得所有的人，都走得动。也许它们的相似之处在于——北极点，也是与神耳语的地方。

北极点距离北京 5550 千米，好像也不是太远

我和老芦在北极点合影

雾，时浓时淡，总的趋势是越来越浓，慢慢地，几米开外已是人影幢幢。大约 4 点的时候，清场的集结号吹响，大家依依不舍地离开冰面，返回船上。清点人数的步骤非常认真，一遍遍反复核对。在广播中直接呼叫某某的名字，要他亲自到领队处确认，务必证明本尊现刻已在船上……这可真是万不能出差错。若有谁遗留在北极点冰面上，一旦“50 年胜利号”扬长而去，留下的这人纵有天大能耐，也难逃寂灭下场。就算船上领队及时发现人丢了，立马驱船掉回头去找，苍茫冰面没有任何标示物，也无通信信号，到哪里找？况且，冰面还在漂动中，就在我们驻留冰面的这短短几小时里，它已迁徙了数千米……

我在舷窗内目不转睛向外观望。“50 年胜利号”渐渐离开巨大的“停船场”，刚才纵情欢乐时留下的种种痕迹，被天上的大雾、冰面的寒风联手抹去。众人的脚印变浅，很快被抹平。融池重又凝结，厚厚的积雪重新变得如处子肌肤般平整……一切都恢复了原状，北极点以它无与伦比的壮美，包容了我们对它的打扰，不留痕迹地恢复了亘古不变的表情……

千万里的跋涉，只为这一分钟的静默。

020

23

在冰寒中与你重逢

我心知肚明，我与北极点，初见即是永诀。

北半球冬天所有的寒冷，都来自北极。从此，每一次与彻骨冰寒相遇，我都会在心中喟叹：北极点，我与你重逢。

如果把地球比作一个人，原来我以为北极点相当于地球脑瓜顶上的百会穴。现在我觉得说它是地球脚底板上的涌泉穴，也未尝不可。

北极点并非地球之冠。地图不过是人为绘制，约定俗成。

地图是什么?

地图根据一定的数学法则，将地球（或其他星体）上的自然和人文现象，使用地图语言缩小后反映在平面上，反映各种现象的空间分布、组合、联系、数量和质量特征的发展变化。

如果您嫌这句话太学术，那么，我换一种说法。

地图是按一定的比例运用符号、颜色、文字注记等描绘显示地球表面的自然地理、行政区域、社会经济状况的图形。

如果还觉得麻烦，那么，就请按照你的理解解释地图吧。看到这本书的人，都看过地图。

“上北下南左西右东。”

面对地图或地球仪的时候，我们总会不由自主地嘟囔或默念这从小铭刻在心中的短句。此为地图咒，有了它，你才能正确破译地图。我们从未怀疑过它，以为天经地义。

知道自己在山川河流即大自然中所处的位置，是人类自远古以来就必须掌握的一项基本生存技能。给事物命名，是原始人的第一种创造性的行为。绘画可能就是第二种。绘制地形并加以标志，留档并告知同伴，是古老的保命大法。目前发现的最早地图版本，见于1.4万年前的古人类留在洞穴岩壁上的标记。保存下来的最古老的地图，是考古学家发掘出来的古巴比伦人绘制于公元前2800年的泥板地图，也就是距今将近5000年的古巴比伦人心目中的世界的模样。大地是圆形的，周围盘绕着环形河流，他们自己，处于大地中心的位置。

人类对地图的爱，融入了我们的集体无意识。我们从“哪里”来？要到“哪里”去？当“哪里”还未上升为哲学探讨时，首先成了人类努力生存下去的基本功。人们勤勉地把地图刻在石头上、写在莎草纸上、印在书本里……直到现在，出现在电脑和手机屏幕中，已被随身携带。

中国对地图之学，自古重之。《汉书》《史记》里曾常常提到地图，中国现存最古老的地图，是长沙马王堆三号汉墓出土的三幅帛绘地图。中国人最早使用的世界地图，是意大利传教士利玛窦拿给徐光启看的，名叫《坤舆万国全图》。那张图就是上北下南左西右东，为当时世界上的通用绘图法。

世界为何通用此绘图规则？

“上”不仅仅是一种方位，而且被赋予了不同寻常的象征意义。一、苍天在上，神明在上，星辰在上，人的头颅在上，故以上为尊。二、北半球的陆地面积远远大于南半球的陆地面积，人类文明后期的发展，主要集中于北半球，故北为上。三、古人很早就使用北极星定位。当你面向苍穹朝着北方寻找这颗星时，仰面的那个点，落到纸上，自然而然就被画到了上面。

这几个理由看起来很雄辩，不过直到16世纪，世界上各个国家和地区所绘地图，并无统一的方向感，而是遵循自己的法则，各行其是。由于不同文明所尊崇的人和事物有所不同，在早期地图中，代表尊崇位置的地图上方，便五花八门。不过西这个方向，代表着日落与黑暗，比较不受人待见，从未被设为上方。

古埃及的地图以东为上，他们信奉太阳神，认为日出方向，必须放在巅峰。早期伊斯兰教的地图，南为上。因为大部分信徒都生活在麦加以北地区，抬头朝向麦加方向，故把南方作为顶端。中国的地图，曾以南为尊，然后变作以北为上。宋代保存下来的一些石刻地图珍品，如《华夷图》《平江图》《地理图》《长安城图》《禹迹图》《九域守令图》等，均以北为正上方位，和后来世界地图法则不谋而合。不过出发点不是先见之明，而是历代帝王多定都北方，皇帝的“宿舍”，当然不能放在图之下端。

真正把北方当作地球地图之顶，只是近几百年的事儿。人们常以为这是探险家哥伦布和麦哲伦启动的大航海时代，需要仰望北极星导航，故以北为上。

真实而更强有力的理由，来自荷兰地图学家墨卡托。1569 年，墨卡托出版了他的新版世界地图。借助投影画出来的航海图，第一次计算进了地球曲率，从此给予远航深海的船舵巨大帮助，再不会跨越超长距离的海洋而偏离航道。在墨卡托的地图上，北方为上。此图一言九鼎，方向之争从此一锤定音。

不过，科学家们非常煞风景但头脑清醒地跳出来提示我们：在宇宙中，其实并没有“上”或“下”这样的概念。

2016 年 9 月，伦敦大学学院和帝国理工学院的宇宙学家们，以迄今为止最严密的分析，验证了宇宙学的一项基本假说，即“哥白尼原则”——宇宙在大尺度下是均质和各向同性的。用通俗点的话来说，从大尺度来看，宇宙是没有特定方向的，无论你朝哪儿看，宇宙基本都是相同的。

哈！原来上北下南……是历史和人的心理联手，加上实用需要，共同做的一个局。

不过，口诀念得久了，也就具有了某种塑形神力。人们对于在地图上比自己所在位置更靠下的地方，会不由自主地比较忽视。澳大利亚人常常对此感到不平，乐见出版以南为上的另类地图。

不管怎么说，地图上北下南的规则就这样保留下来。1973 年，美国宇航局发表了一张图片，是宇航员在太空中所拍摄的地球图像。图片很美，不过，由于拍摄角度关系，图片显示南半球朝上。怕引起地球人头脑混乱，美国宇航局干脆决定将此图片做个 180 度倒转，调整为北半球向上，以符合人们的习惯性审美。

若是人们能像孙悟空一样蹦起来，从外太空看地球，地球和太阳系其他行星，像一张大煎饼似的平铺开，来自同一片宇宙尘埃，众星球一律平等，描画起来，都是可上可下的。

说了这么多关于地图的话，为了证明“地球之巅”可分属于两极，并无头颅和脚丫子之分。至于“高极”，则毫无争议地属于珠穆朗玛峰。我年少从军，守卫过中国那块最高的国土，见过白雪皑皑的重峦叠嶂，听人讲过世界有三极的说法，知道南北两极也有无尽冰雪。我坚信，在冰雪里，有比人类久远得多的时间冻凝着。

只是那时候的我，绝不曾想到今生能有机会到达另外两极。而今年过花甲，竟然踏上北极点，错愕惊喜。多少也明白了方向这类名词，皆人为设定。既然是在一颗圆球上，任何一个人站立起来，都是独一无二的那个点。

我至今未见过极之美的创始人曲向东先生，他深得孟子“独乐乐不如众乐乐”之精髓，开创了让更多普通国人走出国门，探索地球两极的轻探险事业。现代人，内心往往凝结着挥之不去的焦躁。这颗星球上有一些地方，会让你稍慢下来。畏当所畏，安静缓缓升起，沉着即是力量。祈愿这本写北极点行程的小书，能传达出北极的旷达和冷静于万一，让你从中感知从容平和、身心俱安的美好。

我知道自己很快就会分解为磷、钙和其他一些微量元素，每个人的存在至深处，不过是一些信念与感怀的综合体。将它们记录下来，是多么有趣的事儿啊。某种程度上，似在死亡的黑斗篷下，变出一朵小野花。

感谢曲向东先生，感谢极之美团队，感谢所有和我一道站立在北极点冰雪之上的极友。我们的生命，在水晶般纯洁与宁静的地球最北端，曾如此紧密而沸腾地交织在一起，铸成刻骨铭心的记忆。眼睛看到的是无与伦比的荒凉和寂寥，内心感受到的却是用之不竭的勇气和星辰般辽阔的胸怀。

毕淑敏

2017 年 2 月 17 日

ОБЕДЫ
OCATOM

亲爱的读者朋友们：

《破冰北极点》送福利！2017年10月10日前购买《破冰北极点》，并将网站订单截图或书店开具的图书发票拍照发送至邮箱pobingbeijidian@qq.com，就有可能抽取到中国境内单程机票一张！起点终点，由你决定！

抽奖结果将于2017年10月16日同时在毕淑敏微信公众号（微信公众号二维码见《破冰北极点》前勒口）和新浪微博@博集天卷公布！欢迎大家踊跃参加！

图书在版编目（CIP）数据

破冰北极点 / 毕淑敏著 . — 长沙：湖南文艺出版社，2017.8
ISBN 978-7-5404-8173-5

Ⅰ . ①破… Ⅱ . ①毕… Ⅲ . ①游记 – 作品集 – 中国 – 当代 Ⅳ . ① I267.4

中国版本图书馆 CIP 数据核字（2017）第 141545 号

上架建议：畅销 · 文学

POBING BEIJIDIAN
破冰北极点

著　　者：毕淑敏
出 版 人：曾赛丰
责任编辑：薛　健　刘诗哲
监　　制：蔡明菲　邢越超
特约策划：董晓磊
特约编辑：汪　璐
营销编辑：杜　莎　李　群　张锦涵　姚长杰
内文摄影：曲向东　王　楠
封面设计：壹　诺
版式设计：李　洁
出版发行：湖南文艺出版社
（长沙市雨花区东二环一段 508 号　邮编：410014）
网　　址：www.hnwy.net
印　　刷：北京尚唐印刷包装有限公司
经　　销：新华书店
开　　本：700mm × 1000mm　1/16
字　　数：320 千字
印　　张：21
版　　次：2017 年 8 月第 1 版
印　　次：2017 年 8 月第 1 次印刷
书　　号：ISBN 978-7-5404-8173-5
定　　价：49.80 元

质量监督电话：010-59096394
团购电话：010-59320018